U0005066

The Complete Sherlock Holmes

A Study in Scarlet and The Sign of Four

by Arthur Conan Doyle

福爾摩斯探案全集 1

血字的研究＆四簽名【收錄原著插畫】

柯南・道爾／著
佟舒欣、劉洪／譯

好讀出版

目次
CONTENTS

卷一　血字的研究

第一部（轉錄自前陸軍軍醫部醫學博士約翰・華生回憶錄）

第二部　聖徒的故鄉

卷二　四簽名

附錄　福爾摩斯延伸探索

血字的研究
A Study in Scarlet

第一部

（轉錄自前陸軍軍醫部醫學博士約翰·華生回憶錄）

第1章　夏洛克・福爾摩斯

一八七八年，我拿到倫敦大學的醫學博士學位後，就到納特利軍事醫院進修軍醫課程。在那裡完成學業後，被派到當時駐紮在印度的諾森伯蘭第五燧發槍團擔任軍醫助理。還沒等我趕到所屬部隊，第二次英國—阿富汗戰爭就爆發了。到了孟買，我聽說所屬部隊已經穿過要隘，進入敵人的腹地了。但我還是跟著一群像我一樣脫隊的軍官追趕部隊，最後平安地抵達坎大哈。在那裡找到了所屬部隊，並馬上擔負起我的新職務。

雖說這次戰役讓很多人得到了升遷和榮譽，但它帶給我的卻只有不幸和災

難。我被調入伯克郡旅，並參加了那場慘烈的邁萬德之戰。在這場戰役中，我的肩部被一顆子彈打中，肩骨碎裂，傷及鎖骨下方動脈。多虧忠誠勇敢的勤務兵默里把我放到馬背上，安全地將我帶回英國陣地，否則我就要落在那些兇殘的回教徒士兵手裡了。

傷痛使我形容憔悴，長期的輾轉勞頓更讓我虛弱不堪，於是他們將我和一大批傷員一同送到了白沙瓦的後方醫院。在那裡，我開始恢復元氣，並能在病房中走動，甚至還能到走廊上去曬一會兒太陽。但就在這時候，我又染上了印度的流行疫症——傷寒，生命垂危，昏迷了好幾個月才終於甦醒，慢慢康復起來，但身體還是非常虛弱，看上去消瘦憔悴。醫生會診後決定立即將我送回英國，一天也不能耽擱。於是，我就被送上了「奧倫第斯號」運兵船。一個月後，當我抵達普茲茅斯碼頭時，身體差到幾乎難以恢復的地步。不過，關懷備至的政府，給了我九個月假期去調養身體。

我在英國沒有親人，在這裡彷彿就像空氣一樣無拘無束，或者說，就像一個每天乾領十一先令六便士的人該有的那樣逍遙自在。在這種情況下，我自然而然掉進了倫敦這個大污水坑，這裡聚集著大英帝國所有的遊民懶漢。我在倫敦濱河路上的一家私人旅館裡住了一段時間，過著既不舒適又索然無味的生活。我花錢如流水，大大地超過了我的負擔能力。不久，隨著經濟情況變得拮据，我開始意識到：要嘛就離開這個大都市搬到鄉下去，不然就得徹底改變現在的生活方式。我選擇了後者，決定從這家旅館搬出去，另找一個不太奢侈又相對便宜的住處。

在做出這樣決定的那天，我正站在克萊特利恩酒吧門前，忽然有人拍了拍我肩膀，回頭一看，原來是小史坦佛，我在聖巴托羅繆醫院時的一個助手。對一個孤獨的人來說，在這人海茫茫的倫敦城中能夠碰到一個熟人，確實令人非常愉快。說實在的，我和史坦佛以前並不是特別要好的朋友，但現在我熱情地跟他打招呼，而他似乎也很高興見到我。歡喜之餘，我請他到霍爾本餐廳共進午餐，於是我們就一起坐上馬車前往。

馬車轔轔地穿過倫敦熙熙攘攘的街道，這時史坦佛很驚訝地問我：「華生，你最近在幹什麼，怎麼搞得面黃肌瘦的？」

於是，我把這段時間的慘痛經歷對他簡單說明一下，話還沒講完，我們就到達目的地了。

他聽完了我的不幸遭遇以後，非常同情地說：「可憐的傢伙！那你現在有什麼打算呢？」

「想找個住處。」我回答說，「打算租個價錢不高又比較舒適的房子，不知道能不能解決這個問題。」

我的同伴說：「眞巧，你是今天第二個對我說這話的人了。」

「頭一個是誰？」我問。

「是一個在醫院實驗室工作的人。今天早上他還在哀聲嘆氣，因爲他找到了一處不錯的房子，但是租金很貴，他一個人負擔不起，又找不到人跟他合租。」

我說：「太好了！要是他眞想找人合住的話，就找我吧。我覺得有個伴比獨自一個人住好多了。」

小史坦佛抬起頭，從酒杯上面用很奇怪的眼神看著我，說：「你還不瞭解夏洛克．福爾摩斯，等你知道了，你也許就不願意和他作伴啦。」

「爲什麼，難道他有什麼問題嗎？」

「哦，倒不是說他有什麼不好的地方，據我所知，他爲人很正派。只是在思想上有些古怪而已——對一些科學研究很是熱中。」

我說：「也許他是醫學研究生？」

「不是，我也搞不清他在鑽研些什麼。我相信他精於解剖學，還是第一流的藥師。但據我瞭解，他並沒有按部就班的學過醫學。他研究的東西很雜，不合常理，但卻知道不少稀奇古怪的知識，這讓他的教授都感到驚訝。」

我問道：「你沒問過他在研究些什麼嗎？」

「沒有，他是不輕易說出心裡話的人。但在談到感興趣的話題時，他也會滔滔不絕的。」

「我倒很想見見他。」我說，「如果要和別人合住，我倒寧願跟一個好學而又沉靜的人住在一起。我現在身體還不大好，受不了吵鬧和刺激。我在阿富汗已經把這輩子的刺激都受夠了。我怎樣才能見到你這位朋友呢？」

史坦佛回答說：「他現在一定在實驗室裡。他要不就幾個星期都沒去，要不就從早到晚在那裡工作。你願意的話，吃完飯後我們就一起坐車去找他。」

「當然好啦！」我說。然後我們就轉到別的話題去了。

在我們離開霍爾本餐廳去醫院的路上，史坦佛又向我講了一些關於那位我想跟他合住的先生的詳細情況。

他說：「如果你和他處不來可不要怪我。我只是在實驗室裡偶然碰到他，才略微知道一些他的情況；此外，我對他就一無所知了。是你自己提議的，可別叫我負責。」

我回答說：「如果我們處不來，就作罷吧。」我用眼睛盯著我的同伴，接著說道：「史坦佛，我看你似乎想撒手不管了，這其中一定有什麼原因吧。是不是這個人的脾氣眞那麼可怕，還是有別的什麼原因？不要這麼呑呑吐吐的。」

他笑了笑，說：「要把難以形容的事說清楚眞是挺難的。我覺得福爾摩斯這個人科學性太強，幾乎到了冷血的程度。記得有一次，他拿一小撮植物鹼給他的朋友嚐。你知道，他並沒有惡意，只不過是出於一種追根究底的精神，想對這種藥物的作用有更準確的瞭解而已。平心而論，我認爲他自己也會把它吃下去的。他對於確切的知識有著強烈的渴望。」

「這種精神也是對的呀。」

「是的，不過有時太過頭了。他甚至在解剖室裡用棍子揮打屍體，這肯定有點怪吧。」

「揮打屍體？」

「是啊，他想看看人死了以後會出現什麼樣的傷痕。我親眼看過他這麼做。」

「你不是說他不是研究醫學的嗎？」

「是呀。天知道他在研究些什麼東西。現在咱們到了，你自己看看他到底是個怎樣的人吧。」他說著。我們下了車，走進一條窄巷，穿過一個小旁門，來到這所大醫院的側樓。我很熟悉這個地方，不用人領路我們就走上了白石臺階，穿過一條長長的走廊。走廊兩壁刷得雪白，兩邊是許多暗褐色的門。靠著走廊盡頭處有一條低拱頂的岔路，從這裡一直通往實驗室。

實驗室是一間高大的屋子，裡面雜亂地擺放著無數的瓶子。屋裡散亂地放著幾張又矮又大的桌子，上邊豎立著許多蒸餾瓶、試管和閃著藍色火焰的小小本生燈。屋子裡只有一個人，他坐在較遠的一張桌子前，聚精會神地伏案工作著。聽到我們的腳步聲，他回過頭來瞧了一眼，隨即跳了起來，高興地歡呼著：「我發現了！我發現了！」他一邊對我的同伴喊，一邊拿著一個試管向我們跑來，「我發現了一種試劑，只能用血色蛋白

質來沉澱，別的都不行。」就算他發現了金礦，也未必會比現在更高興。

史坦佛向我們介紹說：「這位是華生醫生，這位是夏洛克．福爾摩斯先生。」

「您好。」福爾摩斯熱情地說，一邊用力握住我的手。我簡直不敢相信他的力氣這麼大。

「我看得出來您到過阿富汗。」

我吃驚地問道：「您怎麼知道的？」

「這沒有什麼。」他咯咯地笑了笑，「現在要談的是血紅蛋白的問題。您肯定看出我這個發現的重要性了吧？」

我回答說：「從化學上來說，無疑很有意思，但是在實用方面……」

「什麼？先生，這可是近年來在法醫學上最實用的發現了。難道您看不出它能使我們在鑑別血跡時做到萬無一失嗎？請到這邊來！」他急忙拽住我的大衣袖口，把我拖到他剛才工作的那張桌子前。「咱們弄點鮮血。」說著，他用一根長針刺破自己的手指，再把刺出的那滴血吸進一支醫用吸管。「現在把這點兒鮮血放到一公升水裡。您看，這樣混合起來與清水無異，血在這種溶液中所占的成分還不到百萬分之一。雖然如此，我確信還是能看到一種特定的反應。」說著他就把幾粒白色結晶放進這個容器裡，然後又加上幾滴透明的液體。不一會兒，溶液就出現了暗紅色，一些棕色顆粒也漸漸沉澱到玻璃瓶底。

「哈！哈！」他拍著手喊道，高興得像小孩子剛得到一件新玩具似的，「您看怎麼樣？」

我說：「看起來是一種非常精妙的實驗。」

「太棒了！太棒了！過去用愈創木脂試驗的方法既笨拙又不準確，用顯微鏡檢驗血球的方法也是一樣差。血跡乾了幾個鐘頭以後，顯微鏡檢驗就毫無價值了。現在看來，不論血跡新舊，用這種新試劑都能進行檢驗。假如能早些發現這個方法，那些現在還逍遙法外的眾多犯人早就受到法律制裁了。」

我喃喃地說：「的確是！」

「許多刑事案件的關鍵都在這部分。也許一樁罪案發生後幾個月才能查出一個嫌疑犯。在檢查了他的襯衣或者其他衣物後，會發現上面有褐色斑點，但這些斑點究竟是血跡、泥跡，還是鐵鏽或者果汁的痕跡，或其他什麼東西呢？這是一個讓許多專家都爲難的問題，爲什麼呢？就是因爲沒有可靠的檢驗方法。現在，我們有了福爾摩斯檢驗法，以後就不難了。」

說這話的時候，他兩眼發光，把一隻手按在胸前，鞠了一躬，好像在對他想像中正在鼓掌的觀眾致謝似的。

我對他的狂熱很吃驚，我說：「我向您表示祝賀。」

「去年在法蘭克福發生過馮·彼邵夫一案，如果當時有這個檢驗方法的話，他肯定早被絞死了。還有布拉德弗德的梅森、臭名昭彰的穆勒、蒙特培里爾的洛菲沃以及新奧爾良的塞姆森。我可以舉出二十多個案件，這些案件都能透過這個檢驗方法做出裁決。」

史坦佛笑著說：「你像是一本罪案活字典，眞該創辦一份報紙，叫作《警務舊聞》。」

「讀讀這樣的報紙一定也很有意思。」福爾摩斯一面把一小塊橡皮膏貼在手指傷口上，一面說：「我必須小心一點。」他轉過臉來對我笑了一笑，接著又說，「因爲我經常和有毒物質接觸。」說著他把手伸出來，只見上面貼滿了同樣的橡皮膏，而且由於受到強酸侵蝕，手的顏色都變了。

「我們有事找你。」史坦佛說著坐在一張三腳高凳上，並用腳把另一張凳子向我這邊推了推，接著又說：「我這位朋友想找個地方住。因爲你正愁找不到人跟你合租房子，所以我就把他帶來了。」

福爾摩斯聽說我想跟他合住，似乎感到很高興，他說：「我看中了貝克街的一間公寓，對咱們兩個人特別合適。但願您不介意屋裡有強烈的菸草氣味。」

我回答說：「我自己也經常抽船牌香菸。」

「那好極了。我經常會在房間裡放些化學藥品，偶爾也做做實驗，這不會打擾您吧？」

「不會。」

「讓我想想……我還有什麼別的缺點呢？有時我心情不好，可以一連幾天不說話；要是那樣的話，您不要以爲我生氣了，別管我，我不久就會好的。您有沒有什麼缺點要坦白的？兩個人在同住以前，最好能先互相瞭解對方最大的缺點。」

聽到他這般盤問，我不禁笑了起來。我說：「我養了一條小公狗。我的神經受過刺激，最怕吵鬧。每天不固定什麼時候起床，並且特別懶。在我身體好的時候，還有其他一些壞習慣，但是目前主要就是這些缺點了。」

他聽了急切地問道：「您把拉小提琴也看成是吵鬧嗎？」

我回答說：「那要看拉琴的人了。小提琴拉得好就像仙樂般悅耳，要是拉得不好的話……」

福爾摩斯高興地笑著說：「啊，那就行了。如果您對那房子還滿意的話，我想咱們可以就這麼說定了。」

「咱們什麼時候去看房子？」

「明天中午您先到這兒來找我，咱們再一起去看房子，把一切事情都定下來。」

我握著他的手說：「好，明天中午準時見。」

我們走的時候，他還忙著做試驗。我和史坦佛便一起向我住的旅館走去。

「順便問你一句。」我突然站住，轉頭向史坦佛說：「眞見鬼，他怎麼知道我是從阿富汗回來的？」

我的同伴神秘地笑了笑，說：「這就是他與眾不同的地方，許多人都想知道他究竟是怎麼看出問題來的。」

「噢，很神秘，是嗎？」我搓著兩手大聲說：「眞有意思。我很感謝你把我們兩人拉在一起。知道嗎？『研究人類最好的辦法，就是從具體的人入手』。」

「那你一定得研究研究他。」史坦佛在和我告別的時候說，「但是你會發現這是個棘手的難題。我敢說，他對你的瞭解肯定比你對他的瞭解多。再見！」

我答了一聲：「再見！」然後就慢慢走回旅館，我覺得我對這個新朋友非常感興趣。

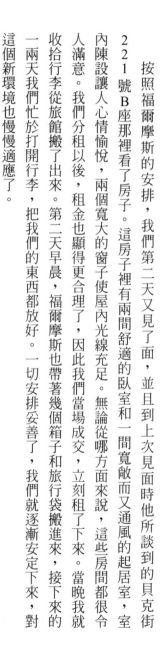

第2章　演繹法

按照福爾摩斯的安排，我們第二天又見了面，並且到上次見面時他所談到的貝克街221號B座那裡看了房子。這房子裡有兩間舒適的臥室和一間寬敞而又通風的起居室，室內陳設讓人心情愉悅，兩個寬大的窗子使屋內光線充足。無論從哪方面來說，這些房間都很令人滿意。我們分租以後，租金也顯得更合理了，因此我們當場成交，立刻租了下來。當晚我就收拾行李從旅館搬了出來。第二天早晨，福爾摩斯也帶著幾個箱子和旅行袋搬進來，接下來的一兩天我們忙於打開行李，把我們的東西都放好。一切安排妥善了，我們就逐漸安定下來，對這個新環境也慢慢適應了。

福爾摩斯並不是一個很難相處的人。他很安靜，生活也很有規律，每晚很少在十點以後還不睡覺。早晨，他又總是在我起床之前就吃完早飯出去了。有時，他整天都消磨在實驗室裡，有時是在解剖室裡，偶爾也步行到很遠的地方，好像是去倫敦的貧民窟。在他工作得開心時，沒有人能比他更精力旺盛，可是他也常常會無精打采地躺在起居室的沙發上，從早到晚，幾乎一言不發，動也不動。每到這時候，我發現他的表情總是恍惚、茫然，若不是他平日生活嚴謹而有節制，我眞會懷疑他吸毒上癮了。

幾個星期過去，我對他的興趣以及探求他生活目標的好奇心也與日俱增，連最漫不經心的人也會被他這個人和他的外表所吸引。他有六英尺多（約一百八十三公分）高，身體異常瘦削，因此格外顯得修長。目光銳利（茫然若失的時候除外），細長的鷹鉤鼻使他顯得格外機警、果斷。他的下顎方正而突出，充分顯示了決斷力。雙手雖然斑斑點點沾滿了墨水和化學藥品，但是動作卻異常地熟練、仔細。當他擺弄那些精緻易碎的實驗儀器時，我常在一旁觀察著他。

如果我承認福爾摩斯大大地引起了我的好奇心，還時常想辦法打破他在談及自己時的緘默，那麼，讀者也許會覺得我是個無可救藥的多事鬼吧。但是，在您下結論前，請想一想我的生活是多麼空虛無聊，能夠吸引我注意力的事物又是多麼的少。我的健康情況很差，除非是天氣特別溫暖，否則不能到外面去逛，而且我也沒什麼朋友來訪以調劑我單調的日常生活。在這種情況下，自然就對同居夥伴的神秘產生了極大的興趣，並且把大部分時間都花在設法解開這個秘密上。

他並不是在研究醫學。在回答我的一個問題時，他自己證實了史坦佛的觀點。既不像是爲了獲得某個學位而在研究任何學科，也不像是在尋求任何使他能夠進入學術界的途徑，然而他對某些研究工作的熱情卻是驚人的。在一些稀奇古怪的領域內，他的學識異常淵博，因此，他的某些發現往往使我震驚。如果不是爲了某種確定的目標，一個人是絕不會這樣辛勤工作、獲取如此準確知識的。漫無目標的讀者很少會追求精確知識，除非有某種充分的理由，否則絕不會有人願意在細枝末節上浪費精力。

他的無知和他的博學一樣地驚人。對於現代文學、哲學和政治方面，他幾乎一無所知。當我引用湯瑪斯．卡萊爾的名句時，他傻乎乎地問我卡萊爾究竟是什麼人？他做過什麼？最使我驚訝的是，我無意中發現他竟然對於哥白尼學說和太陽系的構成全然不知。當此十九世紀，一個有知識的人居然不知道地球繞著太陽運行的道理，簡直令我難以理解。

他看到我吃驚的樣子，不禁微笑著說：「你似乎很吃驚呢！即使我懂得這些，我也要儘量把它忘掉。」

「把它忘掉？」

他解釋道：「你看，我認爲人的腦子本來就像一間空空的小閣樓，應該有選擇地把傢俱放進去，傻瓜才會把他見到的所有破爛一古腦兒的裝進去。這樣一來，那些對他有用的知識反而被擠了出來；或者，最多不過是和許多其他東西摻雜在一起，在取用的時候也會很困難。所以一個會工作的人，在把一些東西裝進他那間小閣樓似的頭腦中時，確實是非常小心謹慎的。除了工作中有用的工具外，他什麼都不放進去，而這些工具又樣樣具備，井然有序。如果認爲這間小閣樓的牆壁富有彈性，可以任意伸縮，那就錯了。總有一天，當你增加新知識的時候，你就會把以前所熟知的東西忘了。所以最要緊的是，不要讓一些無用的知識把有用的擠出去。」

我辯解說：「可是，那是太陽系啊！」

他不耐煩地打斷我的話說：「這與我又有什麼相干？你說我們是繞著太陽走的，可是就算我們繞著月亮走，這對於我或者我的工作也沒什麼影響啊！」

我差點就要問清楚他的工作究竟是什麼，但這時我從他的態度中看出這個問題也許不太受歡迎，於是我把我們簡短的談話思索了一番，盡力想從中得出一些結論來。他說他不想獲得那些與他的研究無關的知識，那麼他所擁有的一切知識當然都是對他有用的了。我就在心中把我能看出來的、他所精通的學科一一列舉出來，而且還用鉛筆寫了出來。寫完了一看，我忍不住笑了。

夏洛克・福爾摩斯的知識範圍：

一、文學知識——無。

二、哲學知識——無。

三、天文學知識——無。

四、政治學知識——淺薄。

五、植物學知識——不全面，但對於莨菪製劑和鴉片卻知之甚詳。對毒劑有一般的瞭解，對實用園藝學卻一無所知。

六、地質學知識——偏於實用，但也有限，但他一眼就能分辨出不同的土質。他在散步回來後，曾把濺在他褲子上的泥點指給我看，並且能根據泥點的顏色和堅實程度說出是在倫敦什麼地方濺上的。

七、化學知識——精深。

八、解剖學知識——準確，但並未系統化。

九、驚險文學——很廣博，他似乎對本世紀發生的一切恐怖事件都知之甚詳。

十、小提琴拉得很好。

十一、善使棍棒，也精於刀劍拳術。

十二、在英國法律方面具備十分實用的知識。

我寫了這張清單，覺得很失望。於是把它扔到火裡，自言自語地說：「如果我想把這些本領一一連結起來，找出一種需要這些本領的職業，但結果根本沒法弄懂這位老兄究竟在搞些什麼的話，那還不如馬上放棄這種企圖為妙。」

我記得在前面曾提到過他拉小提琴的本事。他琴拉得很出色，但也像他的其他本領一樣有些古怪。我深知他能拉出一些曲子，而且還是一些很難拉的曲子，因爲在我的請求之下，他曾經爲我拉過幾支孟德爾頌的短曲和一些他所喜愛的曲子。可是當他獨自一人的時候，他就難得會拉出什麼像樣的樂曲或是大家所熟悉的調子了。黃昏時，他靠在扶手椅上，閉上眼睛，信手撥弄著平放在膝上的提琴。有時琴聲高亢而憂鬱，偶爾也怪異而歡快。顯然，琴聲反映出當時支配著他的某種想法，不過這些曲調是否有助於這些想法，或僅僅是一時興之所至，我就無法斷言了。如果不是他常常在這些曲子之後接連拉上幾支我喜愛的曲子，作爲對我耐心的小小補償，他那些刺耳的獨奏早就讓我跳起來了。

在頭一兩個星期中沒有人來拜訪我們，我還以爲我的夥伴也像我一樣沒有朋友，但不久我就發現他有許多來自社會不同階層的熟人。其中有一個人面色灰黃、獐頭鼠目，生著一雙黑色的眼睛，一星期要來三四次。福爾摩斯介紹說他叫萊斯特雷德先生。一天早上，有一個時髦的年輕姑娘來了，坐了半個多鐘頭才走。當天下午，又來了一個頭髮灰白、衣衫襤褸的客人，看起來像個猶太小

販，我覺得他很興奮，身後還緊跟著一個邋邋遢遢的老婦人。還有一次，一個白髮紳士來拜訪我的夥伴；另外一回，是一個穿著棉絨制服的火車搬運工來找他。每當這些莫名其妙的客人出現的時候，夏洛克·福爾摩斯總是請我讓他使用起居室，我也只好回到我的臥室。

他常常因爲爲我帶來這樣的不便而向我道歉。他說：「我必須用這間起居室作爲辦公的地方，這些人都是我的顧客。」這次又是一個直截了當向他提出問題的好機會，但是，我的小心翼翼又一次讓我放棄了勉強他對我吐露實情的想法。我當時想，他不談他的職業一定有某種重要原因。但是，不久後他就主動談到這個問題，否定了我原來的想法。

我記得很清楚，那天是三月四日。我比平時起得要早一些，我發現福爾摩斯還沒有吃完早餐。房東太太知道我一向有晚起的習慣，因此餐桌上沒有安排我的座位，我的咖啡也沒有預備好。一股無名火油然而生，我立刻按鈴讓房東太太知道我已準備好用餐了。然後我從桌上拿起一本雜誌想借此消磨等待的時間，而我的同伴卻一聲不響地嚼著他的麵包。雜誌上有一篇文章的標題被人用鉛筆作了記號，我自然而然地就先看了這篇。

文章的標題似乎有些誇張，叫作「生活寶典」。這篇文章試圖說明一個觀察者如果對他所接觸的事物進行精確而有系統的觀察，那他將會有多麼大的收穫。這篇文章打動了我，因爲它既有其精明獨到之處，又多少顯得有些荒謬。在論斷方面，它嚴密而緊湊，但在推論方面，我又覺得過於牽強附會，誇大其辭。作者聲稱從一個人瞬息之間的表情、肌肉的每次牽動或眼睛的匆匆一瞥，都可以推測出他內心深處的想法。他說，對於一個在觀察和分析上訓練有素的人來說，「欺騙」是不可能的事，他所得出的結論眞的和歐基里德的定理一樣確實可靠。在一些門外漢看來，這些結論確實驚人，在弄明白他推出這個結論的各個步驟以前，眞的會被他們當作一個未卜先知的神人。

作者說：「一個邏輯學家不需要親眼見到或者聽說過大西洋或尼加拉瀑布，就能從一滴水中推測出它們有可能存在。所以整個生活就是一條巨大的鏈條，只要見到其中的一環，就能知道整個鏈條的特點了。推論和分析的科學也像其他技藝一樣，只有經過長期和耐心的鑽研才能掌握；人們雖然盡其畢生精力，也未必能夠達到登峰造極的地步。初學的人，在著手研究繁事瑣物的精神和心理方面的問題以前，不妨先從掌握較淺顯的問題入手。比如遇到了一個人，看他一眼就要知道這個人的歷史和職業。這樣的鍛鍊看起來好像幼稚無聊，但卻能夠使一個人的觀察力變得敏銳起來，並且讓人明白應該觀察哪裡和觀察些什麼。從一個人的手指甲、衣袖、靴子和褲子的膝蓋部分、大拇指與食指之間的繭、表情、襯衣袖口等方面都能看出其職業來。很難想像把這些情形連結起來後，調查者還不能恍然大悟。」

「眞是廢話連篇！」我把雜誌往桌上一摔，大聲說道：「我一輩子也沒見過這樣無聊的文章。」

「哪篇文章？」福爾摩斯問道。

「唔，就是這篇文章。」我一面坐下來吃早餐，一面用小匙指著那篇文章說：「我知道你讀過了，因爲你在上面做了標記。我不否認這篇文章寫得很聰明，但讀了之後還是不免要生氣。顯然，這是哪一位飽食終日、無所事事的懶漢坐在他的書房裡閉門造車地空想出的一套似是而非的妙論，一點都不實用！我倒想把他關到火車三等車廂裡，叫他把同車人的職業一個個都說出來。我願跟他打個賭，一千賠一。」

「那你輸定了。」福爾摩斯平靜地說，「那篇文章是我寫的。」

「是你！」

「對呀，我在觀察和推理兩方面都具有特殊的才能。我在這篇文章裡所提出的那些理論，在你看來是空想，其實卻非常實用，我就是靠它掙飯吃的。」

「你怎樣靠它生活呢？」我不禁問道。

「啊，我有我自己的職業，世界上可能只有我一個人幹這行。我是一個『諮詢偵探』，你能理解它的意思吧。在倫敦有許多官方偵探和私家偵探，這些人遇到困難的時候就來找我，我會設法讓他們找到正確的線索。他們把所有的證據提供給我，一般情況下我都能用我對犯罪史的知識幫他們找到正確答案。犯罪行爲都有它非常相似的地方，如果你熟知一千個罪案的細節，卻不能破解第一千零一件罪案的話，那才是怪事哩。雷斯垂德是一位著名的警探，最近他正爲一樁僞造案所困，所以才來找我。」

「那其他那些人呢？」

「他們多半是私人偵探讓他們來的，都是遇到了麻煩、想找人指點的人。他們告訴我事情的經過，我把我的看法告訴他們，然後我就收取費用。」

我說：「你的意思是說，別人親眼目睹了各種細節都無法解決的難題，你足不出戶就能解決嗎？」

「是這樣沒錯，我很有這方面的判斷能力。不過偶爾也會碰到稍微複雜的案件，就得忙碌一點，親自出馬偵查了。你知道，我有許多特殊的知識，用這些知識破案，就能使問題迎刃而解。那篇文章裡所說的推斷法雖然遭到你的挖苦，但在我的實際工作中卻是無價之寶。我的另一個天性是觀察能力。咱們初次見面時我說你是從阿富汗回來的，你當時好像很驚訝。」

「肯定是有人告訴過你。」

「才不是！我一看就知道你是從阿富汗來的。由於長久以來的習慣，一連串的想法飛也似地在我腦中掠過，因此幾乎感覺不到思考的步驟就能得出結論，但其實我還是一步步地推理。在你這件事上，我是這樣推理的：『這位先生看上去是醫務人員，卻又有軍人的氣度，那麼，他顯然是個軍醫。他臉色漆黑，但從他手腕的皮膚黑白分明看來，這並不是他原來的膚色，所以他應該剛從熱帶地區回來。他面容憔悴，這就清楚地說明他久病初癒而且歷盡艱辛。他左臂受過傷，現在動作還有些僵硬。試問，一個英國的軍醫在熱帶地方歷盡艱辛而且臂部負傷，這還能在什麼地方呢？自然只有在阿富汗了。』這一連串的想法在我腦中飛過，用了不到一秒鐘，所以我便脫口說出你是從阿富汗來的，讓你相當吃驚喔。」

我微笑著說：「聽你這樣一解釋，這件事也挺簡單的。你使我想起愛倫坡作品中的偵探人物杜平來了，想不到現實生活中竟眞有這樣的人物存在。」

福爾摩斯站了起來，點燃他的菸斗，說：「你一定以爲把我比作杜平是誇獎我吧？可是，我覺得杜平實在是個微不足道的傢伙。他會先沉默一刻鍾，然後才突然道破朋友的心事，這種伎倆未免過於炫耀、過於膚淺了。不錯，他是有些分析問題的天分，但絕不是愛倫坡想像中的非凡之人。」

我問道：「你讀過加波利奧的作品嗎？你認爲勒高克這個人物算不算一個偵探？」

福爾摩斯輕蔑地哼了一聲。「勒高克是個不中用的笨蛋。」他忿忿地說道：「唯一值得一提的是他的精力。那本書眞是讓我難以忍受，說來說去就是怎樣去辨別不知名的囚犯。這樣的問題我二十四小時之內就解決了，勒高克卻費了六個月左右的時間。這麼長的時間足以給偵探們寫出一本教材，告訴他們應該避免些什麼了。」

我聽到他把我所欽佩的兩個人物說得這樣一文不值，感到非常惱火。我走到窗口，望著窗外熱鬧的街道，自言自語地說：「這個人也許非常聰明，但是他太驕傲自負了。」

福爾摩斯不滿地抱怨：「這陣子一直沒有案件發生，也沒有發現什麼罪犯，對我們這行的人來說，就算有頭腦又有什麼用？我深知我的才能足以使我成名。從古到今，在罪案偵查方面從來沒有人有我這樣的天賦，也從來沒有人做過我這麼多的研究。可是結果怎樣呢？竟然沒有罪案可以偵查，頂多也不過是些簡單幼稚的罪案，犯罪動機那麼明顯，連蘇格蘭警場的人員也能一眼看穿。」

對他這種大言不慚的談話方式，我感到餘怒未息，最好還是換個話題。

「我很想知道這個人在找什麼。」我指著一個高大魁梧、衣著樸素的人說。這個人正在街對面慢慢地走著，焦急地查看門牌號碼。他的手中拿著一個藍色大信封，分明是個送信的人。

福爾摩斯說：「你是說那個退伍的海軍陸戰隊中士嗎？」

我暗暗想道：「吹牛！明知我無法證實他的猜測是否正確。」

正這樣想著，只見我們所觀察的那個人看到了我們的門牌號碼以後，就從街對面飛快地跑了過來。隨後只聽見一陣急促的敲門聲，樓下有人用低沉的聲音講著話，接著樓梯上便響起了沉重的腳步聲。

這個人走進房來，把那封信交給了我的朋友，說：「是給福爾摩斯先生的信。」

挫挫他傲氣的好機會終於來了，他方才信口胡說時可沒想到會這樣吧。我儘量用溫和的聲音說道：「小夥子，能問問你的職業嗎？」

「門警，先生。」那人粗聲粗氣地說，「我的制服拿去修補了。」

「你過去是幹什麼的？」我一面問他，一面惡意地瞟了我的同伴一眼。

「中士，先生，皇家海軍陸戰輕步兵團的。先生，沒有回信嗎？好吧，先生。」

他腳跟併攏，舉手敬了個禮，然後走了出去。

第3章　勞瑞斯頓花園疑案

我同伴理論的實用性又一次得到證明，這確實使我異常吃驚，對他的分析能力也更加欽佩。但在我心中仍然藏著懷疑，這會不會是他事先安排好來欺騙我的圈套呢？不過他爲什麼要欺騙我，我實在無法理解。我看了看他，他讀完了來信，兩眼出神，若有所思。

我問道：「你到底是怎麼推斷出來的呢？」

他粗聲粗氣地問道：「推斷什麼？」

「嗯，你怎麼知道他是個海軍陸戰隊的退伍中士呢？」

他粗魯地答道：「我沒工夫談這些瑣碎小事。」但接著又微笑了起來，說：「請原諒我的無禮。你把我的思路打斷了，但沒關係。你眞的看不出他曾是個海軍陸戰隊的中士嗎？」

「眞的看不出來。」

「要解釋我怎麼看出來的可比看出這件事還難。如果要你證明二加二等於四，你可能會覺得很難，但你對這一事實卻堅信不疑。我隔著一條街就看見這個人手背上的藍色大錨紋身了，所以我知道他和大海有關。況且他的舉止又頗有軍人氣概，留著軍人式的落腮鬍，因此，我猜到他是個海軍陸戰隊隊員。他的態度有些妄自尊大，而且帶有一些發號施令的神氣，你一定也看到他那副昂首揮杖的樣子了吧。從他的外表上看，他又是一個既穩健而又莊重的中年人——所以根據這些情況，我就能確定他當過中士了。」

「太妙了！」我情不自禁地喊了出來。

「這不算什麼。」福爾摩斯說。但他的表情告訴我，看到我那麼吃驚和欽佩的神情，他感到很開心。「我剛才還說沒有罪犯，看來我錯了。看看這個！」他說著就把剛收到的那封短信扔到我面前。

「哎呀！」我草草地看了一眼，不由得叫了起來，「太可怕了！」

他很平靜地說：「這件事看來確實有點不尋常，請你念念這封信好嗎？」

下面就是我念給他聽的信——

親愛的福爾摩斯先生：

昨晚，在布里克斯頓路盡頭的勞瑞斯頓花園3號發生了一件兇殺案。今晨兩點左右，巡警見到案發地點有燈光，因為知道那裡沒人居住，所以懷疑出了什麼問題。巡警看到房門大開，走進去在空無一物的前室發現一具男屍。屍體穿著整齊，口袋中裝有名片，名片上寫著「美國俄亥俄州克利夫蘭，伊諾克．J．德雷伯」等字樣。現場沒有被搶劫的跡象，也未發現任何能說明死因的證據。屋中雖有幾處血跡，但死者身上並無傷痕。對於死者為什麼進入空屋，我們百思不得其解，深感此案棘手之至。希望邀請您在十二點前到案發現場來，我將在此恭候。在未得到您的指示以前，我們將保持現場的原狀。如果您不能來，我會再把詳情向您說明，若能前來指教，不勝感激之至。

托拜西．葛雷格森上

福爾摩斯說道：「葛雷格森是倫敦警察廳中最聰明的人物，他和雷思垂德都是那一群蠢貨中的佼佼者。他們兩人眼明手快、精力旺盛，但都因循守舊，而且守舊得厲害。他們彼此鉤心鬥角，就像賣笑婦人似的爭風吃醋。如果他們都插手這件案子的話，那一定會鬧出很多笑話來。」

看他還在若無其事地侃侃而談，我大爲吃驚。我叫道：「眞是一分鐘也不能耽誤了，我去幫你叫輛馬車來好嗎？」

「我還沒有想好去不去呢。其實我是世上少見的大懶蟲，不過那只是在我的懶勁兒上來的時候，有時候我也非常勤快呢。」

「什麼？這不是你一直渴望的機會嗎？」

「老兄，這和我又有什麼關係啊？如果我把這件案子破了，我敢肯定葛雷格森、雷思垂德和他們那夥人會把全部功勞都據爲己有，因爲我不是官方人士啊！」

「但現在是他求你呀。」

「是的。他知道我勝他一籌，在我面前他也會承認，但是，他寧願割掉他的舌頭，也絕不願在第三者面前承認這一點。雖然如此，咱們還是去看看吧。我靠自己一個人就能破案，就算得不到什麼功勞，可以嘲笑他們一番也好。走吧！」

他披上大衣，那種匆忙的樣子說明他躍躍欲試的衝動已經戰勝了無動於衷的感覺。

他說：「戴上你的帽子。」

「你希望我也去嗎？」

「對，如果你沒什麼更好的事情要做的話。」一分鐘以後，我們就坐上了馬車，匆忙地向布里克斯頓路駛去。

這是一個烏雲密布、濃霧籠罩的早晨，屋頂上彌漫著一層灰褐色的帷幔，像是腳下泥土色街道的映射。我的同伴興致極高，喋喋不休地談論著義大利克里莫納出產的提琴以及斯特萊迪瓦利提琴與阿瑪蒂提琴之間的區別。而我卻一言不發，沉悶的天氣和即將進行的令人傷感任務讓我的情緒非常消沉。

最後我終於忍不住打斷了福爾摩斯關於音樂的演講。我說：「你似乎不怎麼思考眼前的這件案子。」

他回答說：「還沒有材料哪！沒有掌握全部的證據就妄下判斷，十分致命，那樣會使判斷產生偏差。」

「你很快就可以得到材料了。」我用手指著說：「要是我沒弄錯的話，這就是布里克斯頓路，那就是出事的房子了。」

「沒錯，停下！車夫，停車！」我們離那房子還有一百碼左右他就堅持要下車，剩下一段路，我們只好用步行的。

勞瑞斯頓花園3號從外表上看起來就像座凶宅。這裡有四幢相連的房子，離街道稍遠，兩幢有人居住，兩幢空著，3號就是空著的一幢。空房臨街那面有三排窗子，因爲無人居住，顯得極爲荒涼。塵封的玻璃上到處貼著「招租」牌子，每座房前都有一個草木叢生的小花園隔在房子和街道之間，花園中有一條明顯是用黏土和石子鋪成的黃色小徑。一夜大雨過後，到處皆泥濘不堪。花園的磚牆有三英尺高，牆頭上裝有木柵。一個身材高大的警官靠牆站著，旁邊圍著幾個閒人引頸翹首往裡張望著，希望能看一眼屋裡的情景，但是什麼也瞧不見。

我還以爲福爾摩斯會立刻衝進屋裡，馬上著手研究這樁疑案呢！可是他似乎並不著急，那漫不經心的樣子，在這種時候未免讓我覺得有點裝模作樣。他在人行道上走來走去，出神地注視地面、天空、對面的房子和牆頭上的木柵。仔細察看了一陣子後，慢慢走上小徑，或者應該說是走到草地和小徑交界處，目不轉睛地觀察著地面。他有兩次停下腳步，有一次我看見他露出笑容，還聽到他發出了一聲滿意的歡呼。在潮濕而泥濘的黏土地面上有許多腳印，但是員警來來回回地從上面踩過，我眞不知道我的同伴怎能指望從這上面查出什麼蛛絲馬跡來。但我始終記得上次他如何證明了他對事物的敏銳觀察力，因此我相信他肯定能看出許多我看不出來的東西。

在房子的大門口，一個臉色白皙、頭髮淺黃、手裡拿著筆記本的高個子男人過來迎接我們。他跑上前來，熱情地握住我同伴的手說：「你來了，實在太好了。我們什麼都沒動，一切都保持原狀。」

「除了那兒！」我的朋友指著那條小路說，「就算有一群水牛走過，也不會弄得比這更亂糟糟了。不過沒問題，葛雷格森，你應該已經得出了結論，所以才讓他們這樣做的吧。」

這個警探含含糊糊地說：「我在屋裡太忙了，我的同事雷思垂德也在這兒，我把外邊的事都託付給他了。」

福爾摩斯看了我一眼，嘲弄地揚了揚眉毛說：「有你和雷思垂德這樣兩位人物在場，別人也發現不了什麼了。」

葛雷格森很得意地搓著兩隻手說：「我認爲我們已經竭盡全力，但這個案子太離奇了，我知道這正合你的胃口。」

「你有坐馬車來嗎？」福爾摩斯問道。

「沒有，先生。」

「雷思垂德也沒有嗎？」

「他也沒有，先生。」

「那麼，咱們到屋裡去瞧瞧吧。」福爾摩斯問完這些不合邏輯的話以後，便大步走進房中。葛雷格森跟在後面，臉上露出驚訝的神色。

我們看到一條短短的走道通向廚房，走道上面沒有鋪地毯，滿是灰塵。走道左右各有一道門，其中一個很明顯地已經有幾個星期沒開過了。另一個是餐廳的門，慘案就發生在這個餐廳裡。福爾摩斯走了進去，我跟在他的後面，看到死屍讓我感到心情異常沉重。

這是一間方形的大屋子，由於沒有擺放傢俱，因此顯得格外寬大。牆上貼著廉價的花壁紙，有些地方已經有了斑斑點點的霉跡，有的地方還大片大片地剝落、垂在那裡，露出下面黃色的灰牆。門對面有一個華麗的壁爐，壁爐表面是白色的人造大理石，壁爐的一角放著一段紅色蠟燭頭。屋裡只有一個髒兮兮的窗子，因此室內光線非常昏暗，到處都蒙上了一層黯淡的色彩。屋內積土塵封，更加深了這種感覺。

這些細節我是後來才注意到的。剛進去的時候，我的注意力全都集中在那具可怕的屍體上。他僵臥在地板上，一雙茫然無神的眼睛瞪著褪了色的天花板。死者大約四十三、四歲，中等身材，寬寬的肩膀，一頭黑黑的鬈髮，鬍子又短又硬。他身上穿著厚厚的黑呢禮服上衣和背心及淺色褲子，裝著潔白的硬領和袖口，身旁的地板上有一頂整潔的禮帽。死者雙拳緊握、兩臂伸開、雙腿交疊著，看來他臨死前曾有過一番痛苦的掙扎。他那僵硬的臉上表情恐怖，我覺得那是我生平所未見過的一種憤恨的表情。兇惡的面貌、可怕的齜牙咧嘴的怪狀，再配上低低的前額、扁平的鼻子和突出的下巴，讓他看起來很像一個怪裡怪氣的猿猴。他那種極不自然的痛苦翻湧翻騰的姿勢，使他顯得益發可怕。我見過各式各樣的死人，卻從未見過比這個倫敦市郊大道旁黑暗、污濁的公寓中更爲恐怖的景象。

這時，一向瘦削而具有警探風度的雷思垂德站在門口，向我的朋友和我打著招呼。

他說：「這件案子一定會引起轟動的，先生，我還沒見過比這更離奇的案子。要知道，我可不是剛進這行的新手。」

葛雷格森問道：「沒有什麼線索嗎？」

雷思垂德回道：「一點也沒有。」

福爾摩斯走到屍體前，跪在地上全神貫注地查看著。

「你們肯定沒有傷痕嗎？」他一面問，一面指著四周的血跡。

兩個警探異口同聲地回答：「絕對沒有！」

「那麼，這些血跡一定是另一個人的了，也許是兇手的，如果這是一件兇殺案的話。我想起了一八三四年烏德勒支的范．詹森死時的情況。葛雷格森，你還記得那個案子嗎？」

「不記得了，先生。」

「你真應該把這個舊案重讀一下。這個世界上沒有什麼新鮮事，以前都發生過哪！」說著，他用靈敏的手指這裡摸摸，那裡按按，一會兒解開死人的衣釦檢查一番，眼裡又現出了我前面提過的那種出神。他檢查得非常迅速，讓人看不出他檢查得有多麼詳細。最後，他嗅了嗅死者的嘴唇，又瞄了一眼死者那雙漆皮靴子的靴底。

他問道：「屍體一點也沒被動過嗎？」

「除了進行我們必要的檢查以外，再也沒有動過。」

「現在可以把他送去埋了。」他說，「沒什麼可看的了。」

葛雷格森已經準備好一副擔架，四個抬擔架的人也在一旁待命。他一聲招呼，他們就走進來把死者抬了出去。當他們抬起死屍時，一枚戒指鐺地一聲掉了下來，滾落在地板上。雷思垂德一把抓了起來，莫名其妙地盯著。

他叫道：「有個女人來過，這是女人的結婚戒指。」

他一邊說著，一邊手托著戒指給大家看。我們都圍在他身邊，目光集中在戒指上。這枚樸素的金戒指無疑曾戴在新娘手上過。

葛雷格森說：「這樣一來案件更複雜了。天哪！這個案子本來就夠複雜的了。」

福爾摩斯說：「你怎麼知道這戒指不能使案子更簡單呢？瞪著它看是什麼也看不出來的。你們在他的口袋裡查出什麼來了？」

「都在這兒。」葛雷格森指著最下面一級樓梯上的一小堆東西說：「一只金錶，編號97163，倫敦巴羅德公司製造。一根又重又結實的埃爾伯特金鍊。一枚金戒指，上面刻著共濟會的會徽。一枚金別針，上邊是個狗頭，狗眼是兩顆紅寶石做的。皮製的名片夾，裡面裝著印有『克利夫蘭，伊諾克．J．德雷伯』的名片，這名字和襯衣上的E．J．D．三個縮寫字母相符。沒有錢包，只有些零錢，一共七英鎊十三先令。一本袖珍版的薄伽丘小說《十日談》，扉頁上寫著約瑟夫．史坦傑森的名字。此外還有兩封信——一封是寄給德雷伯的，另一封是給約瑟夫．史坦傑森的。」

「寄到什麼地方？」

「濱河路美國交易所，留交本人自取。兩封信都是從蓋恩輪船公司寄來的，通知他們輪船從利物浦開航的日期。可見這個倒楣蛋就要回紐約去了。」

「你們調查過史坦傑森這個人嗎？」

「我當下立刻就查了，先生。」葛雷格森說，「已經把告示送到各家報社去刊登，另外又派人到美國交易所去打聽，現在還沒回來呢。」

「跟克利夫蘭方面聯繫了嗎？」

「今天早晨發了電報。」

「電報上怎麼說？」

「我們只是把這件事的情況詳細說明了一下，並且希望他們能提供對我們有幫助的消息。」

「你沒有讓他們提供可能是案件關鍵的細節嗎？」

「我問到了史坦傑森這個人。」

「沒問到別的？難道整個案子裡就沒有其他能問的？你不再發電報了嗎？」

葛雷格森語氣生硬地說：「我已經把我要說的都說了。」

福爾摩斯暗自笑了笑，好像想說些什麼。這時雷思垂德又來了，洋洋得意地搓著雙手。我們和葛雷格森在屋裡談話的時候，他在前屋裡。

「葛雷格森先生。」他說，「我剛才發現了一件絕頂重要的事情。要不是我仔細地檢查了一下牆壁，就把它漏掉了。」這個小個子說話時眼睛閃閃發光，顯然是在爲自己勝過了同僚一著而自鳴得意。

「到這裡來。」他一邊說著，一邊很快地回到前屋裡。由於屍體已經抬走，屋裡的空氣似乎清新了許多。「好，請站在那裡！」

他拿了一根火柴劃過靴子點著後，舉起來照著牆壁。

「瞧瞧那個！」他得意地說。

我們前面說過，許多地方的壁紙都已經剝落。就在這個牆角上，有一大片壁紙垂了下來，露出一塊粗糙的黃色粗灰牆。在這處沒有壁紙的牆上，有幾個用鮮血寫成的潦草字母：

拉契（RACHE）

「你們對這些字有什麼看法？」這個警探大聲說，神情就像馬戲團老闆在誇耀自己的把戲一樣，「這些字之所以被我們忽略，是因爲它寫在屋中最黑暗的角落裡，誰也沒想到來這裡看看。這是兇手用他（或她）自己的血寫的。瞧，還有血順著牆往下流的痕跡呢！從這點就可以看

出，無論如何，這絕不是自殺。爲什麼要選擇這個角落寫呢？我來告訴你們。看壁爐上的那段蠟燭，當時它是點著的；如果是點著的，那麼這個牆角當時就是最亮而不是最黑的地方了。」

葛雷格森輕蔑地說：「就是發現了這些血字又有什麼意義呢？」

「意義？這說明寫字的人是要寫一個女人的名字『瑞秋』（Rachel），但是有什麼事打斷了他，所以他（或她）沒來得及寫完。你記住我的話，等我們把這個案子全弄清楚了，你一定會發現一個名叫『瑞秋』的女人和這個案子有關。你現在盡可以笑話我，福爾摩斯先生，你也許非常聰明能幹，但薑終究還是老的辣。」

聽了這話，我的同伴不禁放聲大笑起來，這激怒了這個小個子。福爾摩斯說：「實在對不起！你的確是我們三個人中第一個發現這些血字的，自然應歸功於你。而且就像你所說的，我們有充分的理由相信這字是昨夜慘案中的另一個人寫的。可我還沒來得及檢查這間屋子，若你允許的話，我現在就開始檢查。」

他邊說著，邊很快地從口袋裡掏出一個卷尺和一個很大的圓形放大鏡。他拿著這兩樣工具在屋裡默默走來走去，有時站住，有時跪下，有一次還趴在地上。他全神貫注地工作著，似乎忘記了我們的存在；因爲他一直自言自語低聲嘀咕著，一會兒驚呼，一會兒歎息，有時吹起口哨，有時又輕輕地發出充滿希望、受到鼓舞似的叫聲。看著他這樣子，我不禁想到訓練有素的純種獵犬在叢林中跑來跑去，用吠叫表達自己的渴望，直到嗅出獵物的蹤跡才肯罷休。他一直檢查了二十多分鐘，小心翼翼地測量了一些我看不到的痕跡間的距離，偶爾還不可思議地用卷尺測量牆壁。在某處，他小心翼翼地從地上拈起一小撮灰色塵土，把它放在一個信封裡。最後他用放大鏡檢查了牆上的血字，非常仔細地觀察了每個字母。做完這些，他就把捲尺和放大鏡放回衣袋裡，似乎很滿意。

他微笑著說：「有人說『天才』就是擁有能無止境地吃苦耐勞的本領，這個定義很不準確，不過用在偵探工作上倒挺合適。」

葛雷格森和雷思垂德一直好奇又略帶輕蔑地看著這位業餘偵探的動作。很明顯地，他們還沒領會到我現在已經慢慢明白的道理——福爾摩斯的每個細微動作都具有實用且明確的目的。

他們兩人同聲問道：「你的看法如何，先生？」

我的朋友說：「如果我幫你們的話，不是要把兩位在這樁案件上的功勞據爲己有嗎？你們現在進行得很順利，這時候別人插手進來多可惜啊！」話中滿含譏諷。他接著又說：「如果你們能把偵查的進展情況隨時告訴我，我當然願意盡力相助。我還要跟發現屍體的員警談一談，能把他的姓名和住址告訴我嗎？」

雷思垂德看了一眼他的記事本，說：「他叫約翰·蘭斯，現在下班了。你可以到肯寧頓公園路，奧德利大院46號去找他。」

福爾摩斯把住址記了下來。

「來吧，醫生。」他說，「咱們找他去。我告訴你們一件對破案有幫助的事情。」他轉向兩位警探繼續說道：「這是一樁謀殺案。兇手是個中年男人，身高六英尺多（約一百八十多公分）。照他的身材來說，腳小了一點，穿著一雙劣質方頭靴子，抽的是印度平頭雪茄菸。他是和被害者一起坐著一輛四輪馬車來的。這輛馬車用一匹馬拉著，馬的三只蹄鐵是舊的，但右前蹄的蹄鐵是新的。這個兇手很可能臉很紅，右手指甲很長。這僅僅是幾點線索，但對於你們兩位也許有點幫助。」

雷思垂德和葛雷格森互相交換了個眼色，露出一種懷疑的微笑。

雷思垂德問道：「如果這個人是被殺死的，那麼他是如何被謀殺的呢？」

「毒死的。」福爾摩斯簡單地說，然後就大步向外走去。「還有，雷思垂德。」當走到門口時，他又回過頭來說：「『拉契』這個詞在德語中是復仇的意思，所以別再浪費時間去尋找那位『瑞秋』小姐了。」

說完這幾句臨別贈言，福爾摩斯就走了，留下這兩位對手目瞪口呆地站在那裡。

第4章 約翰·蘭斯的敍述

我們離開勞瑞斯頓花園3號的時候，已經是下午一點了，福爾摩斯帶我到最近的電報局去發了一封長電報。然後，他叫了一部馬車，吩咐車夫送我們到雷思垂德說的那個地址。福爾摩斯說：「什麼也比不上第一手的證據，其實，我對這個案子已經胸有成竹了，不過還是應該把所有情況弄清楚。」

我說：「福爾摩斯，你眞叫我吃驚。剛才你所說的那些線索，你肯定也不像你裝出來的那樣有把握吧？」

「我的話絕對沒錯。」他回答說，「我到那裡最先看到的是，馬路旁有兩道馬車車輪痕跡。由於昨晚下雨前整個禮拜都是晴天，所以這些深深的車輪印一定是昨天夜裡留在那裡的。此外，那裡還有馬蹄印，其中有一個蹄印比其他三個都要清楚得多，說明那只蹄鐵是新換的。這輛車子既然是在下雨後到那裡的，同時根據葛雷格森所說，整個早晨又沒有車輛來過，可見，這輛馬車一定是昨晚到那兒的；因此，那兩個人就是坐這輛馬車到這幢房子來的。」

「聽起來好像很簡單。」我說，「但你又是怎麼知道另外那個人身高的呢？」

「哦，一個人的身高十之八九可以從他的步幅上看出來。計算方法很簡單，但我現在沒必要拿這些數字來煩你。我是在屋外的黏土地上和屋內的塵土上量出那人的步幅的。還有一個驗算我計算結果的辦法。一般人在牆上寫字的時候，會本能地將字寫在視線以上的位置，牆上的字跡離地剛好六英尺多一點（約一百八十多公分）。這就像兒童遊戲一樣簡單。」

「那他的年齡呢？」我又問道。

「唔，假如一個人不費吹灰之力就能一步跨出四英尺半（約一百三十七公分），絕不會是一個老頭兒。小花園裡的通道上有一個那麼寬的水坑，他顯然是一步跨過去的。漆皮靴子是繞著走的，方頭靴子則是從上面邁過去的。這裡頭沒什麼神秘的東西，只不過是把我那篇文章中所提到的那些觀察和推理方法，應用到日常生活中罷了。你還有什麼不明白的嗎？」

「手指甲和印度雪茄菸呢？」我提醒他。

「牆上的字是一個人用食指沾著血寫的。我用放大鏡觀察到寫字時有些牆粉被刮了下來。如果這個人修剪過指甲，絕不會如此。我還從地板上收集到一些散落的菸灰，它的顏色很深，而且呈薄片狀，只有印度雪茄的菸灰才這樣。我曾經專門研究過雪茄菸灰，事實上，我還寫過這方面的專題論文呢。我可以誇口，無論什麼品牌的雪茄或紙菸的菸灰，只要有這個牌子，我看上一眼，就能識別出來。正是這些細微末節的東西，才能讓你看出一個出色的偵探與葛雷格森、雷思垂德之流的不同之處。」

「那紅臉是怎麼回事呢？」我又問道。

「啊，那就是一個更爲大膽的推測了，然而我確信自己是正確的。在目前的情況下，你還是暫時不要問我這個問題吧。」

我用手摸了摸額頭，說：「我都有點暈頭轉向了，越想越覺得神秘莫測。如果眞是有兩個人的話，那這兩個人究竟是怎樣進空屋去的？送他們去的車夫又怎麼了？一個人要怎樣才能逼另一個人服毒呢？血又是從哪裡來的？既然不是搶劫案，兇手的目的又是什麼？女人的戒指是怎麼來的？最重要的是，第二個人在逃走之前，爲什麼要在牆上用德文寫下『復仇』呢？老實說，我實在想不出怎樣才能把這些問題一一連結在一起。」

我的同伴贊同地微笑著。

他說：「你把這樁案件中的難處總結得很簡單扼要，相當不錯。雖然我已經能確定一些主要的事實，但還有許多地方不夠清楚。至於雷思垂德所發現的那個血字，是要暗示這是社會黨或是什麼秘密團體幹的，企圖把員警引入歧途。那字不是德國人寫的。你如果注意看，就能發現字母A有點像模仿德文的樣子寫的，不過眞正的德國人寫的卻常常是拉丁字體，所以我們可以確定這字母絕不是德國人寫的，而是出自不甚高明的模仿者之手，而且他還有點畫蛇添足了。這不過是個詭計，只是想把偵查工作引入歧途。醫生，關於這個案子我想已經告訴你夠多了。你知道魔術師一旦拆穿自己的戲法，就得不到別人的讚賞了；如果我把我的工作方法跟你說得太多，你就會得出這樣的結論：其實福爾摩斯這個人不過是個十分平常的人物罷了。」

我回答說：「我絕不會那樣的。偵探學遲早會成爲一門精確的科學的，而你已經差不多接近這個目標了。」

聽了這話，再看到我說話時的誠懇態度，我的同伴高興得脹紅了臉。我早看出來了，每當他聽到別人誇獎他在偵探技術上的成就時，他就會敏感得像姑娘家聽到別人稱讚她的美貌時一樣。

他說：「我再告訴你一件事。穿漆皮靴和穿方頭靴的兩個人是乘同一輛馬車的，而且非常有可能是非常友好地手挽手一起從花園小徑上走過。他們進了屋子以後，還在屋子裡走來走去；準確地說，穿漆皮靴子的人站在那兒不動，而穿方頭靴子的人卻在屋中不停走動，這是我從地板上的塵土看出來的。同時我還看出他越走越激動，因爲他的步伐愈來愈大。他一直在說話，最後終於狂怒起來，於是慘劇就發生了。現在我把我所知道的一切情況都告訴你了，剩下的就是一些猜測和臆斷了，好在我們已經有了後續要調查的線索。咱們必須抓緊時間，因爲我今天下午還要去聽阿勒音樂會，聽聽諾爾曼·內魯達的演奏呢。」

當我們談話的時候，車子不斷地穿過昏暗的大街和冷清的小巷。在一處最昏暗、最荒涼的巷口，車夫突然把車停了下來。「那邊就是奧德利大院。」他指著兩道灰暗磚牆之間的狹窄巷道說，「回來時到這裡找我。」

奧德利大院並不是一個吸引人的地方。我們走過那條狹窄的小巷道，來到一個方形大院，院內地面是用石板鋪成的，四周是骯髒破爛的住房。我們穿過一群骯髒的孩子，鑽過一排排被曬到褪色的衣服，最後來到46號。46號的門上釘著一個小銅牌，上面刻著「蘭斯」字樣。我們上前一問，才知道這位員警正在睡覺，我們便被帶到前面的一間小客廳裡等他出來。

員警很快就出來了。由於被我們擾了好夢，他顯得不太高興。他說：「我已經向局裡報告過了。」

福爾摩斯從衣袋裡掏出一枚半鎊金幣，若有所思地在手中把玩著。他說：「我們想要請你從頭到尾再親口說一遍。」

員警盯著那枚小金幣回答：「我很願意告訴您我所知道的一切。」

「那麼讓我聽一聽事情發生的經過吧！想怎麼說就怎麼說。」

蘭斯在沙發上坐了下來，他皺起眉頭，好像要下定決心在他的敘述中不能有任何遺漏似的。

他說：「我得從頭說起。我當班的時間是從晚上十點到第二天早上六點。晚上十一點時，曾有人在白哈特街打架，除此以外，我巡邏的地區都很平靜。半夜一點鐘的時候，開始下起雨來，這時我遇見了哈里·默切爾，他是負責在荷蘭樹林區一帶巡邏的員警。我們兩人就站在亨瑞埃塔街的街角聊天。不久，大概是兩點或者兩點稍過一點，我想我該轉一圈看看布里克斯頓路是不是平靜無事。這條路又髒又偏僻，一路上連個人影都沒看見，只有一兩輛馬車從我身旁駛過。我慢慢溜達著，一邊想著要是能喝上一口熱酒該有多好。這時，忽然看見那座房子的窗子透出微光。我知道勞瑞斯頓花園的兩間房子都是空著的，其中一間的最後一個房客得了傷寒病死了，可是房東就是不願清理水溝，所以我一看到那個窗子有燈光就嚇了一大跳，懷疑出了什麼問題。等我走到屋門口……」

「你就站住了，轉身又走回小花園門口。」我的同伴打斷他的話，「你爲什麼要那樣做？」

蘭斯猛地跳了起來，滿臉驚訝地瞪著福爾摩斯。

「天哪！確實是那樣的，先生。」他說，「可是您怎麼會知道的？只有天曉得！您知道，當我走到門口的時候，覺得太孤單、太冷清了，最好還是找個人和我一起進去。我倒不怕人世上的什麼東西，但我想到也許是那個因爲傷寒病死的人，正在檢查那個要了他命的水溝。這樣一想嚇得我轉身就走，重新回到大門口去，看看能不能看見默切爾的提燈；可是我卻連他的影子也瞧不見，也沒見到別的人。」

「街上一個人也沒有嗎？」

「一個人影也沒有，先生，連條狗都沒有。我只好鼓足勇氣又走了回去，把門推開。裡面靜悄悄的，於是我就走進了那間有燈光的屋子。只見壁爐臺上點著一支蠟燭，一支紅蠟燭，燭光忽隱忽現，藉著燭光我看見……」

「好了，你所看見的情況我都知道了。你在屋中走了幾圈，並且在死屍旁邊跪了下來，之後又走過去推推廚房的門，後來……」

聽到這裡，約翰·蘭斯突然跳了起來，滿臉驚恐，眼中露出懷疑的神色。他大聲問道：「你那時躲在什麼地方，怎麼看得這麼清楚？這些事你不可能知道。」

福爾摩斯笑了笑，把他的名片隔著桌子扔給這位員警看。「可別把我當兇手抓起來。」他說，「我是一條獵犬而不是狼，這一點葛雷格森和雷思垂德先生都能證明。還是請你接著說吧，然後你又做了些什麼？」

蘭斯重新坐了下來，但是臉上仍帶著狐疑的神情。「我走到大門口吹響警笛，默切爾和另外兩個員警都循聲而來。」

「當時街上什麼都沒有嗎？」

「嗯，凡是正經點的人早就回家了。」

「什麼意思？」

員警的表情放鬆了些，他笑了笑，說：「我這輩子見過的醉漢可不少，但從來沒見過像那傢伙那樣爛醉如泥的。我出來的時候，他站在門口，靠著欄杆，放開嗓門，大聲唱著哥倫拜恩唱的那段小調或是這一類的曲子。他都站不住了，眞沒辦法。」

「他是一個什麼樣的人？」福爾摩斯問道。

福爾摩斯這樣一打岔，約翰．蘭斯好像有些不高興。他說：「是個少見的醉鬼。要不是我們那麼忙的話，早把他送到警察局去了。」

「他的臉、他的衣服，你有注意嗎？」福爾摩斯不耐煩地打斷他。

「我想我還眞注意到了，因爲我和默切爾要把他扶起來。他是一個高個子、紅臉、下邊圍著一圈……」

「這就夠了。」福爾摩斯大聲說道，「他後來又怎麼樣了？」
「我們當時那麼忙，哪有工夫管他！」這位員警頗爲不滿地說，「我敢打賭，他肯定認得回家的路。」
「他穿著什麼衣服？」
「一件棕色外衣。」
「手裡有沒有拿著馬鞭子？」
「馬鞭子？沒有。」
「他一定是把它丟了。」我的夥伴嘟囔著說，「後來你有沒有看見或聽見有輛馬車過去？」
「沒有。」
「這半鎊金幣給你。」我的同伴說著就站起身來，戴上帽子，「蘭斯，恐怕你在警局裡永遠不會升職。你那個腦袋除了是個裝飾品，也該有點別的用處。昨晚你本來可以撈個警長做做的。你扶過的那個人就是這樁疑案的線索，我們正在找他。現在再爭論也沒有什麼用了，我告訴你，事實就是如此。走吧，醫生。」
說著我們就一起出去找馬車，留下那個員警還在半信半疑，但是顯然很不安。
我們坐著車子回家的時候，福爾摩斯惡狠狠地說：「這個笨蛋！想想看，碰上這樣千載難逢的好機會，他卻把它白白放過了。」

「我還是不太明白。顯然這個員警所形容的那個人和你所猜想的本案中另一個人的情況正好一樣，但是他幹嘛要去而復返呢？這不像罪犯該做的事啊！」

「戒指，先生，是戒指，他回來就是爲了這個東西。咱們要是沒有別的辦法捉住他，就可以拿這個戒指當誘餌引他上鉤。我一定會捉住他的，醫生。我敢跟你打賭，二賠一，我肯定能逮住他。這一切我還得感激你呢！要不是你，我可能還不會去呢！那我就要失掉這個百年難得一遇絕佳的研究機會了。我們叫它『血字的研究』案好嗎？使用一些美麗的辭藻又何妨呢。在平淡無奇的生活中，謀殺案就像一條紅線一樣貫穿其間，我們的任務就是要去揭露它，把它從生活中清理出來，徹底地曝光。咱們先去吃午飯，然後再去聽聽諾爾曼·內魯達的演奏。她的指法和弓法簡直妙極了，她演奏的那段蕭邦的什麼曲子眞是太棒了！啦啦……啦……啦……啦啦……啦啦……啦。」

這位業餘偵探靠在馬車上像隻雲雀似地唱個不停。我則在默默沉思著：人類的頭腦眞是無所不能啊！

第5章　廣告帶來的訪客

忙了一上午，我虛弱的身體實在吃不消了，因此，下午我感到疲倦不堪。在福爾摩斯出去聽音樂會以後，我就躺在沙發上努力地想睡上兩小時，可是怎樣也睡不著。上午所經歷的種種情況讓我過於興奮，腦子裡滿是莫名其妙的想法和猜測。閉上眼睛，那個被害者扭曲得像狒狒一樣的臉就出現在我眼前。他給我的印象只有邪惡，所以對於那個把如此面目可憎的人從世上除掉的兇手，我除了感激之外，很難有別的感覺。如果說長相能代表一個人是否有罪，那這位來自克利夫蘭的伊諾克・J・德雷伯肯定是屬於最邪惡的。雖然如此，我認爲還是應當公正對待這個問題，從法律上講，被害人的惡行並不能抵銷兇手的罪。

福爾摩斯推測這個人是中毒而死的，我越想越覺得他的推測很不尋常。我記得我的夥伴嗅過死者的嘴唇，他一定是已經察覺到什麼才會那麼做的。況且屍體上沒有傷痕，也沒有被勒死的跡象，如果不是中毒而死，那麼致死的原因又是什麼呢？但另一方面，地板上大灘的血跡又是誰的？屋裡既沒有發現扭打的痕跡，也沒有找到死者用來打傷對方的武器。只要找不到這些問題的答案，我覺得不管是福爾摩斯還是我都很難安然入睡。他那種鎮靜而自信的神態，使我深信他對於全部案情早有了自己的見解，雖然我一時還猜不出他的見解到底是什麼。

福爾摩斯回來得非常晚。但我相信，他絕不是因爲聽音樂會聽到這麼晚。他回來的時候，晚飯早已經擺在桌上了。

「今天的音樂會太好了。」福爾摩斯說著就坐了下來，「你記得達爾文對於音樂的見解嗎？他認爲人類遠在會說話前，就有了創作和欣賞音樂的能力。也許這就是我們會不可思議地受到音樂感染的緣故吧！在人類的心靈深處，對於世界混沌初期的那些朦朧歲月，還留有一些模糊不清的記憶。」

我說：「這種說法過於廣泛了。」

「一個人要想說明大自然，他的想像力就必須像大自然一樣寬廣。」福爾摩斯說。「怎麼回事？你今天和平常不大一樣呀，布里克斯頓路的案子讓你心神不寧了吧。」

我說：「說實在的，確實是這樣。經歷戰爭後，我本應該鍛鍊得更堅強些的。在邁萬德戰役中，我也曾親眼目睹自己的戰友血肉橫飛，但我並沒有感到害怕。」

「這一點我能理解。這件案子有一些很神秘的東西引人想像。沒有想像，也就沒有恐懼了。你看過晚報了嗎？」

「沒有。」

「晚報對這個案子的介紹相當詳盡，但是沒提到抬起屍體時，有一枚女人的結婚戒指掉在地上這件事。沒有提到倒是更好。」

「爲什麼？」

「你看看這則廣告。」福爾摩斯說，「今天上午的事情發生後，我立刻就在各家報紙上登了一則廣告。」

他把報紙遞給我，我看了看他指的地方，那是「失物招領欄」的頭一則廣告。廣告內容是：

今晨在布里克斯頓路、白鹿酒館和荷蘭樹林間拾得結婚金戒指一枚。失者請洽貝克街221號B座，華生醫生，今晚八點到九點。

「對不起，用了你的名字。」福爾摩斯說，「如果用我自己的名字，萬一被那些笨蛋警探看到，他們又要從中插手了。」

「這倒沒什麼。」我回答，「不過要是眞有人前來領取的話，我可沒有戒指呀。」

「哦，你有啊！」說著，他遞給我一枚戒指，「這一枚就行，幾乎和那枚一模一樣。」

「那麼你預料誰會來拿這枚戒指呢？」

「唔，就是那個穿棕色外套的男人，我們那位穿方頭靴子的紅臉朋友。他自己不來，也會打發一個同黨來的。」

「他不會覺得這樣做太危險嗎？」

「一點都不會。如果我對這個案子的看法沒錯的話——我有種種理由相信我沒有看錯。這個人寧願冒任何危險，也不願失去這枚戒指。據我觀察，戒指是在他俯身察看德雷伯屍體的時候掉下來的，當時他沒有察覺。離開那座房子以後，他才發覺自己把戒指弄丟了，於是又急忙回去。這時他發現由於自己的粗心大意沒有熄滅蠟燭，員警已經到了屋裡。他這時候出現在房子的大門口很可能被認爲有嫌疑，因此，他不得不裝出酩酊大醉的樣子。你不妨設身處地想一想，這個人把整件事情仔細地想了一遍以後，一定會想到自己也可能是在離開那所房子以後把戒指丟在路上了。那怎麼辦呢？自然是急忙在晚報上尋找一番，希望能在失物招領欄中有所發現。看到這則廣告他肯定會眼睛一亮，簡直是喜出望外哩！怎麼會害怕什麼圈套呢？在他看來，找到戒指肯定不會和謀殺這件事有關。他會來的，一定會來的，一小時之內你就能見到他了。」

「然後怎麼辦呢？」我問。

「啊，到時候你讓我來對付他吧。你有什麼武器嗎？」

「我有一支舊的軍用左輪手槍，還有一些子彈。」

「你最好把它擦乾淨，並裝上子彈，這傢伙準是一個亡命之徒。雖然我可以出其不意地捉住他，但還是做好準備以防萬一。」

我回到臥室，照他的話去做了準備。當我拿著手槍出來時，只見餐桌已經收拾乾淨，福爾摩斯正忙著他至愛的消遣活動——信手撥弄他的小提琴。

我進來時，福爾摩斯說：「案情越來越有眉目了。我發往美國的電報剛剛有了回音，證明了我對這個案子的看法。」

我急忙問道：「你的看法是——」

「我的琴要是換上新弦就更好了。」福爾摩斯說，「你把手槍放在口袋裡。那個傢伙進來的時候，你要用正常的語氣跟他談話，別的我來應付。不要大驚小怪，以免打草驚蛇。」

我看了一下錶，說：「現在已經八點了。」

「是啊，他可能幾分鐘之內就要到了。把門打開一點，行了。把鑰匙插在鑰匙孔上，謝謝！這是我昨天在書攤上找到的一本很奇妙的古書，書名叫《論各民族的法律》，是用拉丁文寫的，一六四二年在蘇格蘭低地的列日出版。當這本棕色封面的小書出版的時候，查理一世的腦袋還牢牢地長在他的脖子上呢。」

「出版者是誰？」

「菲利浦·德克羅伊，不知道是何許人士。書的扉頁上寫著『古列奧米·懷特藏書』，墨水早已褪了色。也不知道作者威廉．懷特是誰，大概是一位十七世紀的實用主義法律家，他寫字繞來繞去的，帶著一種法律的味道。我想我們等的人來了。」

他說到這裡，忽然門鈴響了。福爾摩斯輕輕地站了起來，把他的椅子向門邊移了移。我們聽到女僕走過門廊和她打開門閂的聲音。

「華生醫生住在這兒嗎？」一個清晰但有點刺耳的聲音問道。我們沒有聽到女僕的回答，只聽見大門關上的聲音，然後就聽到有人上樓來了。腳步聲斷斷續續，像是拖著步子在走。我的朋友側耳聽著，臉上出現驚訝的表情。腳步聲緩慢地沿著走道傳過來，接著就聽見輕微的叩門聲。

「請進。」我高聲說道。

應聲進來的並不是我們所想像的那個兇惡殺手，而是一位滿臉皺紋的老太婆。她蹣跚地走進屋後，好像突然被燈光一照，照花了眼般。行過禮後，她就站在那兒，瞇著那雙被照花的眼睛看著我們，痙攣顫抖的手指不停地在口袋裡摸索著。我瞥了我的夥伴一眼，只見他

顯得怏怏不樂，我也只能保持鎮定了。

老太婆掏出一張晚報，手指著我們登的那則廣告說：「我是爲這件事來的，好心的先生們。」說著，她又深施一禮，「廣告上說在布里克斯頓路拾到一枚結婚金戒指。那是我女兒莎莉的，她是去年這個時候結的婚，她的丈夫在一艘英國船上當服務生。如果他回來時發現我女兒的戒指不見了，會說什麼呢？我簡直不敢想！他這個人平時脾氣就不好，喝了點酒以後就更加暴躁了。是這樣的，昨天晚上我女兒去看馬戲團表演，是和……」

「這是她的戒指嗎？」我問。

老太婆叫了起來：「謝天謝地！莎莉今天晚上可要開心死了。這就是她弄丟的那枚戒指。」

我拿起一支鉛筆問道：「您住在哪兒？」

「皇茲第奇區，鄧肯街13號。離這兒挺遠的呢。」

「可是布里克斯頓路並不在皇茲第奇區和什麼馬戲團之間呀。」福爾摩斯嚴厲地說。

老太婆轉過臉去，紅紅的小眼睛銳利地瞥了福爾摩斯一眼，說：「那位先生剛才是問我的住址。莎莉她住在派克漢姆區，梅菲爾德公寓3號。」

「您貴姓？」

「我姓索耶，我的女兒姓鄧尼斯，他的丈夫叫湯姆．鄧尼斯。他在船上眞是一個又漂亮又正直的小夥子，公司裡找不到比他更好的服務生了；可是一上岸，又玩女人，又喝酒……」

「這是您的戒指，索耶太太。」我遵照我夥伴的暗示打斷了她，「這個戒指顯然是您女兒的。我很高興，現在物歸原主了。」

老太婆嘟嘟囔囔地說了些千恩萬謝的話後，就把戒指包好，放入衣袋，然後拖著腳步走下樓去。老太婆剛出房門，福爾摩斯便霍地站了起來跑進他自己的屋裡。幾秒鐘以後，他走了出來，已經穿好大衣，繫上圍巾。他急匆匆地說：「我要跟著她。她一定是同黨，她會把我帶到兇犯那裡去。別睡，等著我。」客人出去後，大門剛剛砰地一聲關上，福爾摩斯就下了樓。我透過窗戶向外看去，只見那個老太婆有氣無力地走在馬路對面，福爾摩斯在她後邊不遠處尾隨著。我心想：假如福爾摩斯的想法沒錯，他現在就要直搗虎穴了。其實他用不著吩咐我等著他，因爲在我沒聽到他冒險的結果以前，根本就睡不著。

福爾摩斯出門的時候將近九點鐘。我不知道要去多久，只好閒坐在房裡抽著菸斗，隨手翻閱一本亨利．默吉爾的《波希米亞人》。十點過後，我聽見女僕回房睡覺去的腳步聲。十一點鐘，房東太太的沉重腳步聲從我房門前走過，她也是回房去睡覺的。將近十二點鐘，我才聽到福爾摩斯用鑰匙打開大門的聲音。他一進來，我就從他的臉色看出他並沒有成功。他好像在猶豫著是該高興還是該懊惱，後來高興終於戰勝了懊惱，福爾摩斯忽然放聲大笑。

「這件事說什麼我也不能讓蘇格蘭警場的人知道。」福爾摩斯大聲說著，之後就跌進椅子裡，「我把他們嘲笑得夠嗆，這回他們絕不會善罷甘休的。可是，我也不在乎他們譏笑我，遲早我會把面子找回來的。」

我問道：「到底是怎麼回事？」

「唉，我也不在乎跟你說說我失敗的情況了。那個傢伙走了沒多遠，就開始一瘸一拐，好像腳很痛的樣子。突然她停下腳步，叫住一輛路過的馬車。我向她湊近些，想聽聽她要去的地點。其實我根本用不著這樣緊張，因爲她說話的聲音很大，就算在馬路對面也能聽見。她大聲說：『到皇茲第奇區，鄧肯街13號。』看來她說的是眞的，所以看見她坐在車上以後，我也跟著跳上了馬車尾部。這是每一個偵探必須精通的技能。我們就這樣向前走，馬車一路未停，直奔目的地。快到13號門前的時候，我先跳下車來，裝作閒逛的樣子在馬路上漫步。我看見馬車停了，車夫跳下來把車門打開等候著，可是並沒有人下來。我走到車夫面前，他正在黑暗的車廂中到處摸索，嘴裡不乾不淨地罵著我這輩子都沒聽過的『最好聽的』詞，乘客早已了無蹤影。我想，車夫要想拿到車費恐怕得等到猴年馬月了。我們到13號去問了問，原來那裡住的是一位品行端正的裱糊匠，名叫凱斯維克，他從來沒聽說過有個叫什麼索耶或者鄧尼斯的人。」

我吃驚地大叫道：「你是說那個身體虛弱、步履蹣跚的老太婆竟然在車輛行進中跳下去了，而你和車夫都沒看見？」

福爾摩斯厲聲說道：「什麼老太婆，眞該死！我們被人騙了，我們兩個才是老太婆呢！他一定是個年輕的小夥子，一個身手敏捷的小夥子，而且還是個了不起的演員，他的演技眞是舉世無雙。顯而易見，他知道有人跟著他，因此就用了這一手，趁我不注意時溜了。看來我們想抓的那個人絕不像我當初想像的那樣是孤身一人，他還有許多願意爲他冒險的朋友。嘿，大夫，看樣子你累壞了，聽我的話進去睡吧。」

我的確感到很疲乏，所以就聽他的話回房睡了，剩下福爾摩斯一個人，坐在微微燃燒著的爐火邊。在這萬籟俱寂的漫漫長夜裡，迴響著他那憂鬱的琴聲，我知道他仍在思索那個他立志要解開的謎。

第6章　葛雷格森大顯身手

第二天，各家報紙都連篇累牘地刊登了「布里克斯頓疑案」的新聞，每份報紙上都有非常詳盡的報導，有的甚至還發表了社論，其中有些消息連我都沒聽說過。我的剪報本裡至今還保存著不少關於這個案子的剪報。下面是其中一些新聞的摘錄：

《每日電訊報》報導：在所有的犯罪記錄裡，很少有比這個悲劇更為離奇的案子。被害人用的是德國名字，又沒有什麼其他的犯罪動機，而且牆上還有那麼狠毒的字樣，所有的一切都說明這是一群亡命的政治犯和革命黨幹的。社會黨在美國的流派很多，被害人無疑是因為觸犯了他們不成文的法律才被追蹤到此，遭了毒手。……

這篇文章還順便提到過去發生的德國秘密法庭案、礦泉案、義大利燒炭黨案、布林威列侯爵夫人案、達爾文理論案、馬爾薩斯原理案以及萊特克利夫公路謀殺案等案件，然後在文章結尾向政府提出忠告，主張今後要密切注意在英外僑的動向。

《旗幟報》評論：這種無法無天的暴行通常都是在自由黨執政時發生的，究其原因，是民心動亂導致的政府權力削弱。死者是一位美國紳士，已在倫敦居住幾個星期，生前曾住在位於坎伯威爾區托爾凱伊的夏潘提爾太太的公寓裡。他是在私人秘書約瑟夫·史坦傑森先生的陪同下出來旅行的。他們二人本月四日星期二辭別女房東後，就去尤斯頓火車站準備搭乘快車去利物浦，當時有人在車站月臺上看過他們，以後就不知所蹤了。後來，根據警方的記錄，在尤斯頓車站數英里外的布里斯克頓路一所空屋中發現了德雷伯先生的屍體。他如何到達此地以及如何被害等情況仍是未解之謎。史坦傑森至今仍下落不明。值得安慰的是，蘇格蘭警場的知名警探雷思垂德和葛雷格森二人正在同時偵查此案，相信本案很快就會水落石出。

《每日新聞報》報導：這肯定是一樁政治罪案。由於歐洲大陸各國政府的專制和對自由主義的憎恨，許多人被驅逐到我們的國土上來。如果我們不追究他們過去的所作所為，這班人士很有可能會成為優秀的公民。在這些流亡人士間有著一種嚴格的「準則」，一經觸犯必予處死。目前必須竭盡全力找到他的秘書史坦傑森，以便確定死者的詳細生活習慣。另據報導，死者生前在倫敦的住址已經查獲，這使案情取得了決定性的進展，這都要歸功於蘇格蘭警場葛雷格森先生的機智幹練。

早餐時，福爾摩斯和我一同讀完這些報導，這些報導似乎讓他覺得相當有趣。

「我早就對你說過，不管發生什麼情況，功勞總是屬於雷思垂德和葛雷格森的。」

「那也要看結果呀。」

「哦，老兄，這才沒有任何關係呢。如果兇手捉到了，肯定是由於他們兩個辛勤認眞；如果兇手逃跑了，他們又會說：『雖然他們歷盡艱辛，但是……』好事永遠都是他們的，壞事就是別人的。不管他們幹什麼，總會有人爲他們歌功頌德。眞是『笨蛋雖笨，但總有比他更笨的笨蛋爲他喝采』。」

這時候，走道裡和樓梯上突然傳來一陣雜亂的腳步聲，夾雜著房東太太的抱怨聲。我不禁喊道：「這是怎麼一回事？」

「是偵查隊貝克街分隊。」我的夥伴一臉嚴肅地說。正說著，只見六個街頭流浪兒衝進屋來，他們是我所見過最骯髒、最衣衫襤褸的孩子。

「立正！」福爾摩斯厲聲喝道。這六個小流氓就像六個破爛的小泥人一樣站成了一直線。

「以後你們叫維金斯一個人上來報告，其餘的人在街上等著。找到了嗎？維金斯。」

一個孩子答道：「沒有，先生，我們還沒有找到。」

「我估計你們也沒找到，一定要繼續找，直到找到爲止。這是你們的工資。」福爾摩斯給了他們每人一先令。「好，現在去吧，希望下次有好消息向我報告。」

福爾摩斯揮了揮手，這群孩子就像一群老鼠似地下樓了。不一會兒，就聽到街上傳來了他們刺耳的吵鬧聲。

福爾摩斯說：「這些小傢伙一個人比一打員警還能幹。人們一看到官方人士就閉口不言，可是這些小傢伙什麼地方都能去，什麼事都能打聽到。他們很機靈，像針尖一樣無孔不入，他們就是需要有人組織。」

我問道：「你是爲了布里克斯頓路這個案子雇用他們的嗎？」

「是的，有一點我想要弄明白，但只不過是時間問題。啊！現在咱們可就要聽到些新聞了！你瞧，葛雷格森在街上朝我們這兒來了，滿臉得意之色。我知道他是要到這兒來的。你看，他停住了，來了！」

門鈴一陣猛響之後，不過是一眨眼的工夫，這位金髮警探就一步三級地跳上樓來，闖進了

我們的客廳。

「我親愛的朋友。」他緊緊地握著反應冷淡的福爾摩斯的手，叫道：「祝賀我吧！我已經把整件案子搞得水落石出了。」

我似乎看出在福爾摩斯富於表情的臉上掠過一絲憂慮。

他問道：「你是說你已經找到線索了嗎？」

「當然了！老兄，我連兇手都捉起來了！」

「那麼他叫什麼名字？」

「亞瑟·夏潘提爾，是皇家海軍的一個中尉。」葛雷格森一面得意地搓著他的胖手，一面挺起胸脯大聲說。

福爾摩斯這才鬆了一口氣，放鬆地笑了笑。

「請坐，抽支雪茄吧。」他說，「我們迫不及待地想知道你是怎麼捉到他的。喝點加水威士忌？」

「就喝點吧。」這位警探回答說，「這兩天費了不少功夫，可把我累壞了。體力活不多，主要是腦子緊張得厲害。我想你能明白，福爾摩斯先生，因爲咱們都是用腦子做事的。」

福爾摩斯一本正經地說：「你過獎了。讓我們聽聽你是怎樣獲得這樣一個可喜可賀的成績的。」

這位警探在扶手椅上坐了下來，洋洋得意地大口抽著雪茄，忽地拍了一下大腿高興地說道：「眞可笑，雷思垂德這個傻瓜自以爲很聰明，可是他完全搞錯了，他正在尋找那位秘書史坦傑森的下落呢。史坦傑森就像一個尚未出世的孩子一樣和這個案子無關，我敢斷言，他現在已經捉到那傢伙了。」

說到這兒他樂得哈哈大笑，差點兒喘不過氣來。

「那你是怎樣得到線索的呢？」

「啊，我全都告訴你們。當然囉，華生醫生，這是機密，只能咱們幾個說說。首先必須克服的困難就是要查明這個美國人的來歷。有些人也許要登廣告，等著有人來報告，或者等著死者生前的親朋好友出來主動透露什麼消息。托拜西．葛雷格森的工作方法卻不是這樣。你還記得死者身旁的那頂帽子嗎？」

「記得。」福爾摩斯說道，「那是從坎伯韋爾路 229 號的約翰．安德伍德父子的帽店買來的。」

聽了這話，葛雷格森顯得有點垂頭喪氣。他說：「想不到你也注意到了。你去過那家帽店了嗎？」

「沒有。」

「哈哈！」葛雷格森放下了心，「就算看起來再小的機會，你也絕不應該放過。」

「在偉人的心裡，任何事情都不是微不足道的。」福爾摩斯說得像句至理名言。

「好，我找到了店主安德伍德，問他是不是賣過一頂這個號碼和這個式樣的帽子。他們查了查售貨記錄，很快就查到了；這頂帽子是一位住在托爾凱伊的夏潘提爾公寓的德雷伯先生買的。就這樣，我找到了這個人的住址。」

「聰明，眞是聰明！」福爾摩斯咕噥著。

「我跟著就去拜訪了夏潘提爾太太。」這位警探接著說，「我發現她的臉色異常蒼白，神情十分不安。她的女兒也在房裡，那是一位非常漂亮的姑娘。當我和她談話的時候，她的眼睛紅紅的，嘴唇不住地顫抖；這些都逃不過我的眼睛，於是我就開始懷疑起來。福爾摩斯先生，你知道那種感覺，當你發現正確線索時，精神便不禁爲之一振啊！我就問道：『你們聽說你們以前的房客，來自克利夫蘭的德雷伯先生神秘死亡的消息了嗎？』

「這位太太點了點頭，好像連話都說不出來了。她的女兒哇地一聲哭了出來。我越看越覺得她們肯定知道點什麼，我又問道：『德雷伯先生是幾點鐘離開你們這裡去車站的？』

「『八點鐘。』她不住地嚥著唾沫，壓抑著激動的情緒說，『他的秘書史坦傑森先生說有兩班去利物浦的火車，一班是九點十五分，一班是十一點，他要趕第一班火車。』

「『這是你最後一次見到他嗎？』我問這個問題時，那個女人的臉色一下子變得極其蒼白。過了好一會兒，她才回答說：『是的。』可是說這話的時候聲音沙啞，語調很不自然。

「沉默了一會兒以後，女兒說話了，聲音清晰而鎮靜。她說：『說謊對我們沒什麼好處，媽媽，我們還是跟這位先生坦白說吧。後來我們確實又見過德雷伯先生。』

「『願上帝饒恕你！』夏潘提爾太太雙手一攤，坐回椅子上，喊道：『你毀了你哥哥了！』

「『亞瑟一定也希望我們說實話。』姑娘堅定地回答。

「我就說道：『現在你們最好還是都告訴我吧，吞吞吐吐還不如什麼都不說，何況你們還不知道我們掌握了多少情況呢。』

「『都是你，艾麗絲！』她媽媽大聲說，然後轉過身來對我說，『我全都告訴你吧，先生。你別以爲一提起我兒子我就著急，是因爲怕他和這樁可怕的命案有什麼關係，他完全是清白的。我擔心的是你或是別人會覺得他有殺人的嫌疑，但是，這絕不可能。他的高貴品格、他的職業和他的經歷都能證明這一點。』

「我說：『你最好還是把事情說清楚吧。相信我，如果你兒子眞是清白的，他絕不會受到冤枉。』

「她說：『艾麗絲，你最好還是出去吧，讓我們兩個人談談。』於是她女兒就出去了。她接著說：『唉，先生，我本來不想告訴你的，可是我女兒已經說出來，我也沒有其他辦法了。既然要說，我就一點兒細節也不會漏掉。』

「我說：『這是聰明的作法。』

「『德雷伯先生在我們這裡住了差不多三個星期，他和他的秘書史坦傑森先生一直在歐洲大陸旅行。我看到他們每個箱子上都貼著哥本哈根的標籤，可見那是他們的上一站。史坦傑森是一個沉默、謹愼的人，可是他的主人——我不得不說，完全是另一回事。這個人舉止粗俗，行爲下流，在他們搬來的當天晚上，德雷伯就喝得酩酊大醉，直到第二天中午十二點鐘還沒完全醒過來。他對女僕們態度輕佻、下流，簡直讓人噁心；最糟糕的是，他竟敢用這樣的態度來對待我的女兒艾麗絲。他不止一次地對她胡說八道，幸好我女兒很單純，還不懂事。有一次，他居然把我女兒緊緊摟在懷裡！這個畜生，連他的秘書都罵他不是人。』

「『可是，你爲什麼還要忍受呢？』我問，『我想，只要你願意的話，隨時都可以把房客攆走。』

「我的問題切中要害，夏潘提爾太太一聽臉就紅了，她說：『要是他來的那天我就把他趕走就好了。可是，他們給的條件太誘人了。他們每人每天的房租是一鎊，一個星期下來就是十四鎊；況且現在是租房子的淡季，我是個寡婦，我的兒子在海軍裡工作，開銷很大，我眞捨不得白白放過這筆錢，所以我就儘量容忍。可是，最近這一次他鬧得太不像話了，因此我才請他離開，這就是他們搬走的原因。』

「『後來呢？』我問。

「『看到他坐上車走了我心裡才輕鬆下來。我的兒子那時正在休假，但這些事我一點兒也沒告訴他，因為他脾氣暴躁，而且又非常疼愛妹妹。這兩個人走了以後，我關上了大門，總算是讓心裡一塊石頭落了地。可是，天啊！還不到一個鐘頭，門鈴又響了，原來德雷伯又回來了。他的樣子很興奮，顯然又喝了不少。當時我和女兒正在屋裡坐著，他一頭闖進來，牛頭不對馬嘴地說他沒有趕上火車。後來，他竟然當著我的面轉頭對艾麗絲說要她和他一起私奔。他對我女兒說：『你已經長大成人了，什麼法律也限制不了你。我有的是錢，別管這個老女人了，馬上跟我走吧！你可以像公主一樣享盡榮華富貴。』可憐的艾麗絲非常害怕，一直躲著他。可是他一把抓住她的手腕把她往門口拉，我嚇得尖叫起來。就在這時候，我的兒子亞瑟走了進來。至於以後發生的事，我就不知道了，我只聽到叫罵和扭打的聲音。我嚇壞了，連頭都不敢抬。等我抬起頭來看時，只見到亞瑟手裡拿著一根棍子，站在門口大笑。他說：『我想這個傢伙再也不會來找我們的麻煩了。我現在出去跟著他，看看他去幹些什麼。』說完這話，他就拿起帽子向街上跑去。第二天早晨，我們就聽到了德雷伯先生被人謀殺的消息。」

「以上就是夏潘提爾太太親口說的話。她說話時常常又喘又停的，有時候聲音還非常低，簡直聽不清楚，但我還是把她的口供全都速記下來了，絕不會有什麼差錯的。」

福爾摩斯打了一個呵欠，說道：「的確是緊張刺激。後來怎麼樣了？」

這位警探又說了下去：「夏潘提爾太太說到這裡，我看出了整個案子的關鍵所在。於是，我就用一種對婦女一向行之有效的眼神盯著她，問她兒子回家的時間。

『我不知道。』她回答說。

『不知道？』

『不知道。他有鑰匙，他自己開門進來的。』

『你睡了以後他才回來的嗎？』

『是的。』

『你幾點睡的？』

『大概十一點。』

『這麼說，你兒子出去了最少兩個小時。』

『是的。』

『也可能是四、五個小時？』

『有可能。』

『這麼長時間他都幹了些什麼？』

『我不知道。』她回答時嘴唇都白了。

「當然，說到這裡就用不著多問了。我找到夏潘提爾中尉的下落之後，就帶著兩個警官把他捉起來。當我拍拍他的肩頭，警告他乖乖跟我們走的時候，他竟厚顏無恥地說：『我想你們捉我，是懷疑我和那個混蛋德雷伯的死有關吧。』我們並沒有向他提起這件事，他自己倒先說出來了，這是最讓我覺得可疑的地方。」

「十分可疑。」福爾摩斯說。

「當時他手裡還拿著她母親說他追德雷伯時拿的那根大棍子，是一根很結實的橡木棍子。」

「那你的高見如何？」

「唔，據我看，他追德雷伯一直追到了布里克斯頓路，在那兒他們又爭吵起來。爭吵之間，德雷伯挨了狠狠的一棒子，可能正打在肚子上，所以人雖然死了卻沒有留下任何傷痕。那天晚上雨很大，所以周圍沒有人，於是夏潘提爾就把屍體拖到那幢空房子裡去了。至於蠟燭、血跡、牆上的字跡和戒指等等，不過是想轉移員警注意力的一些把戲而已。」

「做得好！」福爾摩斯鼓勵道，「葛雷格森，大有進步啊，你遲早會出人頭地的。」

葛雷格森驕傲地答道：「我自己也覺得這件事辦得挺乾淨俐落的。這個小夥子自己主動交代說他追了一陣子以後，德雷伯便發現了他，於是就坐上一部馬車逃跑了。在回家路上，他遇到了一位以前在船上的老同事，他們一起走了很久。可是當我問他這位老同事的住址時，他又不能給我一個滿意的回答。我覺得這個案子的情節發展前後非常吻合。可笑的是雷思垂德，他一開始就找錯了線索，恐怕他不會取得什麼進展了。嘿！說曹操，曹操就到啊！」

果然是雷思垂德來了。我們談話的時候，他已經上樓，現在已經進了屋。平時在他的舉止和衣著上都能看到的信心十足和洋洋自得現在都不知所蹤了，只見他愁容滿面，衣著凌亂。顯然是有事來向福爾摩斯請教的，因爲他一看到他的同事也在這兒便表現得侷促不安。他站在屋子中間，緊張地擺弄著帽子，不知道該怎麼辦。最後，他終於開口了：「這眞是最最離奇的案子，一件最不可思議的怪事了。」

葛雷格森得意洋洋地說道：「啊，你是這樣看的嗎？雷思垂德。我早知道你會得出這樣的結論。你找到那個秘書史坦傑森先生了嗎？」

「那位史坦傑森先生……」雷思垂德心情沉重地說，「今天早晨六點左右在假日私人旅館遭人殺害了。」

第7章　一線光明

雷思垂德爲我們帶來的消息非常重要，但又完全出乎意料之外；我們三個聽了以後，全都目瞪口呆。葛雷格森從椅子上跳了起來，把杯中剩下的威士忌酒也弄翻了。我默默地注視著福爾摩斯，只見他雙唇緊閉，眉毛已經快壓到眼睛上了。

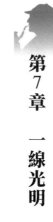

「史坦傑森也被殺了。」福爾摩斯喃喃地說，「案情更加複雜了。」

「本來就夠複雜的了。」雷思垂德坐在椅子上，發著牢騷說，「我好像不小心跑到一個什麼戰略研討會似的。」

葛雷格森結結巴巴地問道：「你……你這消息可靠嗎？」

「我剛從他住的房間那裡來。」雷思垂德答道，「我是發現屍體的人。」

福爾摩斯說：「剛才葛雷格森正在對我們講他對於這件案子的看法呢。能不能請你也把所看見的和所做的事情跟我們說說？」

「沒問題。」雷思垂德坐了下來，「我坦白承認，我原來認爲史坦傑森與德雷伯的被害有關，但這個新情況讓我明白我完全弄錯了。我抱定了這樣一個想法，就開始偵查這位秘書的下落。有人曾在三號晚上八點半左右，在尤斯頓車站看見他們兩個人在一起；次日清晨兩點鐘，德雷伯的屍體在布里克斯頓路被發現。我當時的問題就是要弄清楚，從八點半以後到謀殺案發生的這段時間裡，史坦傑森都幹了些什麼，後來他又到哪裡去了。我先向利物浦發了個電報說明史坦傑森的外貌，並讓他們注意監視美國的船隻，然後就在尤斯頓火車站附近的每家旅館和公寓裡尋找。你們知道，當時我認為如果德雷伯和他的朋友已經分開，按常理來說，史坦傑森當天晚上肯定要在車站附近找個地方住下，第二天早晨再到車站去。」

福爾摩斯說：「他們可能事先約好了會面的地點。」

「事實證明確實如此。昨天我跑了整整一個晚上打聽他的下落，可是毫無結果。今天早晨我很早就開始查訪了。八點鐘，我來到了小喬治街的假日私人旅館，當我問他們是否有一位史坦傑森先生住在這裡的時候，他們立刻回答說有。

「他們說：『你一定就是他等的那位先生了，他已經等了你兩天。』

「『他現在在哪？』我問道。

「『他還在樓上睡覺呢。他請我們九點叫他。』

「『我現在就上去找他。』我說。

「我當時想，我突然出現可能會讓他大吃一驚，一不留神也許會吐露些什麼。一個侍者自願帶我上去。他的房間在三樓，有一條不長的走廊一直通到房間。侍者向我指了指房門以後便要下樓，此時我突然看到一幅可怕的景象。我雖然有二十年的歷練，這時卻也感到作嘔。一道彎彎曲曲的血由房門下邊流了出來，一直流過走廊，匯集在對面牆腳下。我大叫一聲，那個侍者聽到後就轉身走了回來。當他看見這個情景，嚇得差點昏過去。房門從裡面鎖住了，我們用肩把它撞開衝了進去。房間裡的窗戶是開著的，窗子旁邊躺著一個男人的屍體，身上穿著睡衣，身子縮成一團。早就斷了氣，四肢已經僵硬冰冷。我們把屍體翻過來，侍者一下子就認出他就是用史坦傑森的名字住進這間房間的客人。致死的原因是有一把刀刺入了身體左側，肯定是刺入了心臟。還有一件最奇怪的事情，你們猜猜看死者臉上有什麼？」

我聽到這裡，不覺毛骨悚然，已經預感到有十分可怕的事情。福爾摩斯答道：「是『復仇（RACHE）』這個字，用血寫的。」

「正是這個字。」雷思垂德說，話音中還帶著恐懼。一時之間，我們都沉默了。

這個藏在暗處的兇手的行爲似乎很有計劃，而且難以理解，這使他的罪行顯得更加恐怖。一想到這兒，我那在戰場上曾經堅強的神經也不免開始震顫。

「有人見過這個兇手。」雷思垂德接著說，「一個送牛奶的小孩在去牛奶房的時候，偶然經過旅館後面的那條小巷子，那條巷子通往旅館後頭的馬車房。他看到平時放在地上的那個梯子豎了起來，對著三樓的一扇大開著的窗戶。這個孩子走過去之後，曾經回過頭來瞧了瞧，他看到一個人從梯子上下來。那個人不慌不忙、大搖大擺地走了下來，這個孩子還以爲是旅館裡的木匠在工作呢。他不太注意那個人，倒是想過這時候就工作也太早了吧。他記得那個人是個高個兒，臉紅紅的，穿著一件長長的棕色外套。他在行兇之後，肯定還在房裡停留了一會兒。因爲我們在臉盆中發現了帶血的水，說明兇手曾經洗過手；床單上也有血跡，可見他在行兇以後還從容地擦過刀子。」

一聽到兇手的身形、面貌和福爾摩斯的推斷十分吻合，我就掃了他一眼，可是他的臉上並沒有絲毫得意的神情。

福爾摩斯問道：「你在屋裡沒發現什麼兇手的線索嗎？」

「沒有。史坦傑森口袋裡裝著德雷伯的錢包，但是看來平常就是他帶著的，因爲無論做什麼都是他付錢。錢包裡有八十多鎊，分文未少。不管這樁離奇罪案的動機是什麼，都絕不會是謀財害命。被害者衣袋裡沒有資料，也沒有記事本，只有一份電報，是一個月前從克利夫蘭城發來的，電文是『J．H．在歐洲』，沒有署名。」

福爾摩斯問道：「再沒有別的東西了？」

「沒有什麼重要的東西了。床上還有一本小說，是死者睡前看的；他的菸斗放在他旁邊的椅子上，桌上還有一杯水，窗臺上有個盛藥膏的木匣，裡邊有兩粒藥丸。」

福爾摩斯猛地從椅子上跳起來，高興得歡呼著。他眉飛色舞地大聲說道：「這是最後的一環，現在我的論斷算是完整了。」

兩位警探莫名其妙地盯著他。

我的朋友信心十足地說：「我對這個案子的每條線索都瞭若指掌了，當然，細節還有待補充。但是，從德雷伯在火車站和史坦傑森分手到史坦傑森的屍體被發現，這期間所有主要的情節我都已一清二楚，就像親眼所見一般。我要把我的見解證明給你們看。你把那兩粒藥丸帶來了嗎？」

「在我這裡。」雷思垂德說著就拿出一個白色的小盒子，「藥丸、錢包、電報都拿來了，我想把這些東西放到警察局去比較安全。我把藥丸拿來只是出於偶然，因爲我敢肯定它不是一件什麼重要的東西。」

「請拿給我吧！」福爾摩斯說，「醫生。」他又轉向我，「這是平常的藥丸嗎？」

這些藥丸當然不平常。珍珠似的灰色，小而圓，對著光看時幾乎是透明的。我說：「從份量輕和透明這兩點來看，我想這些藥丸能在水中溶解。」

「正是這樣。」福爾摩斯附和，「請你下樓把那隻可憐的狗抱上來好嗎？那隻狗一直病著，房東太太昨天不是還想請你幫牠解決痛苦嗎？」

我下樓把狗抱了上來。這隻狗呼吸困難、目光呆滯，說明牠活不了多久了。的確，從牠那蒼白的嘴唇，就能看出牠的壽命早就遠遠超出一般犬類了。我把牠放在地毯上的一塊墊子上面。

「我現在把一粒藥丸切成兩半。」福爾摩斯邊說邊拿出小刀把藥丸切開，「半粒放回盒裡留著將來用，這半粒我把它放在酒杯裡，杯子裡有一些水。你們看，我們這位醫生朋友的話是對的，它馬上就溶解在水裡了。」

「這可能很有意思。」雷思垂德以爲福爾摩斯在嘲笑他，因此帶著受到傷害似的語調說：「但是，我看不出來這和史坦傑森的死有什麼關係？」

「耐心點，朋友們，耐心點！到時候你就明白它是大有關係的了。現在我往裡面加點牛奶就好吃了，然後把它放在狗面前，就會立刻被舔光的。」

他說著就把酒杯裡的液體倒到盤子裡，再放在狗面前，牠很快地就把它舔得乾乾淨淨。福爾摩斯這種認眞的態度讓我們深信不疑，我們都靜靜地坐在那裡，目不轉睛地看著那隻狗，並期待出現某種驚人的結果。但是，什麼也沒有發生，這隻狗依舊躺在墊子上吃力地呼吸著。很明顯地，藥丸對牠既沒

有什麼好處，也沒有什麼壞的影響。

福爾摩斯早已把錶掏出來看著，時間一分鐘一分鐘地過去了，可還是沒有結果，他的表情顯得極度懊惱和失望，咬著嘴唇，用手指敲著桌子，十分不耐煩。看到他情緒那麼激動，我也不由得替他難過，可是兩位警探的臉上卻現出譏諷的微笑，他們很高興看到福爾摩斯受挫。

「這不可能是偶然。」福爾摩斯大聲喊著，他終於從椅子上跳了起來，在屋裡煩躁地走來走去，「絕不可能僅僅由於巧合。在德雷伯一案中我就懷疑有某種藥丸，現在這種藥丸在史坦傑森死後真的出現了，但它們竟然起不了作用，這到底是怎麼回事？我所做的一系列推論絕不可能有錯誤！絕不可能！但是這個可憐的東西並沒有吃出毛病來……哦，我知道了！我知道了！」福爾摩斯高興地尖叫了一聲，跑到藥盒前把另外一粒藥丸切成兩半，把半粒溶在水裡，加上牛奶放在狗的面前。這個不幸的傢伙好像連舌頭都沒完全沾濕，四條腿便痙攣顫抖起來，然後就像遭到電擊一樣直挺挺地死去了。

福爾摩斯長長地吁了一口氣，擦了擦額頭上的汗珠。「我對自己的信心還是不夠。」他說，「剛才我應當明白，如果一個問題看上去和一系列的推論相矛盾，那麼，它必然有其他某種解釋方法。那個小盒裡的兩粒藥丸一粒是劇毒，另外一粒則完全無毒。其實這點我在沒看到這個小盒子之前就該想到的。」

福爾摩斯最後的這段話讓我太吃驚了，令我很難相信他當時神智清醒；但是狗被毒死的事實又明顯地擺在眼前，證明他的推斷是正確的。我覺得我腦子裡的疑團漸漸明朗，好像開始模模糊糊地看到了這件案子的眞相。

福爾摩斯繼續說道：「你們覺得這一切似乎都很奇怪，因爲你們在開始調查的時候，就沒有意識到擺在你們面前的那個唯一正確線索的重要性。我運氣不錯，抓住了這個線索，而此後所發生的每件事都證實了我最初的設想；事實上，這些事也是符合邏輯的必然結果。因此，那些使你們大惑不解、也使案情更加模糊不清的事情，卻能啓發我的靈感，使我更堅定地相信我所推得的結論。把奇怪和神秘混爲一談是錯誤的，最平淡無奇的罪案往往是最神秘的，因爲你看不出它有什麼新奇或特別的地方可以作爲推理的依據。如果本案中被害者的屍體是在馬路上發現的，而且也沒有那些使這個案子顯得非比尋常的超出常軌和聳人聽聞的線索，那麼，這個謀殺案才會變得更難以解決。這些離奇的情節不但絲毫沒有增加破案的難度，反而使辦案的困難減少了。」

葛雷格森先生一直非常不耐煩地聽著這番議論，這時候他再也忍不住了。他說：「你知道，福爾摩斯先生，我們都承認你很精明幹練，你有你自己一套工作方法；可是，我們現在想聽的不只是理論和說教，我們的任務是要捉到這個兇手。我已經把我這邊的情況說出來，看來我是錯了，夏潘提爾這個小夥子是不可能犯下第二樁謀殺案的。雷思垂德一直在追蹤史坦傑森，看來他也錯了。你左一條線索、右一條線索的，好像知道得比我們多；但是現在是時候了，我認爲我們有權要求你說出你對於這個案情究竟知道多少。你能說出兇手是誰嗎？」

雷思垂德也說：「我不得不說葛雷格森是對的，先生。我們兩個人都試過，也都失敗了。從我到你這裡來以後，你就不止一次地說你已經得到了你所需要的所有證據，所以現在你當然不應該再把它放在心裡了。」

我說：「如果還遲遲不去捉拿兇手，他就有時間再犯案了。」

被我們大家這樣一逼，福爾摩斯反而顯得優柔寡斷了。他不停地在房裡走來走去，頭低到胸前，眉頭緊鎖。他思索時總是這副模樣。

「不會再發生謀殺案了。」最後他突然站住，對我們說，「你們可以放心，這一點不成問題。你們問我知不知道兇手的姓名。我知道，但是僅僅知道兇手的名字不算什麼，把兇手捉到才是重點。我想很快就能把他捉住了。這件事我很希望能親自安排、親自下手，但一定要細膩周到，因爲我們要對付的是一個非常兇惡狡猾的人。而且事實證明，還有一個和他一樣聰明的人在幫助他。只要兇手不知道有人已經破解眞相的話，就有機會捉住他；但是，只要他稍有懷疑，他就會改名換姓，立即消逝在這個大城市的四百萬居民之中。我無意傷害你們二位的感情，但是，我認爲官方警探絕不是他們的對手，這就是我爲什麼沒有請求你們幫忙的原因。如果我失敗了，我當然應該因這一點而受到譴責，我已準備好承擔這個責任。現在我願保證，只要對於我的全盤計畫沒有危害，到時候我一定立刻告訴你們。」

葛雷格森和雷思垂德對於福爾摩斯的保證和他對官方警探這種輕蔑的嘲諷極爲不滿。葛雷格森聽了之後滿臉通紅，一直紅到髮根；雷思垂德則瞪著一對圓滾滾的眼睛，眼裡充滿了驚異和惱怒。但他們還沒有來得及開口，就聽見門外有人敲門，原來是那群流浪孩童的代表，微不足道、令人不快的小維金斯來了。

維金斯舉手敬了個禮，說：「先生，請吧，馬車已經到了，就在下邊。」

「好孩子。」福爾摩斯溫和地說，「你們蘇格蘭警場爲什麼不用這樣的手銬呢？」他從抽屜裡拿出一副鋼手銬，繼續說道：「你們看，鎖簧多好用，一碰就鎖住了。」

雷思垂德說：「只要能捉得到戴手銬的人，這種老式的也夠用了。」

「很好，很好。」福爾摩斯微笑著說，「最好讓車夫來幫我搬箱子。去叫他上來，維金斯。」

我聽了這話不禁暗自詫異，他的意思好像是要出門旅行，可是他從沒跟我提起過。房間裡有一個小小的旅行箱，他把它拉了出來，開始繫箱子上的皮帶。他正在忙著的時候，馬車夫走了進來。

「車夫，幫我扣好這個皮帶釦。」福爾摩斯屈膝在那裡弄著皮箱，頭也不回地說。

車夫緊繃著臉，不太情願地走過去伸出手去幫忙。說時遲，那時快，只聽到鋼手銬喀噠一響，福爾摩斯隨即站起身來。

「先生們！」他兩眼炯炯有神地大聲說道，「讓我來介紹傑弗遜・霍普先生，他就是殺死德雷伯和史坦傑森的兇手。」

這只是一剎那間的事，快得連我都來不及弄明白。那一瞬間，福爾摩斯臉上的勝利表情、他那響亮的語調，以及馬車夫眼看著閃亮的手銬像變魔術似地一下子銬在他的手腕上時的那種茫然、憤怒的面容，直到如今我還記憶猶新、歷歷在目。有一兩秒鐘，我們大家都成了一群塑像。然後，馬車夫憤怒地大吼一聲，掙脫了福爾摩斯向窗子衝去，撞碎了木窗框和玻璃。

但是，就在馬車夫要鑽出去的時候，葛雷格森、雷思垂德和福爾摩斯就像一群獵狗一樣，一擁而上把他揪了回來，接著就是一場激烈的打鬥。這個人兇猛異常，我們四個人一再被他掙脫，他似乎有著一股瘋子似的蠻勁兒。他的臉和手在跳窗時被割傷得很厲害，血一直在流，但是他的抵抗並未因此減弱。直到雷思垂德用手卡住他的脖子，使他透不過氣來，他才明白掙扎已無濟於事。但我們還不能放心，於

是我們又把他的手和腳都捆了起來。捆好以後，我們才氣喘吁吁地站起身子來。

「他的馬車在這裡。」福爾摩斯說，「就用它把他送到蘇格蘭警場去吧。好了，先生們。」他高興地微笑著說：「這件小小的疑案總算告一段落了。現在，歡迎各位向我發問，想問什麼就問吧，我不會再不回答了。」

血字的研究

A Study in Scarlet

第二部　聖徒的故鄉

第1章　在曠野上

在北美大陸中部，有一大片乾旱荒涼的沙漠，多少年來，它一直阻礙著人類文明的進步。從內華達山脈到內布拉斯加，從北部的黃石河到南部的科羅拉多，到處是一片荒涼沉寂；在這片可怕的區域裡，大自然的景色也不盡相同。有山頂積雪的崇山峻嶺，也有陰鬱昏暗的山谷；有湍急的河流在山石嶙峋的峽谷間奔流，也有廣袤的平原冬天覆蓋著皚皚白雪，夏日則變成一片灰色鹼地。但所有景色還是保留著一些共通性，那就是荒蕪和淒涼。

在這片令人絕望的土地上杳無人煙，只有波尼族和黑腳族偶爾成群結隊地穿過這裡，前往其他獵區；即使是最勇敢堅強的人，也巴不得快點走過這片可怕的荒原，重新回到大草原中去。草原狼在灌木叢中躲躲藏藏穿行，禿鷹在空中緩慢展翅飛翔，還有那灰熊在陰暗的深谷中出沒，在岩石中尋找食物。牠們是荒野中僅有的居民。

世界上再也找不出比布蘭科山脈北坡更爲淒涼的景象了。放眼望去，荒原上滿是被矮小的槲樹叢隔開的大片大片鹽鹼地，地平線的盡頭山巒起伏，積雪覆蓋。在這片土地上看不出任何生命跡象，也沒有任何和生命有關的東西。鐵青色的天空中飛鳥絕跡，陰鬱灰暗的大地上不見動靜，總之是一片死寂。側耳傾聽，在這片廣闊的荒原上毫無聲息，只有令人心灰意冷的死寂。

說在這廣袤的原野上沒有一點和生命有關的東西，其實也不盡然。從布蘭科山脈往下望去，可以看見一條小路蜿蜒地穿過沙漠，消逝在遙遠的地平線上，這條小路是經過無數車輛的轣軋和無數冒險家的踐踏而形成的。荒原上到處是白森森的東西在陽光下閃閃發光，這兒一堆，那兒一堆，在這片單調的鹽鹼地上顯得很是刺眼。走近仔細一看，原來是一堆堆白骨——又大又粗的是牛骨，較小較細的是人骨。在這一千五百英里恐怖的商旅路途上，人們就是沿著前人倒在路旁的一堆堆白骨前進的。

一八四七年五月四日，一個孤單的旅客正從山上看著這幅淒慘的景象。從外表看來，他簡直就是這個地方的鬼怪精靈，就連最具有觀察力的人，也很難猜出他究竟是四十歲還是六十歲。他的臉龐憔悴瘦削，乾羊皮似的棕色皮膚緊緊地包著突出的骨頭，長長的棕色鬚髮已然斑白，深陷的雙眼放出奇異的目光，握著來福槍的那隻手青筋暴露。他站在那兒，用槍支撐著身體。從他高大、魁梧的身材，可看出他原是個體格健壯的人，但他那消瘦的面龐和掛在骨瘦如柴的四肢上鬆鬆垮垮的衣服，使他看起來老朽不堪。由於饑渴交加，這個人已經瀕臨死亡了。

他曾經艱苦地沿著山谷跋涉，現在又登上這塊不大的高地，抱著渺茫的希望想發現一絲水源。現在，在他眼前只有一望無際的鹽鹼地和遠處連綿不斷的荒山，看不到任何顯示有潮濕的植物或樹木的蹤影，在這片廣闊的土地上看不到一點希望。他用瘋狂而困惑的眼睛向北方、向西方、又向東方張望，但是他心裡明白漂泊的日子已經走到盡頭，自己就要葬身在這片荒涼的岩崖之上了。

「死在這裡，和二十年後死在羽絨床墊上又有什麼分別呢？」他喃喃地說著，就在一塊突出的大石陰影下坐了下來。

他在坐下之前，先把他那毫無用處的來福槍放在地上，然後又把背在右肩上用灰色披肩裹著的大包袱放了下來。看來他已經筋疲力竭，拿不動了，所以當他放下包袱的時候，包袱是重擊地面的。下一刻，灰色的包袱裡發出了哭聲，從中鑽出一張受了驚嚇、有著明亮棕色眼睛的臉，並且還伸出了兩個胖胖的、有著淺渦和雀斑的小拳頭。

「你把我摔痛啦！」孩子稚氣地埋怨道。

「是嗎？」男人很抱歉地回答：「我不是故意的。」說著他就打開了灰色包袱，從裡邊抱出一個漂亮的小女孩。小女孩大約五歲左右，穿著一雙精緻的小鞋、漂亮的粉紅色上衣及麻布圍兜，可以看出她媽媽對她是愛護有加的。這個孩子臉色雖也有些蒼白，但她那結實的胳膊和小腿，都說明了她所經歷的苦難遠沒有她的同伴多。

「現在怎麼樣了？」他焦急地問道，因爲她還在揉著腦後蓬亂的金黃色頭髮。

「你親親這兒就好了。」她指著碰疼的地方，認眞地說，「媽媽總是這樣做的。媽媽去哪兒了？」

「媽媽走了，但我想你很快就會見到她的。」

小女孩說：「什麼，走了嗎？奇怪，她都沒說再見。她以前每次去姑姑家喝茶都要說一聲的，可是這回她都走了三天了。喂，嘴乾得要命。這裡沒水，也沒什麼吃的嗎？」

「沒有，什麼也沒有，親愛的。只要你暫時忍一忍，過一會兒就會好的。你把頭靠在我身上，這樣你會舒服點。我自己也口乾舌燥了，說話都有些費勁兒，但是我想最好還是把眞實情況告訴你吧。你手裡拿的是什麼？」

「漂亮的東西！好東西！」小女孩拿起兩塊閃閃發光的雲母石片，高興地說：「回家我就把它送給小弟弟鮑伯。」

男人自信地說：「不久後你就會看到比這更漂亮的東西了，再等一會兒。剛才我正要告訴你，還記得咱們離開那條河時的情形嗎？」

「哦，記得。」

「好，當時咱們估計不久後就會到達另一條河，明白嗎？可是出了點問題。是羅盤還是地圖，或者是別的什麼出了錯，我們再也沒有找到河。水喝完了，只剩下一點點，留給你們這些孩子喝。後來……後來……」

「你連臉都不能洗了。」他的小夥伴嚴肅地打斷了他，並抬起頭來望著他那張骯髒的臉。

「對，不但不能洗臉，連喝的也沒有了。後來本德先生第一個走了，隨後是印第安人皮特，接著就是麥克葛列格太太、強尼·宏斯，再之後，親愛的，就是你媽媽了。」

「這麼說，媽媽也死了。」小女孩把臉埋在圍兜裡，痛苦地抽噎著說。

「對，他們都走了，只剩下你和我。後來我想這邊也許能找到水，於是我就把你背在肩上，咱們兩個人就一步一步地前進。但看來情形還是沒有好轉，咱們現在活下去的希望很小了！」

孩子停止了哭聲，仰起滿是淚水的臉問道：「你是說咱們也要死了嗎？」

「我想大概是這樣。」

小女孩開心地笑著說：「你怎麼不早點說呢？你嚇了我一大跳。你看，只要咱們也死了，就又能和媽媽在一起了，不是嗎？」

「對，一定能，親愛的。」

「你也會見到她的。我要跟媽媽說你對我有多好。我敢說，她一定會在天堂的門口迎接咱們，拿著一大壺水，還有好多熱騰騰的蕎麥餅，兩面都烤得焦焦黃黃的，就像我和鮑伯愛吃的那樣。咱們還有多久才能死呢？」

「我不知道……不會太久了。」男人凝視著北方的地平線說。在藍色的天空中出現了三個黑點，黑點越來越大，迅速地朝他們飛來。頃刻之間，就能看出是三隻褐色的大鳥了；牠們在這兩個流浪者頭上盤旋著，接著就落在他們上方的大石上。那是三隻兀鷹，也就是美國西部所謂的禿鷹；牠們的出現，就是死亡的預兆。

「公雞和母雞。」小女孩指著那三隻不祥之物快活地叫道，並且連連拍著小手想讓牠們飛起來。「喂，這個地方也是上帝造的嗎？」

「當然是祂造的。」她的同伴回答說。被她這樣突然一問，他大吃一驚。

小女孩接著說：「那邊的伊里諾斯是祂造的，密蘇里也是祂造的，我想這裡一定是別人造的。造得可不太好，連水和樹都給忘了。」

大人猶疑不定地問道：「做做祈禱，你說好嗎？」

小女孩回答說：「還沒到晚上呢。」

「沒關係，不用那麼有規律。你放心吧，上帝一定不會怪罪咱們的。你現在就禱告一下吧，就是咱們經過荒野時，你每天晚上在篷車裡說的那些。」

「你自己怎麼不祈禱呢？」小女孩睜著眼睛好奇地問。

他回答：「我不記得祈禱文了。從我只有那槍一半高的時候起，我就沒有做過禱告了。可是我看現在開始也不算太晚，你把祈禱文念出來，我在旁邊跟你一起念。」

「那你得跪下，我也跪下。」她把包袱平鋪在地上，「你還得把手這樣舉起來，這樣就會覺得好些了。」

除了禿鷹以外，沒有一個人看到這個奇特的景象——在狹窄的披肩上，並排跪著兩個流浪者，一個是天眞無邪的小女孩，一個是粗魯、堅強的冒險家。她那胖胖的小圓臉和他那張憔悴瘦削的臉仰望著無雲的藍天，虔誠地向著對面令人敬畏的神靈祈禱；兩種聲音，一個清脆而細弱，一個低沉而沙啞，在同聲祈禱著，祈求上帝憐憫的寬恕。祈禱以後，他們又重新坐在大石的陰影裡，孩子倚在她保護人寬闊的胸膛裡慢慢睡著了。他看她睡著後，也無法抵抗大自然的力量，他已經三天三夜沒有休息，沒有闔過眼了。他的眼皮慢慢地垂下，蓋住了困倦的眼睛，腦袋也漸漸垂到胸前。大人的斑白鬍鬚和小孩的金黃鬈髮混在一起，兩人都沉沉入睡了。

如果這個流浪漢再晚睡半小時，他就能看到一幕奇景。在這片鹽鹼荒原的遙遠盡頭揚起了一股煙塵，最初很輕，遠遠看去彷彿與遠處的霧氣混在一處，但是後來煙塵越飛越高，越來越廣，最後形成了一團濃雲。隨著濃雲漸漸增大，可以看出只有行進中的大隊人馬才能捲起這樣的飛塵。如果這裡是一個土地肥沃的地

區，人們就會斷定這是在草原上遊牧的大隊牛群正在向這邊移動，但在這片不毛之地上，這顯然是不可能的。

滾滾煙塵漸漸向兩個落難人睡覺的峭壁靠近，滾滾煙塵中出現了帆布頂的大篷車和武裝騎士的身影，原來這是一隊往西方行進的大篷車隊。這車隊眞是浩浩蕩蕩啊！隊頭已經到了山腳下，隊尾還在地平線以外，遙不可見。在這片廣闊無邊的曠野上，雙輪車和四輪車、騎在馬上的男人和步行的男人，組成了一支斷斷續續的隊伍。無數的婦女肩負著重擔在路上遲緩地走著，許多孩子蹣跚地跟在篷車邊跑，還有一些坐在車上的孩子從白色的車篷裡探出頭來，向外張望。

這顯然不是一支平常的移民隊伍，而是一支遊牧民族，由於環境所迫，不得不另覓樂土。在這晴朗的天空下，馬蹄聲聲，車輪滾滾，當中還混和著人喊馬嘶聲。即使如此喧鬧，也沒能驚醒山上兩個困乏的落難人。

二十幾個神色凝重的人騎著馬走在隊伍最前面，他們穿著樸素的手工織布衣，帶著來福槍。來到峭壁下停了下來，很快地商量了一會兒。

一個嘴唇緊繃、鬍子剃得乾乾淨淨、頭髮花白的人說：「兄弟，往右邊走有井。」

另一個說：「向布蘭科山右側前進，咱們就可以到達格蘭特河。」

第三個人喊道：「不用擔心沒水，能夠從岩石中引水出來的神是不會捨棄祂的選民的。」

「阿們！阿們！」幾個人同聲回答。

他們正要重新上路的時候，忽然，隊伍中一個最年輕、眼睛最尖的小夥子指著他們頭上那塊嵯峨的岩石驚叫了起來。原來山頂上有一小塊粉紅色的東西在飄揚著，在灰色岩石的映襯下顯得格外鮮明突出。騎手們一看見這個東西，便一起勒住馬韁取槍在手，同時，更多的騎手從後面疾馳上來增援，大家異口同聲地提到了「印第安人」。

「這裡不可能有印第安人。」一位年齡較長、領袖模樣的人物說，「咱們已經越過波尼人的領地了，越過前面大山以前不會再有其他的部落。」

其中一個問道：「我上去看一下好嗎？史坦傑森兄弟。」

「我也去，我也去。」十多個人同聲喊道。

那位長者回答說：「把馬留在下邊，我們在這裡等你們。」

幾個年輕人立刻翻身下馬把馬拴好，並沿著陡峭的山坡爬向那個引發他們好奇心的目標。他們迅速地悄悄前進，帶著訓練有素的偵察員的那種自信和矯捷。山下的人們只見他們在山石間行走如飛，直到山頂。那個最先發現情況的年輕人走在最前面，跟隨在他後面的人忽然看見他兩手一舉，好像大吃一驚的樣子，急忙上前一看，也都被眼前這番情景驚呆了。

在這荒山頂上的一小塊平地上，有一塊大石頭。一個身材高大的男子靠在石頭上，只見他鬚髮長長、相貌嚴峻卻瘦弱不堪，從他那安詳的面容和均勻的呼吸可以看出他睡得很熟。他身旁躺著一個小女孩，小女孩又圓又白的手臂正摟著男子又黑又瘦的脖子，她那披著金髮的小腦袋倚在男人穿著棉絨上衣的胸膛上，紅紅的小嘴微微張開，露出兩排整齊雪白的牙齒，滿含稚氣的臉上帶著頑皮的微笑，又白又胖的小腿上穿著白色短襪、乾淨的鞋子，鞋釦閃閃發光；這些正好和她夥伴長而乾瘦的手足形成奇特的對比。

在他們兩個頭上的岩石上，停著三隻虎視眈眈的禿鷹，牠們一見到又有人來，便發出一陣失望的尖叫聲，無可奈何地飛走了。

討厭的禿鷹叫聲驚醒了兩個熟睡的人，他們迷惑地瞧著面前的人們。男子搖搖擺擺地站了起來向山下望去，只見當他沉沉睡去時還是一片淒涼的荒原上，現在卻出現了無數的人馬。他臉上露出懷疑的神情，舉起枯瘦的手揉了揉眼睛，喃喃自語道：「我想這就是所謂的神經錯亂了吧。」小女孩站在他的身旁，緊緊地拉著他的衣角，什麼也沒有說，只是帶著孩子那種好奇、疑惑的眼神到處看著。

來救他倆的人們很快就使這兩個落難人相信了他們的出現並非他倆的幻覺。其中一個人抱起小女孩，把她放在肩上，另外兩個人扶著她那瘦弱不堪的同伴一同向車隊走去。

流浪者開口道：「我叫約翰・費瑞爾。二十一個人裡只剩下我和這個小東西了，其他人在南邊時因為沒吃沒喝都已經死了。」

有人問道：「她是你的孩子嗎？」

男子大膽地說：「我想現在她是我的孩子了。她是我的孩子，是因爲我救了她，誰也不能把她奪走；從今天起，她就叫露西．費瑞爾。可是，你們是誰呀？」他好奇地瞧了一眼這些高大健壯、皮膚曬得黝黑的救命恩人，接著說：「你們好像有很多人啊。」

一個年輕人說：「差不多上萬。我們是受到迫害的上帝兒女，莫羅尼天使的選民。」

流浪者說：「我沒有聽過這位天使的事情，可是看來他選到了你們這麼多不錯的臣民。」

另外一個人嚴肅地說：「談神聖的事情不要隨便說笑。我們信奉摩門經文，這些經文是用埃及文寫在金葉上的，在帕爾米拉交給了神聖的約瑟．斯密。我們是從伊利諾州的諾伍城來的，我們曾經在那裡建立了我們自己的教堂。我們現在要找一個遠離那個專橫的人和那些目中無神的人們的避難所，即使是在沙漠的中央也心甘情願。」

提到諾伍城，費瑞爾很快地就想起來了，他說：「我知道了，你們是摩門教徒。」

「是的，我們是摩門教徒。」大家異口同聲地說。

「那麼你們現在要去哪裡呢？」

「我們也不知道。上帝藉著我們的先知指引著我們。你必須去見見先知，他會指示怎麼安置你的。」

這時，他們已經來到山腳下，一大群移民把他們圍了起來，其中有面色蒼白、模樣溫順的婦女，有嘻笑健壯的兒童，還有目光焦慮而誠懇的男子。當大家看到這兩個陌生人中的孩子是那麼幼小，大人是那麼虛弱，都不禁發出憐憫而驚奇的叫聲。但是，護送的人們並沒有停住腳步，他們排開眾人前進，後邊還跟著一大群摩門教徒，一直來到一輛馬車前面。

這輛馬車十分高大，而且華麗講究，格外惹人注目。這輛車套有六匹馬，而別的大多只有兩匹，最多的也不過四匹。在駕車人的旁邊坐著一個人，看上去不到三十歲，但是他那碩大的腦袋和堅毅的神情令人一看就知道他是一個領袖人物。他剛才在讀一本棕色封面的書，在這群人來到他的面前時，他把書放在一邊，仔細地聽取了這件事情的始末。聽完之後，他把頭轉向這兩個落難人。

「我們可以帶你們一塊兒走。」他一本正經地說，「但你們一定要信奉我們的宗教，我們不能允許有狼混進我們的羊群中。與其讓你們成爲腐爛的斑點日後腐蝕整個果實，倒不如就教你們的骸骨曝露在這曠野之中。你願意接受這個條件跟我們走嗎？」

「我願意跟你們走，什麼條件都行。」費瑞爾強調的語氣使得那些穩重的長老都忍不住笑了，只有那位首領依然神情莊嚴，令人印象深刻。

他說：「史坦傑森兄弟，你收留他吧，給他吃的喝的，還有這孩子；你還要負責爲他講授我們的教義。咱們耽擱得太久了，走吧，向錫安山前進！」

「前進，向錫安山前進！」摩門教徒們一起喊了起來。這命令像波浪一樣，一個接著一個地傳了下去，直到漸漸消逝在遠方。鞭聲清脆，車聲隆隆，大隊車馬行動起來，整個隊伍又蜿蜒前行。史坦傑森長老把兩個落難人帶到他的車裡，並爲他們準備好了一頓飯。

他說：「你們就待在這裡，過不了幾天你們就能從疲勞中恢復過來了。還有，要永遠記住，你們是我們教的教徒了。楊百翰是這樣指示的，他的話代表著約瑟·斯密，也就是傳達上帝的旨意。」

第2章　猶他之花

這裡我們沒時間追述摩門教徒們在最後定居前的移民歷程中所經歷的磨難，從密西西比河兩岸一直到落磯山脈的西坡，他們幾乎是以史無前例的堅韌精神奮鬥前進的。他們以盎格魯薩克遜人的不屈不撓克服了野人、野獸、饑渴、疲勞和疾病等上蒼所能設下的一切阻礙；但是，長途跋涉和長期的恐慌，即使是他們中間最爲堅強的人也不免爲之膽寒。因此，當他們看到腳下沐浴在陽光中廣闊的猶他山谷，並且聽到他們的領袖宣佈這塊處女地就是神賜予他們的樂土家園，而且將永遠屬於他們的時候，無不俯首下跪，衷心祈禱。

沒有多久，楊百翰就證明了他不但是一個處事果斷的領袖，而且還是一個幹練的行政官。在有了許多圖紙和圖表以後，楊百翰就勾勒出了未來城市的藍圖。城市周圍的土地都根據每個教徒的地位高低按比例加以分配，商人仍然經商，工匠依舊做工，城市中就像變魔術一樣出現了許多街道和廣場。鄉村中開溝、造籬、墾荒、種地，到了第二年夏天，麥浪滾滾，整個鄉村變得一片金黃。這遠離家鄉的移民區，呈現出一片欣欣向榮的氣象，特別是他們在市中心所建造的那座宏偉大教堂也一天天高聳起來。每天從晨光初現一直到暮色沉沉，教堂裡的斧鋸之聲不絕於耳，移民們要用這座建築來紀念那位引導他們度過無數艱險、終於到達平安境地的上帝。

約翰．費瑞爾和小女孩相依爲命，並收她爲義女。他們隨著這群摩門教徒來到了他們偉大歷程的終點。小露西．費瑞爾被收留在長老史坦傑森的大篷車裡，非常受人喜愛；她和史坦傑森的三個妻子，還有他那任性、早熟的十二歲兒子同住在一起。露西不久便恢復了健康。由於她天眞開朗，加上小小年紀便失去母親，因此立刻得到三個女人的寵愛。露西對於這種漂泊無定、在帳幕之下爲家的新生活也逐漸習慣起來。此時，費瑞爾也從困苦之中恢復過來，成爲一個有用的嚮導和一個不知疲倦的獵人，他很快地就獲得了新夥伴們的尊敬。所以，當他們結束漂泊生涯之後，大家一致同意除了先知楊百翰本人和史坦傑森、肯布林、約翰斯頓及德雷伯四位長老以外，費瑞爾應當與其他任何一個移民一樣分得一大片肥沃的土地。

費瑞爾就這樣獲得了一塊土地，他在這片土地上蓋了一座堅實的木屋，並在之後的幾年爲這座木屋添磚加瓦，使之漸漸變成一所寬敞的別墅。費瑞爾是一個注重實際的人，爲人處世精明，長於技藝。他強健的體魄讓他能從早到晚在自己的土地上進行耕作和改良，因此，他的土地和他的一切都十分繁榮興旺。三年之後，他就比他的鄰居富足了；六年後成爲小康之家；九年後，他變得十分富有；十二年之後，整個鹽湖城地區富裕程度能與他相比的便不到五、六個人了。從鹽湖這個內陸海一直到遙遠的瓦薩奇山區，再也找不到比約翰·費瑞爾更聲名遠播的人了。

但是，只有一件事費瑞爾卻傷害了他同教人的感情，那就是不管他們怎樣爭論或怎樣勸說，都不能使他按照他的夥伴們那種方式娶妻成家。他從來沒有說明他一再拒絕這樣做的理由是什麼，只是堅定不移地固執己見。因此，有些人指責他對於他所信奉的宗教並不虔誠；也有些人認爲他是吝嗇財物，不肯破費；還有人猜測他過去一定有過一番戀愛經歷，也許在大西洋海岸有過一位金髮女郎，使費瑞爾曾經爲她落得人憔悴。不管是什麼原因，反正費瑞爾始終過著嚴謹的獨身生活。除了這一點以外，在其他各方面，他都嚴格遵循這個新興殖民地上的宗教規則，因而被公認爲是一個保守、正派的人。

露西·費瑞爾在這棟木屋中長大，並幫助義父處理一切事務。山區清新的空氣和松樹的脂香好像慈母般地撫育著這個年輕的少女；隨著時間一年年過去，露西也日漸高大、健壯，她的面頰愈見紅潤，步態也日益輕盈。許多路人在經過費瑞爾家田莊旁的大道時，若看見露西苗條的少女身影輕快地穿過麥田，或者碰見她帶著西部少年所獨有的悠閒和優雅騎在她父親的馬上，都會不禁回憶起往日的情景。當年的蓓蕾如今已經綻放，這些年來，歲月使她父親變成了農民中最富裕的人，同時，也使她成長爲整個太平洋沿岸山區裡難得一見的標致美少女。

但是，第一個發覺這個女孩子已經長大成人的並不是她的父親，這種事情通常都是這樣的。這種神秘的變化十分微妙，也非常緩慢，不能以時日來衡量。對於這種變化最難察覺的還是少女本身，直到有一天她聽到某個人的聲音，或者接觸到某個人的手，而她感到自己怦怦的心跳時，她才會半是驕傲、半是恐懼地意識到一種更加新奇、更加奔放的人性已經在她內心深處覺醒了。世界上很少有人不記得自己當年的情景，很少有人能不回想起預示他生命中嶄新一頁的那件小事。至於露西．費瑞爾，姑且不論這件事對於她和其他人未來的命運所產生的影響如何，這件事本身就已經夠嚴重的了。

六月一個溫暖的早晨，摩門教徒們就像蜜蜂一樣忙碌著——事實上，他們就是以蜂巢作爲他們的標誌。田野裡、街道上，到處都有人們忙碌的身影。塵土飛揚的大道上，載重的騾群川流不息，全部朝著西方前進。這時，加利福尼亞剛剛掀起了淘金熱，橫貫大陸、通往太平洋沿岸的大道穿過了伊萊克特拉城。大道上還有從遙遠的牧區趕來的一群群牛羊、一隊隊疲憊的移民，經過長途跋涉之後顯得人困馬乏。

在這人畜雜遝之聲中，露西．費瑞爾憑著她的高明騎術縱馬穿行而過，她漂亮的臉龐因運動而泛紅，栗色的長髮在腦後飄蕩著。她是奉了父親之命前往城中辦事的，只見她像往常一樣，憑著年輕人的無畏，不顧一切地催馬前進，心中只是盤算著怎樣辦好她要辦的事情。那些風塵僕僕的淘金冒險家一個個驚奇地看著她，就連那些運輸皮革的冷漠印第安人，也在對著這個白皙的美少女驚歎之餘，放鬆了他們一向呆板的面孔。

露西來到城郊時，發現有六個從大草原來的長相粗野的牧人趕著一群牛，牛群把道路堵得水泄不通。她在一旁等得不耐煩，就朝著牛群中的空隙策馬前進，想越過這群障礙；但是她才剛進入牛群，後面的牛群就都圍攏過來，她發覺自己已陷入湧動的牛陣之中，周圍擠滿了突睛長角的公牛。

她平日也習慣了和牛群相處，因此對自己的處境並沒有感到驚慌，仍是抓住機會催馬前進，打算從牛群中穿過。不巧的是，一頭牛有意無意地用角猛頂了一下馬的側腹，讓馬受了驚。馬立刻揚起後腿，憤怒地噴著鼻息，顛簸搖擺得十分厲害，若不是頭等騎手，任何人都難免被摔下馬來。

情況十分危急，驚馬每跳動一次，就會又一次觸到牛角，這情況益發使牠暴跳不已。這時，露西只能緊貼馬鞍，毫無其他辦法。如果從馬背上滑落，就要落在這些笨重而可怕的牲畜蹄下被踩得粉碎。她沒有經歷過意外，這時不禁感到頭昏眼花，手中緊緊拉著的韁繩也開始鬆脫。

她周圍塵土飛揚，再加上擁擠的獸群裡蒸發出來的氣味令人窒息，要不是身旁出現了一道親切的聲音，使露西確信有人前來相助，她就要絕望地放棄了。這時，一隻強而有力的棕色大手一把抓住了驚馬的嚼環，並在牛群中擠出一條路，不一會兒工夫，就把她帶出了牛群。

這位救星彬彬有禮地道：「但願你沒有受傷，小姐。」

她抬起頭來，瞧了一下他那張黝黑而粗獷的臉，輕快地笑了起來。「眞把我嚇壞了。」她天眞地說：「誰會想到旁喬這馬兒竟會被一群牛嚇成這樣！」

他誠懇地說：「謝天謝地，幸虧你沒掉下來。」那是一個身材高、面目粗野的年輕小夥子，他騎著一匹身帶灰白斑點的駿馬，身穿一件結實的粗布獵服，肩背一支長筒來福槍。「我想你是約翰・費瑞爾的女兒吧，我看見你從他的莊園那邊騎馬過來。見到他的時候，請你問問他還記不記得聖路易的傑弗遜・霍普這家人。如果他是那個費瑞爾的話，他和我父親過去還是非常親密的朋友呢！」

她拘謹地問道：「你自己去問問他不好嗎？」

小夥子聽了這個建議似乎很高興，黑眼睛裡閃爍著快活的光輝。「我會這樣做的。我們已經在大山裡待了兩個月了，現在這副模樣不便去拜訪。他見到我們，一定會招待我們的。」

她回答說：「他一定會好好地感謝你的，而我也要謝謝你。他非常疼愛我，要是那些牛把

我踩死的話，他不知道要怎樣傷心呢！」

「我也會很傷心的。」年輕人說。

「你？啊，我怎麼也看不出來這和你有什麼關係，你還不算是我們的朋友呢！」

青年獵人聽了這話，黝黑的面孔不由得陰沉下來，露西見了不禁大聲笑了起來。

她說：「哎，我不是那個意思。當然，現在你已經是朋友了，你一定要來看看我們。現在我得走了，不然的話，父親以後就不會再把他的事情交給我辦啦。再見了！」

「再見。」他一面回答，一面舉起他那頂墨西哥式的闊簷帽，還低下頭去吻了一下她的小手。

她掉轉馬頭，揚鞭策馬，在煙塵滾滾之中沿著大道飛馳而去。

小傑弗遜．霍普和他的夥伴們騎著馬繼續前進，一路上，他心情抑鬱，默默無言。他們一直在內華達山脈中尋找銀礦，現在正要返回鹽湖城去籌集一筆資金來開採他們所發現的那些礦藏。以前，他一直和他的夥伴們一樣非常熱中這一事業，但是，這件意外的事件卻把他的想法轉移到另一邊去了。這個美麗的少女像山上的微風那樣清新、純潔，深深觸動了他那顆宛如火山般奔放不羈的心。

當她的身影從視線中消逝以後，他感覺到這是他生命中最重要的時刻；銀礦也好，其他任何問題也罷，對他說來，都比不上這件剛剛發生的、吸引他全部心神的事情來得重要。在他心中出現的愛情已經不是一個男孩那種忽生忽滅、變化無常的幻想，而是一個意志堅定、生性傲慢的男人的那種奔放強烈的激情。他已經習慣了成功，他做的每件事情都是成功的。他暗暗發誓，只要經過人類的努力和恆心而能夠獲得成功，那這一次他就絕不會失敗。

當天晚上他就去拜訪了約翰．費瑞爾，以後，他又去了許多趟，終於成了這所房子裡的熟人。約翰．費瑞爾深居山谷之中，在過去的十二年，他一心一意地從事田莊勞作，幾乎與外界隔絕。傑弗遜．霍普對於這些年來外界所發生的事情非常熟悉，因此他就把他的所見所聞繪聲繪影地講給他們聽，這讓露西和她父親都聽得津津有味。

霍普也是當年最早到達加利福尼亞的人，因此，他能夠講述在那些狂野、富庶的日子裡，發生的許多發財致富和傾家蕩產的神話。他做過守望員，捕過野獸，尋找過銀礦，也當過牧場工人；哪裡有冒險的事業，他都要前去探究一番。

他很快就獲得了費瑞爾的歡心，他不斷地誇獎著霍普。這時候，露西總是顯得沉默寡言，但她那通紅的雙頰和那雙明亮而幸福的眼睛，都非常清楚地說明她那顆年輕的心已經不再屬於自己了。這些徵兆她那善良的父親也許還沒有看出來，但顯然沒有逃過這個贏得她芳心的小夥子的眼睛。

一個夏天的傍晚，霍普騎著馬從大道上疾馳而來，在費瑞爾家門口勒住馬韁。露西正在門口，她走過去迎接他。他把韁繩拋在籬笆之上，大踏步地沿著門前小徑走了過來。

「我要走了，露西。」他說著，握住了她的雙手，溫柔地盯著她的臉，「現在我不要求你馬上跟我一塊兒走，但是當我回來的時候，你會不會決定和我走呢？」

「那你什麼時候回來呢？」她含羞帶笑地問。

「頂多兩個月，親愛的。那時，你就要屬於我了，親愛的，誰也阻擋不了我們。」

她問道：「那我父親的意見呢？」

「他已經同意了，只要我們的銀礦開採進行得順利就行。我倒不擔心這個問題。」

「哦，那就行了。如果你和父親把一切都安排好了，我也沒什麼可說的了。」她輕聲說著，把面頰偎依在他那寬闊的胸膛上。

「感謝上帝！」他聲音沙啞地說，一面俯身親吻著她，「那麼，就這樣決定了。我待得越久，就越覺得難捨難分。他們還在峽谷裡等著我呢！再見吧，我親愛的，再見了！不到兩個月，你就會再見到我了。」

說著，他從她的吻裡掙脫出來，翻身上馬，頭也不回地奔馳而去，好像擔心只要再看上他所離別的人兒一眼，他的決心就要動搖似的。她站在門邊，望著他良久，直到他的身影從視線中消逝，然後她才進屋裡去。她眞是整個猶他州最幸福的姑娘！

第3章　約翰・費瑞爾與先知的會談

傑弗遜・霍普和他的夥伴們離開鹽湖城已經有三個禮拜了。約翰・費瑞爾每當想到這個年輕人回來的時候，他就要失去他的義女，心中便感到十分酸楚。但是，女兒那張明朗而幸福的臉比任何話語都更能說服他要滿足這個安排；他心中早已暗下決定，無論如何，他絕不讓他的女兒嫁給任何一個摩門教徒。他認爲那種婚姻根本不能算是婚姻，那簡直就是一種恥辱；不管他對摩門教的教義怎麼看待，在這一點上他是堅定不移的。然而，他這個想法卻必須守口如瓶，因爲這個地方是摩門教的天下，發表任何違反教義的言論是十分危險的。

的確，這確實十分危險，就連教會中那些德高望重的聖者們，也只敢在暗地裡壓低聲音談論他們對於宗教的看法，唯恐他們的話一被人曲解就馬上招致橫禍。過去遭受迫害的人爲了報復，現在也變成迫害者，並且是變本加厲、極端殘酷，就連塞維利亞的宗教法庭、日爾曼人的叛教律和義大利秘密社團，一與摩門教在猶他州所佈下的天羅地網相比，都是望塵莫及的。

這個無形的組織出沒無常，再加上與它相關聯的那些神秘活動，使得這個組織恐怖有加。

這個組織似乎是無所不知、無所不能的，但是，它的所作所爲人們既看不見，也聽不到。誰要是敢反對教會，誰就會突然失蹤，沒人知道他的下落，也沒人知道他的遭遇。家中妻子兒女翹首企盼，可是父親卻再也不會回來向他們訴說他落在那些秘密審判者手中的遭遇。一句輕率的話語或一次鹵莽的行動都可能會招來殺身之禍，但誰也不知道籠罩在他們頭上的這種可怕勢力究竟是什麼，難怪人們要在恐懼和顫抖中生活；即使是在茫茫曠野之中，也沒人敢輕聲說出對壓迫他們這種勢力的異議。

起初，這種神秘莫測的可怕勢力只是用來對付那些叛教之徒，可是不久後，它的範圍就擴大了。這時，成年婦女在當地的數量已漸感不足，沒有足夠的婦女，一夫多妻制的教條就形同虛設。於是大家開始聽到各種奇怪的傳聞：在印第安人從來沒有到過的地方，有人在移民中途被人謀殺，旅行人的帳篷也遭到搶劫；摩門教長老的妻子群裡出現了陌生的女人，她們面容憔悴、嚶嚶啜泣，臉上流露出難以消除的恐懼神情。據山中趕夜路的旅行者說，在黑暗中，他們看見一隊隊戴著面具的武裝匪徒騎著馬，靜悄悄地從他們身旁疾馳而過。這些故事和傳聞最初不過是一鱗半爪，但是經過人們一再印證之後，也就知道這是誰的所作所爲了。直到今天，在西部荒涼的大草原上，「達恩幫」或「復仇天使」仍然是罪惡與不祥的名稱。

進一步瞭解這個罪行眾多的組織，只能加深而無法減輕人們內心那已存在的恐懼。誰也不知道哪些人屬於這個殘暴的組織，這些打著宗教的幌子進行殘酷、血腥行動的人的姓名是絕對保密的。你把你對於先知和教會的不滿言論說給他聽的那個朋友，可能就是夜晚明火執杖前來進行恐怖報復的人們中一員。因此，每個人都不免對左鄰右舍心懷疑懼，更沒有人敢說出他的心裡話。

一個晴朗的早晨，約翰·費瑞爾正打算外出到麥田裡去，忽然聽到門閂喀噠一響。他從窗戶往外一望，只見一個身強力壯、有著一頭淡茶色頭髮的中年男子沿著小徑走了過來。他心都跳到喉嚨了，因爲進來的不是別人，正是大人物楊百翰。他感到十分害怕，因爲他知道，楊的來訪對他來說是凶多吉少。費瑞爾趕緊跑到門口去迎接這位摩門教的首領，但楊只是冷冷地接受了他的問候，板著面孔跟他一同走進客廳。

「費瑞爾兄弟。」他一面說著，一面坐了下來，兩眼從他那淡色睫毛下敏銳地觀察著這個農民，「上帝的忠實信徒們一直是你的好朋友，當你在沙漠裡快要餓死時，我們拯救了你，我們把食物分給了你，把你平安地帶到這個上帝選定的山谷來，分給你一大片土地，而且讓你在我們的保護下慢慢富裕起來，是不是這樣的呢？」

「是這樣的。」費瑞爾回道。

「爲了這所有的一切，我們只提出過一個條件，就是你必須信奉我們這個眞正的宗教，並且要在各方面奉行教規。關於這一點你也曾答應過我們，可是，如果大家說的是事實的話，你顯然在這一方面忽略了。」

費瑞爾伸出雙手辯解：「我到底怎樣忽略了？難道我沒有繳納公共基金嗎？難道我沒有去教堂禮拜嗎？難道我沒有……」

「那麼，你的妻子們在哪裡？」楊往周圍看了看，「把她們叫出來，我想跟她們打個招呼。」

費瑞爾回答：「我沒有娶妻，這是事實。可是，女人已經不多了，而且有許多人比我更需要。我並不孤單，我還有女兒侍奉我呢。」

這位摩門教的領袖說：「我就是爲了你的女兒才來找你談話的。她已經長大了，成了猶他之花，現在這裡許多有地位的人物都看中了她。」

聽了這話，約翰．費瑞爾不禁在心中暗暗叫苦。

「外面有許多傳聞，說她已經和某個異教徒訂婚了；我倒是不願聽信這些傳聞，這一定是那些無聊的人在嚼舌根。聖約瑟．斯密經典中的第十三條是怎麼說的？『要讓摩門教中每個少女都嫁給上帝的選民，如果她嫁給一個異教徒，她就犯下了彌天大罪。』經典上就是這樣說的。你既然信奉了神聖的教義，當然不可能縱容你的女兒破壞它了。」

約翰．費瑞爾沒有回答，只是緊張地玩弄著他的馬鞭。

「在這個問題上就要考驗你全部的誠意了，四聖會已經這樣決定。這個女孩子還年輕，我們不會讓她嫁給一個老頭子，也不會完全剝奪她挑選的權利。我們這些做長老的，已經有了許多『小母牛』，可是我們的孩子們卻還有需要。史坦傑森有一個兒子，德雷伯也有一個，他們都非常願意娶你的女兒進門。叫她在他們兩個人中間選一個吧，他們都年輕富有，並且都信奉正教。你對這件事有什麼要說的？」

費瑞爾一聲不響，眉頭緊鎖，沉默了一會兒。最後他說道：「給我們一些時間吧。我的女兒還年輕，還不到結婚的年齡呢。」

「給她一個月的時間來選擇。」楊說著說著就站了起來，「一個月之後，她就要給我答覆。」

他走過門口時，突然回過頭來，面色通紅、目露凶光地厲聲喝道：「約翰·費瑞爾，你要是想拿雞蛋往石頭上砸，膽敢違抗四聖的命令，還不如當年就讓你們父女倆都死在布蘭科山上的好！」

他威脅地揮了一下拳頭，扭頭離去。費瑞爾聽見他沉重的腳步踏在門前砂石小徑上發出嘎吱嘎吱的聲音。

他一直坐在那裡，胳膊肘支在膝頭上，考慮著要如何對女兒說起這件事才好。這時，忽然有一隻柔軟的手放在他手

上。他抬頭一看，只見女兒站在他身旁。他一瞧見她那蒼白、驚恐的臉，就知道她已經聽見剛才的談話了。

她看了看父親，說：「我無法不聽，他聲音那麼大，整棟房子裡都聽得見。噢，爸爸，爸爸，咱們該怎麼辦呢？」

「不要驚慌。」他一面說，一面把女兒拉到身邊，用他粗大的手撫摸著她的栗色秀髮，「咱們總能想出個辦法來的。你對那個小夥子的愛情不會淡薄下來的，是吧？」

露西沒有回答，只是握了握父親的手，默默地啜泣著。

「不，當然不會，我也不願意聽到你說會。他是一個有前途的小夥子，而且還是個基督徒；單憑這一點，他就比這裡的人強多了。這裡的人再祈禱、再佈道也不如他。明天早晨有一幫人要動身到內華達去，我準備送個信給霍普，讓他知道咱們現在的惡劣處境。如果我對這個年輕人的瞭解沒錯的話，那他一定會像騎著電報一樣飛也似地跑回來的。」

聽了她父親的這番話，露西不禁破涕爲笑。

「他回來以後，一定會替咱們想出個萬全之策。可是，我擔心的倒是你，爸爸。我聽說……聽說過一些關於反對先知的那些人的可怕事件，據說反對他的人都要遭到可怕的災禍。」

她的父親回答說：「可是，我們還沒有反對他呢。到了真反對他時，那可就眞得防備一下了。我們還有整整一個月的時間哩！期限一到，我想我們最好逃出猶他。」

「離開猶他？」

「差不多是這樣。」

「可是田莊呢？」

「我們可以儘量把它變賣成現金，賣不掉的也只好算了。說實在的，露西，我不是第一次想要這麼做了。我沒興趣去服從於任何人，像是這裡的人屈從在那位該死的先知淫威那樣，我是一個生而自由的美國人，對這裡的一切我實在看不慣。也許我是太老了，學不來他們這一套，可是他眞要到我的田莊裡來橫行霸道的話，我就要讓他嘗嘗迎面飛來的獵槍子彈的滋味。」

他的女兒表示異議：「可是，他們不會放我們走的。」

「等到傑弗遜回來以後，我們很快就能逃出去了。在這期間，你千萬不要讓自己太煩惱，我的好女兒，也不要把眼睛哭得腫腫的，否則讓他看見你這副模樣，一定會來找我的麻煩的。沒有什麼好怕的，根本不會有什麼危險。」

約翰·費瑞爾安慰她時，語氣顯得十分自信。但是當天晚上，露西卻看到他與往日不同的行程，不但加倍小心地門好門戶，還把掛在臥室牆上那把生了鏽的舊獵槍取了下來，把它擦拭乾淨，裝上了子彈。

第4章　逃命

約翰．費瑞爾在與摩門教先知會談後的第二天早上就到鹽湖城去了，他在那裡找到了那個準備前往內華達山區的朋友，託他帶一封信給傑弗遜．霍普。在信中他把現在威脅著他們的、迫在眉睫的危險情況告訴了霍普，並且要他馬上回來。這件事辦妥以後，約翰．費瑞爾覺得輕鬆了一些，於是帶著比較愉快的心情回家了。

當他走近田莊時，驚訝地發現在大門兩旁的門柱上，一邊各拴著一匹馬。更使他吃驚的是，當他走進屋子時，發現客廳裡有兩個年輕人。其中一個臉長長的，面色蒼白地躺在搖椅上，兩隻腳蹺在火爐上。另一個面貌粗俗、頭粗頸短、趾高氣揚，他站在窗前，兩手插在褲袋裡，用口哨吹著流行的讚美詩。費瑞爾進來的時候，他們向他點了點頭，躺在椅子上的那一個首先開口。

他說：「也許你還不認識我們，這位是德雷伯長老的兒子，我是約瑟夫．史坦傑森。當上帝伸出祂的聖手，把你們招進善良的羊群裡時，我們就和你們一起在沙漠中旅行過。」

另一個鼻音很重地說：「上帝終究是要把普天之下的人們都招進來的。上帝雖然研磨得緩慢，但卻非常精細。」

約翰・費瑞爾冷冷地一鞠躬，他早已猜測到這兩位來客的身分了。

史坦傑森繼續說道：「我們是奉了父親的指示前來向你的女兒求婚的，請你和你的女兒看看你們究竟看中我們哪一個。我現在只有四個妻子，可是德雷伯兄弟已經有七個了，因此，我覺得我比他更需要。」

另一個大聲叫道：「不對，不對，史坦傑森兄弟。問題不在於我們有多少妻子，而在於你我究竟能夠養活多少個。我的父親現在已經把磨坊給我了，所以，我比你有錢。」

「但是我比你有前途！」史坦傑森激動地說，「等到上帝把我老爸招去的時候，我就可以擁有他的鞣皮場和製革廠了。到那時，我就是你的長老，我在教會中的地位也會比你高。」

小德雷伯對著玻璃窗裡自己的影子傻笑著說：「那麼只有讓這位姑娘來決定囉！咱們還是讓她來選擇好了。」

在他們兩人對話的時候，約翰・費瑞爾一直怒氣沖沖地站在門邊，他的馬鞭差一點就忍不住要抽到這兩個人的背上了。

最後，他大踏步走到他們面前，說道：「聽著，我的女兒叫你們到這兒來，你們才能來；但在她沒有叫你們來之前，我不想再看見你們這副嘴臉。」

兩個年輕的摩門教徒驚訝地瞪大眼睛看著費瑞爾。在他們看來，他們這樣爭著向他的女兒求婚，不論是對女兒還是父親來說，都是一種至高無上的榮譽。

費瑞爾厲聲喝道：「要想離開這間屋子有兩條路可走；一條是門，一條是窗戶。你們願意走哪條？」

他棕色的臉顯得那麼兇狠，一雙青筋暴露的手是那樣可怕。他的兩位客人一見情況不妙，急忙跳起身來拔腿就跑。

費瑞爾一直跟到門口。他挖苦地說：「你們兩位商量好了究竟哪一位合適，來通知一聲就行了。」

「你這是自討苦吃！」史坦傑森大聲叫道，臉色氣得發白，「竟敢公然違抗先知和四聖會，你會後悔一輩子的！」

小德雷伯也叫道：「上帝的手會重重地懲罰你。他既然能夠讓你生，也就能夠要你死！」

「好吧，我就要你先死給我看！」費瑞爾憤怒地叫道。要不是露西一把拉住他的胳臂，把他攔住，他早就衝上樓去把槍拿出來了。他還沒來得及從露西手中掙脫出來，便聽見一陣馬蹄聲漸漸遠去，他知道已經追不上了。

他一面擦著額頭上的汗，一面大聲說道：「這兩個胡說八道的小流氓！與其把你嫁給他們之中的任何一個，我的孩子，你倒不如死了乾淨。」

她激動地回答：「爸爸，我也是這麼想。不過，傑弗遜馬上就要回來了。」

「是的，他不久後就會回來了。越快越好，還不知道他們下一步又要怎麼樣呢？」

的確，現在正是這個堅強的農夫和他的義女最危急的時候，他們非常需要一個能夠為他們出謀劃策的人來幫助他們。在這個移民地區的歷史中，從來不曾發生過這樣公然違抗長老權力的事情。如果連微小的過錯都要受到極其嚴厲的懲罰，那麼，做出這種大逆不道的事又會怎樣呢？費瑞爾知道，他的財富和地位對他沒有任何幫助。在此以前，一些和他一樣有名又有錢的人都被偷偷幹掉了，他們的財產也全都歸給了教會。他雖是個勇敢的人，但想起就要降臨在他頭上的這種不可捉摸的恐怖，還是不寒而慄。任何擺在明處的危險他都可以咬牙面對，但是這種懸而未決的境地卻使人身心交瘁。儘管如此，他還是極力掩飾自己的恐懼，不讓女兒知道，並且裝出一副若無其事的樣子。可是他的女兒卻早已用那雙銳利、關愛的眼睛，看出了他的忐忑不安。

他料到他的這番行為必然會招來楊的某種警告，果然不出他所料，但是警告的方式卻是他意想不到的。第二天早晨，費瑞爾一起床就大吃一驚地發現，在被單上，恰好在他胸口上方，釘著一張紙條，上面歪歪扭扭地寫著一行粗重的字：

限你29天改邪歸正，否則——

字後的橫槓比任何恐嚇都更令人膽戰心驚，而最讓約翰·費瑞爾費解的是，這個警告究竟是怎麼跑到他房裡的？他的僕人睡在另外一間房子裡，而且所有的門窗都是閂好的。他把這張紙條揉成一團，絲毫沒有對女兒提起。可是，這起意外卻讓他心裡感到冷颼颼的。很明顯的，紙條上寫的「29天」是指楊所答應的一個月限期剩下的日子。對付一個擁有這樣神秘力量的敵人，單憑勇氣和力量又有什麼用呢？釘上紙條的那隻手，完全可以用刀刺進他的心房，而且他永遠也不會知道究竟是誰殺了他。

第二天早晨發生的事情讓費瑞爾更加震驚了。當他們坐下來用早餐的時候，露西忽然用手指著上面驚叫起來。原來，在天花板的中央寫著一個數字「28」，顯然是用燒焦了的木棒畫的。女兒對這個數字很是莫名其妙，他也沒有向她說明。那天晚上，他沒有睡覺，拿著他的槍通宵守候；一整夜他什麼也沒看見，什麼也沒聽見。但第二天早晨，一個大大的「27」卻又畫在他家門上了。

這樣一天又一天地過去了，就像黎明每天必然來臨一樣，他每天都發現他看不見的敵人在做著記錄，而且在一些明顯的地方寫出他一個月期限中還剩下的天數。這個要命的數字有時在牆上出現，有時在地板上，偶爾也會寫在小紙片上，貼在花園的門上或欄杆上。約翰·費瑞爾雖然百般警戒，但還是不能發現這些每天來臨的警告究竟是在什麼時候出現的。每當看到這些警告，他就感到一種近乎迷信般的恐怖，因此他坐臥不安，日漸憔悴，眼中帶著被追逐的獵物的那種困惑。現在他唯一的希望，就是等待那個年輕的獵人從內華達回來。

二十天變成了十五天，十五天又變成了十天，遠方的人還是杳無音訊。數字一天天減少，卻仍不見他的蹤影。每當聽到大路上傳來馬蹄聲，或者聽到馬車夫吆喝拉車畜群的喊聲，這個老農夫都會立刻衝到大門邊，以為救星終於來到。最後，眼看著期限從五天變成四天，又從四天變成了三天，他失去了信心，完全放棄逃走的希望。他一個人孤掌難鳴，而且對移民區四周山裡的情況又不熟悉，他知道自己是無力逃跑的了。人群頻繁出沒的大道都已經被人嚴密地把守起來，沒有「四聖會」的命令，任何人都不能通過。看來他是走投無路了，這場臨頭大禍是無法避免了。但是，這位老人的決心絕沒有動搖，他寧願一死，也不能忍受這種對他女兒的侮辱。

一天晚上，他獨自一個人坐著，想著他的麻煩事，但是左思右想，總想不出什麼辦法可以逃脫這場災難。這天早晨，房屋的牆上已經出現了一個「2」，明天就是期限的最後一天了，到時候會發生什麼事情呢？他想像到各式各樣、模糊不清而又令人害怕的情景。在他死後，他的女兒又將如何？難道他們就真的逃不出周圍這道無形的天羅地網嗎？想到自己真的無能為力，他不禁伏在桌上哭了起來。

這是什麼？萬籟俱寂中，他聽到一陣輕輕的抓撓聲，聲音雖然很輕，但是在夜深人靜的時候卻聽得非常清晰。這個聲音是從大門那邊傳來的。費瑞爾躡手躡腳地走進客廳，在那裡凝神傾聽著。停了一會兒，這個輕微的、令人毛骨悚然的聲音又響了起來，顯然是有人輕輕地在門上叩擊著。難道是夜半刺客前來執行秘密法庭暗殺任務嗎？或者是哪個狗腿子正在寫著限期的最後一天已經到了呢？約翰・費瑞爾這時覺得痛痛快快的死總比這種使人膽戰心驚的等待要好些，於是，他跳上前去，拔下門閂，把門打開了。

門外一片靜寂。夜色朗朗，點點繁星在頭上閃閃發光。老人看著眼前的花園，花園周圍有一道籬笆，還有籬笆上的門；但無論是在花園中，或是在大路上，都瞧不見任何一個人影。費瑞爾左右看了看，放心地吁了一口氣。他無意地向腳下一看，卻不禁大吃一驚；只見一個人趴在地上，手腳直直地伸展著。

看到這副情景，他感到極度恐懼。他靠在牆上，用手按著自己的喉嚨才沒有喊出聲來。一開始，他以為這個趴在地上的人可能是受傷的或是將死的人，但等他仔細一看，才發現這個人像蛇一

樣迅速無聲地在地上爬行，一直爬進了客廳。這個人一爬進屋裡，立刻站起來把門關上。目瞪口呆的老人看到了傑弗遜·霍普那張兇狠的臉和他那副果決的表情。

「天哪！」約翰·費瑞爾喘著粗氣說：「你可把我嚇壞了。你爲什麼這樣進來？」

「給我點吃的。」霍普聲嘶力竭地說，「兩天兩夜我都來不及吃一口東西。」主人的晚餐仍舊放在桌上未動，於是他跑了過去，抓起冷肉和麵包就狼吞虎嚥起來。等吃飽了，他才問道：「露西可好？」

「很好，她並不知道這些危險。」這位父親回答。

「那很好。這棟房子周圍已經被人包圍起來了，所以我才一路爬了進來。他們可眞是夠厲害的了，但他們要想捉住一個瓦休湖的獵人還差一點。」

約翰·費瑞爾知道他終於有了一個忠實可靠的助手，覺得自己好像變成另一個人。他一把抓住年輕人粗糙的手，熱忱地緊緊握著說：「你眞是個令人驕傲的人，再也沒有什麼人肯來分擔我們的危險和困難了。」

年輕獵人回答：「您說的對，老先生。我是尊敬您的，但是，如果這件事只是關係到您一個人，那在我把頭伸進這樣一個黃蜂窩以前，我就要考慮再三了。我是爲露西而來的，我想，在他們還沒得手前，我就跟露西離開這裡，猶他州就再也沒有姓霍普的人了。」

「現在該怎麼辦呢？」

「明天就是最後一天，除非今晚行動，否則就會來不及。我弄了一頭騾子和兩匹馬，現在都放在鷹谷那裡等著。您有多少錢？」

「兩千塊金幣和五千元紙幣。」

「足夠了。這些是我的錢，可以湊在一起。咱們必須穿過大山到卡森城去。您最好去叫醒露西。僕人沒有睡在這棟屋子裡，這倒提供了方便。」

在費瑞爾進去叫他的女兒準備上路的時候，傑弗遜．霍普把他所能夠找到的、可以吃的東西都裝在一個小包袱裡，又把一個陶缸灌滿了水；因為根據他的經驗，山中水井很少，而且相距甚遠。他剛剛收拾完畢，費瑞爾和他的女兒就一起走了出來，全都穿好了衣服準備出發。一對戀人非常親熱地問候了一番，但是非常短暫，因爲現在每分每秒都非常寶貴，而且他們還有許多事情要做。

「我們必須馬上出發。」傑弗遜．霍普的聲音顯得低沉又果斷，就像是明知前面危險重重，但是也要下定決心面對困難，「前面和後面的出口都已有人把守，可是，小心一點的話，咱們還是可以從旁邊的窗子出去，穿過田野逃走。上了大路後再走兩里路就可以到達鷹谷，馬匹就在那裡等著。天亮之前，我們必須穿過大山的一半路程。」

費瑞爾問道：「如果有人阻擋我們怎麼辦？」

霍普拍了拍衣襟下面露出的左輪手槍槍柄，兇狠地笑著說：「即使我們寡不敵眾，至少也要幹掉兩三個。」

他們將屋裡的燈火全都弄熄。費瑞爾從窗子望向外面黑漆漆的一切，凝視著曾經一度屬於他的這片田地，現在他得永遠放棄了。對於這種犧牲，他一直耿耿於懷，但是，當他想到女兒的榮譽和幸福時，就覺得即使傾家蕩產也在所不惜。沙沙作響的樹林和一望無際的寂靜田野，一切看來是那樣寧靜和諧，很難想像這裡潛伏著那些殺人魔王；但年輕獵人的蒼白臉色和緊張表情，都說明了在他爬近這棟屋子的時候，早已把這裡的險惡情況看得清清楚楚了。

費瑞爾拿著錢袋，傑弗遜．霍普帶著不多的食物和水，露西提著一個小包袱，裡邊放著她的一些珍貴物品。他們非常緩慢、謹慎地把窗子打開，等到一片烏雲遮住了月色的時候，他們才一個接著一個越窗而出，走到小花園中。他們屏住呼吸，彎下身來，跌跌撞撞地穿過花園，來到花園籬笆的暗處，然後沿著籬笆的陰影一直走到一處通向麥田的缺口。他們剛剛走到這個缺口，霍普突然一把抓住費瑞爾父女二人，把他們拖回陰影中。他們靜靜地趴在那兒，嚇得渾身顫抖。

由於霍普在草原上久經鍛鍊，使他的耳朵像山貓一樣敏銳。他們剛剛伏下，就聽見離他們幾步之外有一聲貓頭鷹的慘叫，在不遠的地方馬上又有另外一聲呼應著。同時一個隱隱約約的人影在他們剛剛打開的那個缺口處出現，他又發出一聲這種淒慘的叫聲作爲暗號，另外一個人便應聲從暗處走出來。

「明天半夜，貓頭鷹叫三聲時下手。」頭一個人這樣說，看來他是一個小首領。

另一個答道：「好的，要我告訴德雷伯兄弟嗎？」

「告訴他，讓他再傳達給其他的人。九到七！」

「七到五！」另一個接著說。於是，這兩個人便分頭悄然而去。他們最後說的話顯然是一種問答式的暗號。他們的腳步聲剛剛消失在遠處，傑弗遜．霍普就跳起身來幫助他的同伴穿過缺口，然後用最快的速度領著他們飛快地穿過田地。這時，露西似乎已經筋疲力盡了，於是他半扶半拖地拉著她飛奔。

「快點！趕快！」他一次又一次氣喘吁吁地催促著，「咱們已經闖過了警戒線，一切就靠速度了，快跑！」

一上了大道，他們就立刻快速前進。路上，他們只有一次碰到人，於是他們立刻閃進麥田中躲藏，以免被人認出來。快到城邊的時候，霍普又折進一條通向山裡的崎嶇小路。黑暗中，只見兩座黑壓壓的巍峨大山浮現在眼前。他們所走的這條峽谷就是鷹谷，馬兒們就在這裡等候著他們。霍普憑著他毫無差錯的直覺，在一片亂石之中拾路而行，最後他沿著一條乾涸的小溪來到一個山石環繞的隱密之處，三匹忠心的牲畜就拴在那裡。露西騎上了騾子，老費瑞爾帶著他的錢袋騎上一匹馬，傑弗遜．霍普則騎上另外一匹馬，沿著險峻的山道，帶領著他們前進。

對於任何一個不習慣面對荒野的大自然的人來說，這種崎嶇山路都會使他們不知所措。山路的一邊是黑壓壓的絕壁千丈，山勢險惡，而絕壁上那一條條石樑，就像魔鬼化石身上的一根根肋骨一樣；另一邊則是亂石縱橫，無路可走。在這中間，只有這條曲折蜿蜒的小道。有些地方十分狹窄，只容單人通過；山路崎嶇難行，只有長於騎術的人才能通過。儘管有許多艱難險阻，這幾個逃亡者的心情卻是愉快的，因爲他們每前進一步，就離他們剛剛逃離的暴政又遠了一步。

但是，他們不久便發現他們還沒有完全逃出摩門教徒的勢力範圍。當他們來到山路中最爲荒涼的地段時，露西突然驚叫起來，用手向上指著。原來在他們頭上有一塊俯瞰山路的岩石，在天空的映襯之下顯得非常黯黑而單調，岩石上孤零零地站著一個哨兵。他們發覺他的時候，他也看見了他們，於是，寂靜的山谷裡響起了一聲部隊上的吆喝聲：「是誰？」

「是往內華達去的旅客。」傑弗遜．霍普應聲答道，一面握住馬鞍旁的來福槍。

他們看到這個孤單的哨兵手指扣著扳機向下望著他們，似乎對他們的回答很不滿意。

哨兵又叫道：「是誰批准的？」

費瑞爾回答：「四聖批准的。」根據他在摩門教中的經驗，教中最高的權威就是四聖。

哨兵叫道：「九到七。」

「七到五。」傑弗遜．霍普想起了在花園中聽到的這句口令，馬上回答。

上面的人說：「過去吧，上帝保佑你們。」

過了這一關後，前面的道路就寬闊起來了，馬匹也可以放開腳步小跑步前進了。他們回過頭來，還能看見那個哨兵倚著他的槍支，孤零零地站在那裡。這時，他們知道他們已經闖過了摩門教區的邊防要隘，自由就在前方了。

第5章　復仇天使

一夜之中，他們走過的淨是一些地勢複雜的峽谷和崎嶇難行、亂石縱橫的小路。他們不止一次迷了路，幸虧霍普熟悉山中的情況，才使他們重新找到了正道。天亮時，他們眼前出現了一幅荒涼卻壯麗的景色；他們置身在一片白雪覆蓋的群山當中，山巒重疊，一直綿延到遙遠的地平線上。山路兩邊的懸崖是如此陡峭，讓他們覺得上面生長的落葉松就像懸掛在他們頭上一樣，彷彿一陣風吹過就會吹落下來壓在他們頭上。但這種恐懼並不完全是他們的幻想，因爲在這荒涼的山谷裡，到處堆積著這樣滾下來的樹木和山石。在他們通過的時候，就曾有一塊巨石如雷鳴般滾落下來，隆隆之聲在靜靜的峽谷裡迴盪著，嚇得疲乏的馬兒們都狂奔起來。

當太陽從東方地平線上緩緩升起時，群山就像節日的彩燈一樣一個接著一個點亮，直到所有山頭都罩上了一抹微紅，耀眼明亮起來。這壯麗的景色使三個逃亡者精神爲之一振，精力倍增。他們在一個從深谷中湧出的激流處停了下來，餵了馬，自己也匆匆吃了早餐。露西和她的父親想多休息一會兒，可是傑弗遜·霍普卻堅持盡早啓程。他說：「這個時候，他們大概已經沿著我們的蹤跡追了上來，成敗完全在於我們前進的速度。只要平安地到達了卡森城，我們就可以休息一輩子。」

這一整天，他們都在山谷中拼命前進。黃昏的時候，他們計算了一下行程，已經離開敵人有三十多英里。晚上，他們選擇一處懸崖下面，可以躲避寒風的地方安頓下來；爲了暖和一些，三個人緊緊地擠在一起睡了幾個鐘頭，但是天還沒亮，他們便又動身上路了。他們一直沒有發現有人追趕的跡象，傑弗遜．霍普想他們可能已經逃出了那個迫害他們的可怕組織的魔掌，可是，他一點也不知道這個魔掌究竟能夠伸展得多遠，更沒有想到，這個魔掌立刻就要接近他們，把他們打得粉碎了。

在他們逃亡的次日，大約中午的時候，他們本來就不多的食糧眼看就要吃完了；但是，這並沒有讓這位獵人感到不安，因爲在大山之中有的是飛禽走獸可以獵取充饑，從前他就常常靠著他的那把來福槍維持生活。他選擇一個隱蔽的地方，拾取了一些枯枝乾柴生起火來，讓他的夥伴們暖和一下。因爲，他們現在已經在海拔五千英尺的高山之上，空氣是刺骨的寒冷。他把騾馬拴好，並和露西告別後，就背上他的來福槍出去碰碰運氣，想打點東西回來。他回過頭來，看到老人和少女正圍著火堆取暖，三隻騾馬一動也不動地站立在後邊。再走幾步，由於山石的阻擋，他就看不見他們了。

他翻山越嶺走了兩英里多的路，卻一無所獲。然而，從樹幹上的痕跡和其他的一些跡象，他斷定附近有無數野熊出沒。他搜索了兩三個小時，還是毫無結果；最後，當他正打算失望地空手回去的時候，忽然抬頭一看，不覺心花怒放。原來在離地三、四百英尺高的一塊突出的懸岩上站著一隻野獸，樣子看來很像羊，但是卻長著一對巨大的長角。這個被人叫作「大犄角」的傢伙，可能是正在爲霍普所看不到的同伴執行著警戒任務。巧得很，這隻野獸是背對著霍普的，因此，牠並沒有發覺他。他趴在地上，把槍架在一塊岩石上，又慢又穩地瞄準以後才扣下扳機。野獸跳了起來，在岩石邊掙扎了幾下就滾落到谷底去了。

這隻野獸太沉重了，一個人背不動，霍普就將死獸的一隻腿和一些腰肉割了下來。這時天色漸暗，於是他背起這些戰利品趕忙沿著來路往回走；但是，他剛要起步就想起自己已陷入了困境。因爲剛才他只顧尋找野獸而走得太遠，已經遠遠地走出了他所熟悉的山谷，現在要再認出他所走過的道路已不是一件容易的事了。他覺得他所在的這個山谷又衍生出數個峽谷，這數個峽谷又分成更多的峽谷，而且十分相似，簡直無法辨認。

霍普沿著一條山谷走了一英里多，來到一個澗水淙淙的地方，他肯定來時沒有見過這個山澗。他斷定自己轉錯了方向，於是又走另一條，結果仍然不對。夜幕很快就降臨了，當他終於找到一條他所熟識的峽谷時，天色已經完全暗了下來。雖然他找到了這條熟路，可是現在要沿著這條小路不再走錯也絕非易事，因爲月亮還未升起，小路兩邊高聳的峭壁使得道路顯得格外黑暗。這時，霍普覺得背上的東西益加沉重，況且忙碌了半天，他現在已經感到非常疲乏。但是，他仍舊跌跌撞撞地前進著，當他想到每前進一步就靠近露西一步，而且還有這麼多的食物足夠他們今後在旅途中食用，他的精神便又爲之振奮起來。

他來到剛才離開他們時的那個山谷入口。雖然是在黑暗之中，他也能辨認出遮住入口處的那些巨石的輪廓。他想，他們一定在焦急地等待著他呢！因爲他已經離開差不多五個小時了。一時高興之下，他把兩隻手放在嘴邊，借著峽谷的回音大聲打著招呼，表示他回來了。他停了一下，傾聽著回音，可是除了他自己的叫喊聲碰在沉寂、荒涼的峽谷石壁上折回來形成無數的回音以外，就什麼都沒有了。他又叫了一聲，比先前的更加響亮，卻還是沒有聽見和他分開不久的朋友們的回音。他隱隱約約感到一種莫名的恐懼，便急忙奔了過去，慌忙中把原本寶貝似的獸肉也扔掉了。

他轉過彎來便看清了剛才生火的地方，那裡仍然有一堆炭灰在閃爍發光，但是很明顯的，在他離開以後再也沒有人照料過，周圍同樣是一片死寂。看到自己的恐懼變成了現實，他急忙奔過去。火堆旁沒有一點活著的東西，騾馬、老人和少女都不見了。肯定是在他離開以後發生了什麼突如其來的可怕災難令他們無一倖免，而且沒有留下一點痕跡。

意外的打擊使得霍普驚慌失措、目瞪口呆，他只覺得一陣天旋地轉，於是趕緊抓住了他的來福槍支撐住身體以免跌倒。但他畢竟是一個意志堅強的人，很快地便從這種迷惘中清醒過來。他從火堆裡撿起一段燒得半焦的木材把它吹燃，借著這個光亮把休息的地方察看了一番。

地面上到處都是馬蹄踐踏的印子，說明一大隊騎馬的人已經追上了逃亡者。而從這些蹄印的方向看來，他們又轉回鹽湖城去了。他們是否把他的兩個夥伴全都帶走了呢？霍普差一點就確信他們一定是那樣做了；可是，當他的目光落在一件東西上的時候，不禁使他毛骨悚然。在離他們原來休息處沒有幾步遠的地方有一堆不高的紅土，這肯定是原來沒有的。一點也不錯，這是一個新掘出來的墳墓。當年輕的獵人走近時，他發覺土堆上面插著一支木棒，木棒裂縫處夾著一張紙，紙上草草寫了幾個字，但簡明扼要：

約翰・費瑞爾
生前住在鹽湖城
死於一八六〇年八月四日

他才剛離開一會兒，那位健壯的老人就這樣死去了，而這幾個字竟成了他的墓誌銘。傑弗遜・霍普又瘋狂地到處尋找，想看看是否還有第二座墳墓，可是沒有發現半點兒痕跡。露西已經被這班可怕的追趕者帶了回去，遭到了她原先命

裡注定的災難，成爲一位長老兒子的妾室了。當這個年輕的小夥子意識到她的命運確已如此，而他又無力挽回的時候，他眞想跟隨著這位老農夫一同長眠在他最後安息的地方。

但是，他的積極精神終於擺脫了這種因絕望而產生的沮喪。如果他實在沒有別的辦法可想，至少還可以把他的一生用在報仇雪恨上。傑弗遜·霍普有著百折不撓的耐心和毅力，因此他也就具有一種百折不撓的復仇決心，這可能是在他和印第安人相處的日子裡，從他們那裡學來的。他站在漸漸冷卻的火堆旁，覺得只有用他自己的手對敵人進行徹底、痛快的報復，才能減輕他的悲痛。他下定了決心，要把他的堅強意志和無窮的精力全部用在報仇雪恨上。他面色慘白、冷峻，沿著來路走回去，找到他扔掉獸肉的地方。他把快要熄滅的火堆挑燃，烤了一堆夠他吃好幾天的獸肉，然後把烤熟的獸肉捆作一包。這時，他雖然疲憊至極，但仍然穿過大山走了回去，走上了復仇天使的道路。

他忍著腳痛和疲憊，沿著先前騎馬走過的峽谷，千辛萬苦地走了五天；夜裡，他就躺在亂石之間隨便睡上幾個鐘頭，但是天還沒亮就又起來趕路。第六天，他回到了鷹谷，他們就是從這裡開始他們不幸的逃亡歷程的。他從鷹谷往下望去，可以看見摩門教徒們的家園。現在，他已是形容憔悴、疲憊不堪了。他倚著他的來福槍，對著腳下這一大片安靜的城市狠狠地揮舞著他的拳頭。他看著這個城市，發現在一些主要街道上都掛著旗幟和其他節日的標誌。當他正在猜測其中原因的時候，忽然傳來一陣馬蹄聲，只見一個人騎著馬向他跑來。當騎馬人走近的時候，霍普認出他是一個名叫考珀的摩門教徒。霍普曾經先後幫過他幾次忙，所以，當他走近時，霍普就向他打了招呼，想向他打聽一下露西的消息。

他說：「我是傑弗遜·霍普，你還記得我嗎？」

這個摩門教徒帶著毫不掩飾的驚訝神色望著他。的確，眼前這個衣衫襤褸、蓬頭垢面的流浪漢現在面色蒼白、目露凶光，很難認出他就是那個年輕英俊的獵人。但是，當他終於確認他是霍普時，他的驚訝又變成了恐懼。

他叫了起來：「你瘋了，竟敢跑到這裡來。要是有人看見我在和你說話，連我這條命也要保不住了。因爲你幫助費瑞爾父女逃走，四聖已經下令通緝你了。」

霍普懇切地說：「我不怕他們，也不怕他們的通緝。考珀，你一定已經聽說這件事了。我懇求你回答我幾個問題，咱們一向是朋友，請你看在上帝的份上不要拒絕。」

這個摩門教徒不安地問道：「什麼問題？快說，這些石頭都有耳朵，大樹也長著眼睛呢！」

「露西·費瑞爾怎麼樣了？」

「她在昨天和小德雷伯結婚了。站穩了，喂，你要站穩些。你怎麼魂不附體了？」

「不要管我。」霍普有氣無力地說。他的嘴唇發白，跌坐在剛才靠著的那塊石頭上，「你說她結婚了？」

「昨天結婚的，新房上掛著的那些旗幟就是爲了這個。關於究竟由誰娶她這個問題，小德雷伯和小史坦傑森還有過一番爭執呢！他們兩個人都去追趕過你們，史坦傑森還開槍打死了她的父親，因此他就更有理由要求得到她。但是，他們在四聖會議上爭執的時候，因爲德雷伯一派勢力強大，於是先知就把露西交給了德雷伯。可是，不管是誰佔有她都不會長久的，因爲昨天我看見她一臉死灰，哪裡還像個女人，簡直是個鬼了。你要走了嗎？」

「是的，我要走了。」傑弗遜．霍普站了起來。他的面貌像大理石雕刻出來的一樣，神情嚴峻而堅決，一雙眼睛閃露著兇光。

「你要去哪？」

「去哪都無所謂了。」他一面背起他的武器，一面大踏步走下山谷，從那裡一直走到大山深處的野獸出沒之地。這時，群獸之中再也找不出比霍普更爲兇猛、危險的了。

那個摩門教徒的預言果然應驗了。不知是否爲了她父親的慘死，還是由於她被迫成婚、心懷憤恨的緣故，可憐的露西一直萎靡不振，日漸憔悴；不到一個月，她便抑鬱而死了。她的混帳丈夫之所以要娶她，主要是爲了約翰．費瑞爾的財產，因此對於露西的過世，小德雷伯並沒有表現出多大的悲傷；倒是他的一些妻妾對她表示了哀悼，並且按照摩門教的習俗，在下葬前整夜爲她守靈。

第二天凌晨，正當她們圍坐在靈床旁邊的時候，忽然室門大開，一個衣衫襤褸、面目粗野、飽經風霜的男人闖了進來。她們驚駭萬分，嚇得說不出話來。這個人對那些縮成一團的婦女看都不看，也沒說一句話，逕自走向那個曾經承載著露西．費瑞爾純潔靈魂的蒼白、安靜的遺體。他彎下身來，在她冰冷的額上虔誠地吻了一下，接著又抬起她的手，從她的手指上取下那枚結婚戒指。他怒吼道：「她絕不能戴著這東西下葬。」人們還沒來得及叫喊，他便飛身下樓，倏然不見。這件事是如此奇怪、快速，要不是露西手指上那枚作爲新娘標誌的金戒指已不翼而飛的事實擺在眼前，就連那些守靈的人都很難相信這一切眞的發生過，更不用說讓別人相信了。

傑弗遜．霍普在大山中流浪了幾個月，過著一種原始、奇特的生活，他刻骨銘心地時時刻刻想著報仇雪恨。這時，城裡流傳著一種說法，他們說有一個怪人出沒在深山峽谷間，徘徊在城外。有一次，一粒子彈咻地穿過史坦傑森家的窗戶，射在離他不到一英尺遠的牆壁上。還有一次，當德雷伯從懸崖下經過的時候，一塊巨石從他的頭上滾落下來，他連忙臥倒在地才逃脫了這場災難。兩個年輕的摩門教徒不久便發覺了那人企圖謀殺他們的原因，於是他們帶領著人馬，一再進入深山打算捉住他們的敵人，或者取他的性命，但他們總是沒能成功。於是，他們便採取謹愼的辦法——絕不單獨外出，天黑以後，足不出戶；他們還派人嚴密地守衛自己的住宅。過些時候，他們認爲可以鬆懈這些措施了，因爲他們既沒有再聽到他們仇人的消息，也沒有人再見到他的蹤跡，於是他們就希望時間能讓他的復仇之心慢慢平靜下來。

然而，事情並不像他們所想像的那樣。霍普的復仇之心不但沒有平靜，反而更加強烈了。霍普本來就意志堅定、不屈不撓，除了復仇以外，再也沒有別的情緒可以佔據他的心靈。但另一方面，他也是一個非常實際的人，不久他就意識到他的體格雖然十分強壯，卻也吃不消這種過度的操勞。每天經歷風吹日曬雨淋，又吃不到像樣的食物，這大大地消耗了他的體力。假如他像野狗一樣在山中死去，那復仇大事又要怎麼辦呢？而且，如果長此下去，勢必會得到這樣的結果，要是這樣，豈不正稱了敵人的心意？於是，他極不情願地回到他過去在內華達待過的礦場，在那裡恢復體力，並且積攢足夠的金錢以繼續追蹤仇人，而不至於陷於貧困的窘境。

他原打算最多離開一年就回來，可是由於種種意外情況，使他將近有五年之久無法離開礦場。雖然五年過去了，但他對往日的痛苦事件仍記憶猶新，復仇決心恰似當年那個難忘的夜晚，當他站在約翰·費瑞爾墳墓旁時一樣迫切。他喬裝改扮、改名換姓回到鹽湖城來，只求正義得伸，而把自己的生死置之度外。他到達鹽湖城後，才發覺等待著他的是個壞消息。

幾個月以前，摩門教徒中發生過一次分裂，教中年輕的一派起來反抗長老的統治，結果有相當多的不滿分子脫離了教會。他們成了異教徒，離開了猶他。德雷伯和史坦傑森也在其中，誰都不知道他們的下落。據傳聞，德雷伯早就設法把他的大部分財產變賣了，因此在他離開的時候，他已經是一個腰纏萬貫的富翁，而他的同伴史坦傑森比起他來卻相當窮困，但是他們現在究竟身在何處，卻沒有絲毫線索可尋。

面對這種困境，一般人不管如何復仇心切，恐怕都難免要灰心喪氣，放棄復仇的打算了，但是傑弗遜．霍普卻一刻也沒有動搖過。他帶著他爲數不多的全部財產，開始一個城市一個城市地在美國各地尋找他的仇人，沒有錢的時候，就隨便找點工作餬口。時間一年一年過去了，他的一頭黑髮已變斑白，但是，他仍舊繼續流浪下去，就像處在人類中的警犬一樣，把他的全部精力都集中在這個他已經付出一生的復仇事業上。蒼天不負有心人，雖然只是偶然看到窗戶中出現的仇人面貌，但這一眼卻讓他明白了，他所追蹤的兩個仇人就在俄亥俄州的克利夫蘭城中。

他回到他那個破爛不堪的寄宿地方，將復仇計畫全部準備妥當。但是，說也湊巧，德雷伯那天也認出了大街上的這個流浪漢，而且看出了他眼中的殺意。因此，他在史坦傑森（他已成爲德雷伯的私人秘書）的陪同下，急忙找了一位負責治安的法官，向他報告說，由於一個舊日情敵的嫉恨，他們的生命正處在危險之中。當晚，傑弗遜．霍普就被逮捕了。因爲找不到保人，他被監禁了幾個星期；等他被釋放出來的時候，他發現他們的住處早就空空如也，德雷伯和他的秘書已經動身前往歐洲了。

這一次，霍普的復仇計畫又落了空，但是心頭的積恨再一次激勵著他繼續追蹤下去。然而，由於資金缺乏，他不得不又工作了一段時間，攢下每一塊錢好爲以後的行程做準備。最後，等他積攢了足夠的生活費就動身前往歐洲。在歐洲，他從一個城市追到另一個城市，錢花完了以後，任何低下的工作他都幹，可是卻一直沒有追上這兩個亡命之徒。當他趕到聖彼得堡時，他們已經離開那裡前往巴黎了。等他趕到巴黎，他又聽說他們剛剛動身去哥本哈根。等他趕到了丹麥首都哥本哈根，他又晚了幾天，他們幾天前就到倫敦旅行去了。他終於在倫敦把他們逼到了絕境，至於這之後在倫敦發生的事情，我們最好還是引用老獵人的自述吧！而這都詳細記載在我們前面已經讀過的華生醫生的日記中。

第6章　續華生醫生回憶錄

我們的罪犯的瘋狂抵抗，顯然並不是對我們任何人有什麼惡意，因爲當他發覺自己已無能爲力時，便友好地微笑起來，並且表示希望在他掙扎的時候，沒有傷害到我們任何一個人。他對福爾摩斯說：「我想你們是要把我送到警察局去的。我的馬車就在門外，如果把我的腿鬆綁，我可以自己走下樓上車。我可不像從前那樣，那麼容易就被抬下樓。」

葛雷格森和雷思垂德交換了一下眼色，似乎認爲這種要求太冒險。但是，福爾摩斯卻立刻接受了罪犯的要求，把我們捆在他腳踝上的毛巾解開。罪犯站了起來，舒展一下兩條腿，像是要證明它們確實又獲得了自由似的。我記得我看著他的時候，心中暗想，我很少見到比他更爲魁梧強壯的人了，而且在他飽經風霜的黑臉上表現出的那種決斷和活力，就像他的體力一樣令人敬畏。

他注視我的同伴，帶著衷心的欽佩說道：「如果警察局長職位有空缺的話，我認爲你是最合適的人選。你對於我這個案子的偵查方法，眞是相當謹愼周密。」

福爾摩斯對那兩個警探說道：「你們最好和我一塊兒去。」

雷思垂德說：「我來爲你們駕車。」

「好的，那麼葛雷格森可以和我們坐上車去。還有你，醫生，你對於這個案子已經產生了興趣，最好也和我們一塊去吧。」

我欣然同意了，於是我們就一同下樓。我們的罪犯沒有一點逃跑的企圖，他安安靜靜地走進那個原本屬於他的馬車裡，我們也跟著上了車。雷思垂德爬上車夫的座位，揚鞭催馬前進，沒多久就把我們送到了目的地。

我們被帶進一間小屋，那裡有一個警官，負責把罪犯的姓名以及他被控殺害的兩個人姓名都記下來。這個警官膚色白皙、面無表情，機械而呆板地完成了他的任務。他說：「犯人將在本周內提交法庭審訊。傑弗遜·霍普先生，你在審訊之前還有什麼話要說嗎？我必須事先警告你，你所說的話都會記錄在案，並且可能用來作爲定

罪的證據。」

我們的罪犯慢慢地說道：「諸位先生，我有許多話要說，我願意把它原原本本地都告訴你們。」

警官問道：「等到審訊時再說不是更好嗎？」

他回答說：「我也許永遠不會受到審訊了呢。你們不必大驚小怪，我並不是想要自殺。你是一位醫生嗎？」他說著，轉過頭來用他兇悍的黑眼睛看著我。

我說：「是的，我是醫生。」

「那麼，請你用手按一下這裡。」他微笑著說，一面用他被銬著的手指了一下胸口。

我用手按按他的胸部，立刻察覺到裡邊有一種不尋常的跳動。他的胸腔微微震動，就像在一座不堅固的建築物中，啓動了一台動力強勁的機器一樣。屋子裡靜靜的，我能聽到他的胸膛裡面有一陣嗡嗡的聲音。

我叫道：「怎麼？你有動脈瘤！」

他平靜地說：「他們都這樣說。上個星期，我找了一位醫生看過，他說過不了多少天，血瘤就要破裂。這個病已經好多年了，一年不如一年。這病是因爲我在鹽湖城的大山之中餐風露宿、營養不良所引起的。現在我已經完成了我的工作，什麼時候死我都不在乎了，但是我想在死之前把這件事說清楚，死後好有個記載。我不希望別人在我死後，把我看成是一個普通的殺人犯。」

警官和兩個警探匆忙地商量了一下，考慮是否准許他說出他的故事。

警官問道：「醫生，你覺得他的病情是不是隨時都有危險？」

我回答說：「確實是這樣。」

於是這位警官說道：「如果是這樣的話，爲了維護法律的公平，我們當然要錄取他的口供。先生，你現在可以開始交代了，不過，我再一次告訴你，你所說的一切都要記錄下來。」

「請允許我坐下來講吧！」犯人一面說，一面坐了下來，「我這個動脈瘤使我很容易感到疲乏，半個鐘頭以前我們的打鬥也不會對病情有什麼好處。我已經是墳墓邊上的人了，所以我不會對你們說謊，所說的每一句話也都是千眞萬確的；至於你們究竟要如何處置，對我來說就無關緊要了。」

傑弗遜·霍普說完這些話後就靠在椅背上，開始說出了下面這篇不同尋常的供詞。他敘述得從容不迫、有條有理，似乎他所說的事情十分平淡無奇。我可以保證，我所記載的這篇供詞是完全準確的，因爲這是我乘機從雷思垂德的筆記本上抄錄下來的。他在他的筆記本中一字不漏、原原本本地記錄下了罪犯的供詞。

他說：「我爲什麼要恨這兩個人，這一點對你們來說是無關緊要的。他們惡貫滿盈，他們犯了罪，害死過兩個人——一個父親和一個女兒，因此他們付出了自己的性命，這也是罪有應得。從他們犯罪到現在，時間已經過了這麼久，我也不可能拿出什麼罪證到任何一個法庭上去控訴他們。可是，我知道他們有罪，所以我決心要自己把法官、陪審員和行刑劊子手的職責全部承擔起來。如果你們是男子漢，如果你們站在我的位置，一定也會像我這樣幹的。

「我剛才說到的那個姑娘，二十年前她本來是要嫁給我的，可是她卻被迫嫁給了德雷伯，以致使她傷心而死。我從她遺體的手指上把這個結婚戒指取了下來，當時我就發誓一定要讓德雷伯看著這枚戒指斃命，還要讓他在臨死前知道，他是由於自己的罪惡，才受到了應得的懲罰。我踏遍兩大洲，追蹤德雷伯和他的幫兇，直到我捉住他們，這枚戒指都一直帶在我身邊。他們想把我拖垮，都是白費功夫。即使我明天就死——這是很有可能的，我也要在臨死的時候知道，我在這個世界上的工作已經完成了，而且是出色地完成了。他們兩個人已經死了，而且都是被我親手殺死的，此外，我就再也沒有什麼希望和願望了。

「他們是有錢人，而我卻是窮光蛋，因此，要到處追趕他們對我來說並不容易。當我來到倫敦的時候，我差不多已是一貧如洗。當時我覺得必須找個工作維持自己的生活，而趕車、騎馬對我來說，就像走路一樣平常，於是我就到一家馬車廠去找工作，並且馬上就找到了。每個星期我都要向車主繳納一定數額的租金，剩下的就歸我自己。剩餘的錢並不多，可是我總能勉強維持下去。最困難的事情是不認識路，我覺得在所有道路複雜的城市中，倫敦的街道是最複雜難認的。我就隨身帶著一張地圖，直到我熟悉了一些大旅館和幾個主要車站以後，我的生意才終於好了起來。

「過了好久，我才找到他們兩人居住的地方。我東查西問，直到最後才在無意之中碰上了他們。他們住在泰晤士河對岸坎伯威爾的一棟公寓裡。只要我找到了他們，他們就算落在我的掌握之中了。我已經留了鬍鬚，他們不可能認出我來的。我緊緊地跟著他們伺機下手，已下定決心這一次絕不能再讓他們逃脫了。

「雖然如此，他們還是差點兒溜掉了。在倫敦，他們走到哪兒，我就形影不離地跟到哪兒。有時我趕著馬車跟在他們後邊，有時步行。趕著馬車是最好的辦法，因為這樣他們就無法擺脫我了。我只在清晨或者深夜時分才做點生意，可是這樣一來我就不能及時向車主繳納租金。但是，只要我能夠親手殺死仇人，什麼我都不在乎。

「但是，他們相當的狡猾，一定也想到可能有人會跟蹤他們，因為他們從不單獨外出，也絕不在晚間出去。兩個星期以來，我每天趕著馬車跟在他們後面，可是一次也沒有看見他們分開行動過。德雷伯經常喝得醉醺醺的，史坦傑森卻從不疏忽。我起早貪黑地盯著他們，可是總找不到機會，但我並沒有因此灰心喪氣，因為我總感到報仇的時刻就要到來了。唯一擔心的是我胸口裡的這個毛病，怕它會過早破裂而使我的報仇大計功虧一簣。

「終於，有一天傍晚，當我趕著馬車在他們所住的那條叫作托爾凱伊的街道附近徘徊時，我忽然看見一輛馬車趕到他們住處門前。立刻，有人拿了一些行李出來，不久，德雷伯和史坦傑森也跟著出來，他們一同上車離去。我趕緊催馬跟了上去，遠遠跟在他們後邊。當時我感到非常不安，唯恐他們又要改變住處。他們在尤斯頓車站下了馬車。我找了一個小孩替我拉住馬，我就跟著他們走進月臺。我聽到他們在打聽去利物浦的火車，站上的人回答說有一班車剛剛開出，幾個小時以內不會再有另一班車了。史坦傑森聽了以後似乎很懊惱，可是德雷伯卻比什麼都高興。我混在人群之中，離他們非常近，所以能聽到他們的每一句談話。德雷伯說他有一點私事要去辦，如果史坦傑森願意等他的話，他馬上就會回來。他的夥伴阻攔他，並且提醒他說，他們說好彼此要在一起，不要單獨行動。德雷伯回答說這是一件很微妙的事，他必須獨自去。我聽不清史坦傑森又說了些什麼，後來只聽見德雷伯破口大罵，並且說他不過是他雇用的僕人罷了，不要裝腔作勢地指責他。這樣一來，秘書先生自討沒趣，便不再多說。他只有和他商量，萬一他沒趕上最後一班火車，可以到假日私人旅館去找他。德雷伯回答說他十一點以前就能回到月臺上來，然後，他就走出了車站。

「我日夜等待的時刻終於來到了，我的仇人已在我的掌握之中。他們在一起的時候可以互相保護，一旦分開以後，他們就要任我擺佈了。雖然如此，我並沒有鹵莽行事，我早已定下了計畫。報仇的時刻，如果不讓仇人有時間弄清楚是誰殺死了他，如果不讓他明白爲什麼要受到這樣的懲罰，那麼這種復仇是不能令我滿意的。我的報仇計畫早就安排妥當，根據這個計畫，我要讓害苦我的人有機會明白，現在是他罪有應得的時候了。事有湊巧，幾天前有一個坐我車子的先生在布里克斯頓路一帶看房子，他把其中一處房子的鑰匙掉在我車裡。雖然當天晚上他就把鑰匙取了回去，但在取走以前，我早就取得了它的模子，又打了一把。這樣一來，在這個大城市中，我至少找到一個可靠的地方可以自由行事而不受打擾。現在要解決的困難問題，就是如何把德雷伯弄到那個房子裡去。

「他在路上走著，去了幾家酒館。在最後一家酒館中差不多停留了半個鐘頭，出來的時候已是步履蹣跚，顯然醉得不省人事了。剛好在我前面有一輛雙輪小馬車，於是他就招呼著坐了上去。我一路緊緊跟著，我的馬鼻子距離前面馬車夫的身體最多只有一碼遠。我們經過了滑鐵盧大橋，在大街上跑了好幾英里路。最後，讓我感到詫異的是，我們竟然又回到了他原來居住的地方。我想像不出他回到那裡去究竟要幹什麼，但是，我還是跟了過去，在距離那棟房屋大約一百碼的地方把車子停了下來。他走進那棟房子後，他的馬車就離開了。請給我一杯水，我的嘴都說乾了。」

我遞給他一杯水，他一飲而盡。

他說：「好多了，接著說吧。我等了一刻鐘，或者時間還要長一點，突然房子裡面傳來一陣打架似的吵鬧聲。接著，大門忽然大開，出現了兩個人，其中一個就是德雷伯，另一個是個年輕小夥子，這個人我以前從來沒見過。這個小夥子抓住德雷伯的衣領，當他們走到臺階邊的時候，他便用力一推，緊跟著又踢了一腳，把德雷伯一直踹到大街當中。他對著德雷伯搖晃著手中的木棍大聲喝道：『狗東西！讓我教訓教訓你，你竟敢污辱良家婦女！』他是那樣的怒不可遏，要不是這個壞蛋拖著兩條腿拼命地向街上逃去，我想那小夥子一定要用棍子把他痛打一頓呢！德雷伯一直跑到轉彎的地方，正好看見了我的馬車，於是招呼著我，一腳就跳上車來。他說：『把我送到假日旅館去。』

「一見他坐進了馬車，我簡直喜出望外，心頭怦怦亂跳，眞怕在這最後的時刻我的血瘤會迸裂。我慢慢地趕著馬車往前走，心中盤算著究竟該怎麼辦才最妥善。我可以把他一直拉到鄉間去，在荒涼無人的小路上和他算一次總帳，不過在我幾乎已經決定這麼辦的時候，他忽然替我解決了這個難題。這時，他的酒癮又發作了，他叫我在一家豪華的酒店外面停下來；一面吩咐我等他，一面走了進去。他在裡面一直待到酒店打烊，出來的時候已是爛醉如泥，我知道我已勝券在握。

「你們不要以爲我會冷不防地一刀把他殺死了事，如果這樣做，只不過是死板地執行公正的審判而已，我是不會那樣幹的。我早已決定給他一個機會，如果他能把握住這個機會的話，他就還有一線生機。我在美國流浪時幹過各式各樣的差事，我曾經做過『約克學院』實驗室的看門人和清潔工。有一天，教授正在講解毒藥問題時，他把一種叫作生物鹼的東西給學生們看，那是從一種南美洲土人製造毒箭的毒藥中提煉出來的。那種毒藥的毒性非常猛烈，只要沾上一點兒，立刻就能置人於死地。

「我記住放毒藥製劑瓶的地方，在他們走了以後，我就倒了一點出來。我是一個相當高明的配藥能手，於是，我就把這些毒藥做成一些易於溶解的小藥丸。我在每個盒子裡裝進一粒，同時再放進一粒樣子相同但是無毒的藥丸。我當時決定，只要我能得手，就給這兩位先生每人分一盒，讓他們每個人先吃掉一粒，剩下的一粒就由我來吃。這樣做就和在槍口蒙上手帕射擊一樣可以置人於死地，而且還沒有聲響。從那天起，我就一直把這些裝著藥丸的盒子帶在身邊，現在已到了我使用它們的時候了。

「當時已經是午夜過後快一點鐘的光景，那是一個淒風苦雨的夜晚，狂風大作，大雨傾盆。外面雖然是一片淒涼，我心裡卻是快樂無比，高興得幾乎要大聲歡叫起來。諸位先生，如果你們之中哪一位曾經為一件事朝思暮想了二十多年，卻突然發現這件事現在已經唾手可得，那麼，你們就會體會到我當時的心情了。

「我點燃了一支雪茄，噴著煙霧，想藉此穩定一下我的緊張情緒。可是由於過分激動，我的手不住地顫抖，太陽穴也突突地亂跳。當我趕著馬車前進時，我看見老約翰·費瑞爾和可愛的露西在黑暗中對著我微笑。我看得清清楚楚，就像我現在在這間屋子裡能看見你們所有人一樣。一路上，他們總是在我的前面，一邊一個地走在馬的兩旁，一直跟著我來到布里克斯頓路的那棟空宅。

「那裡一個人影也沒有，除了淅瀝的雨聲之外，聽不到一點聲音。我從車窗向車裡一瞧，只見德雷伯蜷縮成一團，因酒醉而熟睡著。我搖了搖他的胳臂說：『該下車了。』

「他說：『好的，車夫。』

「我想，他一定以爲已經到了他剛才提到的那個旅館，因爲他什麼話也沒有說，就走下車來，跟著我走進了空屋前的花園。那時他還有點頭重腳輕，我不得不扶著他走，讓他走穩。我們走到門口，我把門打開帶著他進了前屋。我敢向你們保證，一路上，費瑞爾父女一直都走在我們前面。

「『這裡面黑得要命。』他跺著腳說。

「『咱們馬上就有燈了。』我說著就點著了一根火柴，把我帶來的一支蠟燭點亮。『好啦，伊諾克．德雷伯。』我把臉轉向他，並把蠟燭湊近了我的臉，『你現在看看我是誰！』

「他醉眼矇矓地盯著我看了半天，然後，我看見他的眼中突然現出了驚恐的神色，整張臉都痙攣起來，這說明他已認出我來了。他嚇得面如土色，晃晃蕩蕩地向後退著；我還看見大顆汗珠從他額頭滾落到眉毛之上，他的牙齒

也抖得格格作響。看見他這副模樣，我不禁靠在門上大笑不止。我早就知道報仇是一件痛快的事，可是從沒有想到竟會是這樣的從心裡往外的滿足。

「我說：『你這個狗東西！我從鹽湖城一直追到聖彼得堡，可是每次都讓你逃脫了。現在你遊蕩的日子終於到了盡頭，因爲，不是你就是我再也見不到明天的太陽了。』我說話的時候他又向後退了幾步，我從他的臉上可以看出他以爲我瘋了。那時，我確實是像瘋子一樣，太陽穴上的血管像鐵匠的鐵錘似地跳動不止。我深信當時要不是血從我的鼻孔中湧出來，讓我輕鬆了一點的話，我的病也許就會發作了。

「『現在你覺得露西．費瑞爾怎麼樣？』我一面叫著，一面鎖上門，並且把鑰匙舉在他的眼前晃上幾晃，『懲罰來得太慢，但現在畢竟是讓你落網了。』我看到在我說話的時候，他那兩片怯懦的嘴唇顫抖著。他可能還想求我饒命，但是他也明白了那毫無用處。

「他結結巴巴地說：『你要謀殺我嗎？』

「我回答說：『談不上什麼謀殺。殺死一隻瘋狗能算是謀殺嗎？當你把我那可憐的戀人從她被殘殺的父親身旁拖走的時候，當你把她搶到你那個該死的、無恥的新房中去時，你可曾對她有過絲毫的憐憫？』

「他叫道：『殺死她父親的不是我。』

「『但是你粉碎了她那顆純潔的心！』我厲聲喝道，一面把毒藥盒子推到他面前，『讓上帝爲我們兩個裁決吧。挑一粒吃下去！一粒可以致死，一粒可以生存，你挑剩下的一粒我吃。我們來看看世界上到底有沒有公道，還是我們大家都在碰運氣。』

「他大聲叫著躲到一邊哀求饒命，但是我拔出刀來頂住他的咽喉，一直到他乖乖地吞下一粒後，我也吞下剩下的一粒。我們面對面，一聲不響地在那裡站了一兩分鐘，等著看究竟是誰死誰活。當他臉上露出痛苦表情的時候，他就知道他已吞下了毒藥。他當時那副嘴臉我怎麼能夠忘記呢？看見他那副模樣，我不禁大笑起來，並把露西的結婚戒指舉到他眼前。這一切只是瞬間的事，因爲那種生物鹼的作用發揮得很快，一陣痛苦的痙攣使他的面目都扭曲變形了；他兩手向前伸著、搖晃著，接著就慘叫一聲，一頭倒在地板上了。我用腳把他翻轉過來，用手摸摸他的心口。心臟停止跳動了，他死了！

「血不停地從我的鼻孔中往外湧出，但我並不在意。不知爲什麼，我突然靈機一動，便用血在牆上寫下了一個字。也許是一種惡作劇式的想法，想把員警引入歧途，因爲當時我的心情確實是太輕鬆愉快了。我記得紐約曾發現過一個德國人被謀殺後，死者的身旁寫著『復仇』這個字。當時各大報紙上還曾經爭論過，認爲那是秘密團體幹的。我當時想，這個使紐約人迷惑的字，可能也會讓倫敦人困惑不解，於是，我就用手指蘸著自己的血，在牆上找了個方便的地方寫下這個字。

「後來，我就回到我的馬車上去了。我發現周圍一個人也沒有，外面依然狂風驟雨。我趕著馬車走了一會兒，把手伸進經常放著露西戒指的衣袋裡一摸，忽然發覺戒指不見了。我嚇壞了，因爲這個東西是我唯一擁有的露西的紀念物。我想可能是在我彎腰查看德雷伯屍體時掉下去的，於是，我又趕著馬車回去了。我把馬車停在附近的一條橫街上，大著膽子向那間屋子走去；因爲我寧可冒著任何危險，也不想失去這枚戒指。我一走到那間房子，就和一個剛從那棟房子裡出來的員警撞了個滿懷，爲了避免引起他的疑心，我只好裝出酩酊大醉的樣子。

「這就是伊諾克．德雷伯死時的情形。接下來要做的事，就是用同樣的辦法來對付史坦傑森，這樣我就可以替約翰．費瑞爾報仇雪恨了。我知道史坦傑森當時住在假日私人旅館裡，我在旅館附近徘徊了一整天，可是他一直都沒有露面。我想，大概是因爲德雷伯一去不返，讓他感到事情有些不妙了。史坦傑森這個傢伙確實很狡猾，他一向都很小心提防。但是，如果他認爲只要待在房裡不出來就可以避開我，那麼他就大錯特錯了。

「很快地，我弄清了哪個是他臥室的窗戶，第二天清晨，我就利用旅館外面巷子裡放著的一張梯子，趁著天沒大亮爬進了他的房間裡。我把他叫醒，對他說很久以前他殺死過一個人，現在是他償命的時候了。我把德雷伯死時的情況講給他聽，並且同樣讓他挑一粒藥丸吃。他沒有接受我給他的活命機會，相反地，他從床上跳了起來，直向我的咽喉撲來。爲了自衛起見，我就一刀刺進了他的心房。不管採用什麼辦法，結果都是一樣的，因爲老天爺是絕不會讓他那隻罪惡的手，挑出那粒無毒的藥丸的。

「我還有幾句話要說，說完了也好，因爲我也快完了。事後我又趕了一兩天馬車，因爲我想再幹一段時間，攢夠路費好回美國去。那天，我正把車子停在廣場上的時候，忽然有一個破衣爛衫的少年向我打聽是否有個叫傑弗遜．霍普的車夫，他說貝克街221號B座有位先生要雇他的車子，我一點也沒有懷疑就跟著來了。以後我所知道的事，就是這位年輕人用手銬把我的兩隻手給銬上了，銬得那麼乾淨俐落，是我這輩子從沒見過的。諸位先生，這就是我的全部經歷。你們可以認爲我是一個兇手，但是，我自己卻認爲我跟你們一樣，是一個執法的法官。」

他的故事是這樣驚心動魄，他的態度給人的印象又是這樣深刻，因此我們都靜悄悄地聽得出神，就連那兩位見多識廣的職業警探也都聽得津津有味。他講完了以後，我們都一聲不響地坐在那裡，沉默了一會兒，只有雷思垂德速記供詞的最後幾行時，鉛筆落在紙上的沙沙聲打破了室內的寂靜。

福爾摩斯最後說道：「還有一點，我希望多知道一些。我登廣告以後，前來領取戒指的你的那個同黨究竟是誰？」

這個罪犯頑皮地對我的朋友擠了擠眼睛說：「我只能供出我自己的秘密，不想牽連別人。我看到你的廣告以後，也想到可能是個圈套，但也可能眞的是我想要找回的那枚戒指。我的朋友自告奮勇願意去看看。我想，你得承認這件事他辦得很漂亮吧！」

「一點也不錯。」福爾摩斯老老實實地說。

這時警官嚴肅地說道：「那麼，諸位先生，法律程序必須遵守。星期四我們要把罪犯提交法庭審訊，請諸位先生務必出席。開庭以前，他交給我負責。」說著就按了一下鈴，於是傑弗遜・霍普就被兩個看守帶走了。我的朋友和我也離開警察局，坐上馬車回貝克街去了。

第6章　尾聲

我們事先都接到了通知，要我們必須在本週四出庭；可是，到了星期四那天，再也用不著我們去作證了。一位更高級的法官受理了這個案件，傑弗遜．霍普已被傳喚到另一個法庭上去，對他進行一次極爲公正的審判。原來，就在他被捕當天晚上，他的動脈瘤就破裂了。第二天早上，人們發現他躺在監獄中的地板上過世了，臉上帶著平靜的笑容，好像他在臨死時回顧過去的年華並未虛度，報仇大業已經如願以償一般。

第二天傍晚，當我們閒聊著這件事的時候，福爾摩斯說道：「葛雷格森和雷思垂德知道這個人死了一定會氣得發瘋，這樣一來，他們自吹自擂的本錢不就沒了嗎？」

我回答說：「我看不出他們兩個人跟捉拿到兇手有什麼關係。」

我的夥伴苦澀地說道：「在這個世界上，你到底做了些什麼倒是無關緊要，關鍵是你怎樣讓人相信你做了些什麼。」停了一會兒，他又輕鬆地說：「沒關係，不管怎樣，我也沒錯過對任何一件事的偵察。在我的記憶中，再也沒有比這件案子更爲精采的了。它雖然簡單，但是其中有幾點卻是令人深受啓發。」

「簡單！」我情不自禁地叫了起來。

「是的，的確很簡單。除此以外，很難用別的字眼來形容它。」夏洛克．福爾摩斯說。他看到我驚訝的神色，不覺微笑了起來。「你想，沒有任何人的幫助，只是經過一番普通的推理，我就在三天之內捉到了這個罪犯，證明了這個案子實質上是非常簡單的。」

我說：「這倒是。」

「我已經對你說過，凡是異乎尋常的事物通常都是一種線索，而不是什麼阻礙，在解決這類問題時，最主要的就是能夠一步一步地往回推理。這是一種很有用的本領，而且也很容易，不過，人們在實踐中卻不常鍛鍊自己。在日常生活中，向前推理的方法更有用些，因此人們也就往往會忽略回溯推理。如果說有五十個人能夠進行綜合推理的話，那麼可能就只有一個人能夠用分析的方法進行推理。」

我說：「說老實話，我還是不太明白你的意思。」

「我也沒指望你能明白。我看看這樣說是不是能更清楚一些。大多數人都是這樣的，如果你把一系列的事實對他們說明以後，他們就會把可能出現的結果告訴你。他們能夠把這一系列事實在他們的腦子裡連結起來，透過思考，就能得出一個結果來了。但是，如果你把結果說出來，卻很少有人能通過他們內在的意識，推斷出導致這種結果產生的各個步驟是什麼。我所指的那種能力，就是我之前所說的『回溯推理』或者『用分析的方法推理』。」

我說：「我明白了。」

「現在這件案子就是一個例子，你只知道結果，其他一切全憑你自己去發現了。好，現在我把我在這個案件中進行推理的各個步驟儘可能地向你說明一下吧。我從頭說起。正如你所知道的一樣，我是步行到那幢房子去的。當時，我的思想中絲毫沒有先入爲主的成見。我自然是先從檢查街道開始，這我已經向你解釋過了，我在街道上清清楚楚地看到了一輛馬車車輪的痕跡。經過研究以後，我確定那道痕跡肯定是晚上留下的。由於車輪之間距離較窄，因此我斷定那是一輛出租四輪馬車，而不是私人馬車，因爲倫敦所有的出租四輪馬車，通常要比私人馬車窄一些，這就是我觀察所得的第一點。

「接著，我就沿著花園中的小路慢慢地走著。碰巧那條小路是一條泥土路，特別容易留下印跡。毫無疑問地，在你看起來，那條小路只不過是一條被人踐踏的爛泥路而已，可是在我這雙久經鍛鍊的眼睛看來，小路上每個痕跡都有它的意義。在偵探學中，沒有哪一部分比足跡學這門藝術更重要，而又更容易被人忽略的了。幸而我對於這門科學一向十分重視，而且經過多次實踐以後，它已成爲我的第二天性。我看到了員警們沉重的靴印，我也看到了最初經過花園的那兩個人的足跡。

「其實很容易能看出他們的足跡比其他人的在先，因爲從有些地方可以看出他們的足印被後來的人的足印踐踏，以致已經完全消失了。這樣就形成了我推理的第二個環節。這個環節告訴我，夜間來客一共有兩個，一個非常高大，這是從他的步幅上推測出來的，另一個則是衣著入時，這是從他留下的小巧精緻的靴印上判斷出來的。

「走進屋子以後，這個推斷立刻就得到了證實，那位穿著漂亮靴子的先生就躺在我面前。如果這是一件謀殺案的話，那麼那個高個子就是兇手。死者身上沒有傷痕，但是他臉上不安的神情卻使我深信，在他臨死之前，他已經預料到他的命運了。假如是由於心臟病，或者是其他突然發生的自然死亡，在任何情況下，他的面容都不會出現那種不安的表情的。我聞了聞死者的嘴唇，聞出有點酸味，所以我得出這樣的結論——他是被迫服毒而死的。

「此外，他臉上那種憤恨和害怕的表情，也說明他是被迫的。就是用這種排除法，我最後得出了這個結論，因爲其他任何假設都不能跟這些線索相吻合。不要以爲這是聞所未聞的理論，被迫服毒在犯罪年鑑中就有記載，絕不是一件新鮮事。任何毒藥學家都會立刻想到奧德薩的多爾斯基一案，和蒙特佩里爾的雷特里爾一案的。

「現在要談談『爲什麼』這個大問題了。謀殺的目的並不是搶劫，因爲死者身上的東西一點也沒少。那麼，這是一件政治性案件？還是一件情殺案呢？這就是我當時面臨的問題。我的想法是比較偏重後一個可能性，因爲在政治暗殺中，兇手一經得手勢必立即逃走。可是這件謀殺案卻恰恰相反，兇手幹得非常從容不迫，而且還在屋子裡到處留下了他的痕跡，讓我們知道他自始至終一直在現場。因此，我斷定這一定是件仇殺案，而不是什麼政治性案件，只有仇殺案才需要採取這樣處心積慮的報復手段。

「當發現牆上的血字後，我對自己的判斷就更加深信不疑了，很顯然那是兇手故佈的疑陣。等到發現了戒指，判斷就更確定了。兇手顯然曾經利用這只戒指，使被害者回憶起某個已死的、或是不在場的女人。關於這一點，我曾經問過葛雷格森，在他發往克利夫蘭的電報中，是否問到德雷伯過去的經歷中有沒有發生什麼問題。你可能還記得他當時回答說沒有。

「然後，我就開始對整間屋子進行一次仔細檢查，檢查結果使我確定兇手是個高個子，並且還發現了其他一些細節，如印度雪茄、兇手的長指甲等等。因爲屋中並沒有打鬥的跡象，所以當時我就得出了結論，地板上的血跡是兇手因爲過於激動而流出的鼻血。我發覺凡是有血跡的地方，就有他的足跡。除非是個氣血旺盛的人，一般很少有人會在感情激動時會這樣大量流血，所以，我就大膽地猜想這個罪犯可能是個身強力壯的紅臉人。後來事實果然證明了我的判斷是正確的。

「離開屋子後，我就去做葛雷格森疏忽未做的事。我發了一個電報給克利夫蘭警局，詢問了伊諾克·德雷伯的婚姻問題。回電很清楚，電報中說德雷伯曾經指控一個叫作傑弗遜·霍普的舊日情敵，並且請求過法律保護，而這個霍普目前正在歐洲。我當時就知道我已經掌握了這樁疑案的線索，剩下要做的就是捉住兇手了。

「我當時心中早已斷定和德雷伯一同走進那幢房子的不是別人，正是那個駕馬車的。因爲我從街道上的一些痕跡看出，拉車的馬曾經隨便走動過，如果有人駕著是不可能有這種情況的。駕車的人除了就在屋裡，還能去哪呢？另外，任何頭腦正常的人，都不會在一個肯定會供出他的第三者面前進行一樁蓄謀已久的謀殺，這太荒謬了。最後一點，如果一個人想在倫敦城中到處跟蹤另外一個人，除了做馬車夫以外，還有其他更好的辦法嗎？想清了這些問題以後，我就得出這樣一個必然的結論來——傑弗遜．霍普這個人，必須到倫敦的出租馬車夫中去找。

「如果他曾經是馬車夫，他沒有理由會就此不幹。相反地，從他的角度來想，突然改變工作反而更有可能引起人們對他的注意，所以他至少要在一段時間內繼續從事這個行業。如果認爲他現在會改用化名，也毫無道理；在一個沒有人知道他眞名實姓的國家裡，爲什麼要改名換姓呢？於是，我就把一些街頭流浪兒召集起來，組成了一支偵察隊，按部就班地派遣他們到倫敦每家馬車主那裡去打聽，最後他們找到了我所要找的這個人。他們幹得有多麼漂亮，我又是多麼迅速地利用這一優勢，你一定還記得很清楚吧。至於謀殺史坦傑森這一層，確實是一件完全難以預料的事件，但是，意外狀況在什麼情況下都是很難避免的。你知道，我們找到了兩粒藥丸，而我早就推想到會有這種東西存在。你看，這整個案子就是一條在邏輯上前後相連、毫無間斷的鏈條。」

「眞是妙極了！」我大聲說，「應該讓大家都知道你的這些本領。你應當發表一篇關於這個案件的報告。如果你不願意的話，我來替你寫。」

「你想怎麼辦就怎麼辦吧，醫生。」他回答說，「看這兒！」他一面說著，一面遞給我一張報紙，「看看這個！」

這是今天的《回聲報》，他手指的那一段正是報導我們所說的這個案件。

由於涉嫌謀殺伊諾克・德雷伯和約瑟夫・史坦傑森的嫌犯霍普突然病逝，大眾因此失去了進一步討論這轟動案件的資料。現在這個案件的內幕真相，可能永遠也沒辦法公諸於世了，但本報從有關當局那兒獲悉，這原來是一件時間久遠的感情糾紛案件，其中牽涉到愛情和摩門教等問題。根據了解，兩個被害人年輕時都曾經是鹽湖城的摩門教徒，已死的嫌犯霍普也來自鹽湖城。至於這樁案件的影響，我們認為它至少讓人們對警探破案的高效率印象深刻，而且足以提醒所有外國人，如果有什麼糾紛，還是在他們自己國家內解決為妙，最好不要把這些紛爭帶到不列顛的國土上來。之所以能迅速破案，要完全歸功於蘇格蘭警場的知名警官雷思垂德和葛雷格森兩位先生，這已經是一件公開的秘密。據悉，兇手是在一位夏洛克・福爾摩斯先生家中被捕的。夏洛克・福爾摩斯作為一個私家偵探，在探案方面也表現出了一定的才能，相信他在這兩位導師的教導下，將來必能獲得一定成就。據估計，這兩位警探將會獲得某種形式的嘉獎，作為對他們成績的肯定。

夏洛克．福爾摩斯大笑著說：「我一開始不就跟你說過了嗎？這就是咱們對血字研究的全部結果——給他們掙來了褒獎！」

我回答說：「不要緊，全部事實經過都記在我的日記裡了，大眾一定會知道眞實情形的。既然已經成功偵破這個案子，你也該心滿意足了，就像羅馬守財奴所說的：『笑罵由你，我行我素；家藏萬貫，唯我獨賞』。」

四簽名
The Sign of the Four

第1章　推論的科學

夏洛克．福爾摩斯把一小瓶藥水從壁爐架的角落拿下來，又從一個精巧的山羊皮盒裡拿出他的皮下注射器。用細長、白皙又略帶緊張的手指裝好了纖小的針頭後，他挽起了襯衫左側的袖口。面對自己肌肉發達、留有很多針孔痕跡的手臂凝神沉思了一會兒後，還是下定決心將針頭刺入了肉中，開始推動小小的活塞，然後放鬆的仰倒在絨面安樂椅裡，心滿意足地深吸了一口氣。

像這樣的動作他每天都要重複三次，幾個月來我已見怪不怪，但我心裡總不舒服。日復一日下來，我因此而變得更易怒，因爲我缺乏阻止他的勇氣。夜深

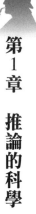

人靜的時候，想起這些，我的良心就感到不安。我一次次地發誓，要和他說自己的想法，但由於我的夥伴性情既冷漠又孤僻，而且聽不進別人的意見，我感覺得到他是一個最不容易接受忠告的人。他頑強的毅力和他那自以爲是的態度，以及我所體驗過的他那些不平凡的性格，都使我望而卻步，不願意因爲我而使他感到不快。

然而，就在那天下午，或許是因爲我在午飯時喝了些紅葡萄酒，也許是因爲他那對什麼都不屑一顧的態度惹惱了我，我忽然覺得不能再容忍下去了。

「剛才你注射的是什麼？」我問他，「嗎啡還是古柯鹼？」

他乏力地從剛打開的一本舊書上抬起眼睛，說道：「是古柯鹼，只是百分之七的溶液。你要試試嗎？」

「我絕不會！」我很粗魯地回答，「戰爭毀了我的身體，至今仍沒有完全恢復，我不能再摧殘我自己了。」

對於我的惱怒，他並不生氣。「華生，也許你沒有錯。」他微笑作答，「我也明白它對身體有害，但在我發現它有如此強烈的刺激性和使頭腦清醒的作用時，副作用也就無關緊要了。」

「可是你也要想想付出的代價！」我眞誠地說，「也許你的大腦會像你說的那樣因刺激而變得清醒和興奮起來，然而這畢竟是一種病態和戕害自己的作法。它會引起組織器官不斷惡化，至少也會使你的身體日漸虛弱。你也明白這種藥物所引起的不良反應，玩這種遊戲肯定是危險的，爲什麼你只顧一時的快感而冒險去損害上蒼賦予你的過人精力呢？記住，我不僅僅是因作爲一個朋友的立場才這樣講，還是因身爲一個對你的健康負有某種責任的醫生才這樣說的。」

聽了我的話，他似乎並不生氣。相反地，他把十根指尖對在一起，兩個手肘架在椅子扶手上，做出對我們的談話頗感興趣的樣子。

「我生性好動。」他說，「無事可做會使我心緒不寧起來。越是有難題，越是有工作，越是有最深奧的密碼和需要最複雜的分析我才會感到舒適，才可以把人爲的刺激拋到一邊。我厭惡平淡的日常生活，我渴望精神上的興奮，這正是我選擇了自己的特殊職業的原因，也可以說是我創造了這個職業，因爲我是這個世界唯一從事這個職業的人。」

「唯一的私家偵探？」我挑起眉毛問道。

「唯一的私家諮詢偵探。」他回答，「我是偵探的最高法院。當葛雷格森、雷思垂德或亞瑟爾尼．瓊斯碰到難題時——他們經常有這種事——他們會把問題擺在我面前。我以專家的眼光審視資料，提出專業的看法。對這樣的案子，我沒有要求榮譽，我的名字也不會出現在報紙上。工作本身使我的特殊精力得以發揮，也帶給我快樂，這是對我最高的獎賞。在傑弗遜．霍普的案子裡，你應該體驗到了我的工作方法。」

「是的，的確是這樣。」我誠實地回答，「那是我從未遇過的案子。我已經把經過收錄在一本小冊子中，而且用了一個有點古怪的標題『血字的研究』。」

他不滿意地搖頭說：「我大致翻了翻。」又說，「眞的不敢恭維。偵探學應當是一門精密的科學，應當用同樣冷靜而不是感情用事的態度去對待它。你試圖爲它塗上一層浪漫的色彩，其結果就像是在幾何定理裡摻進了戀愛故事一樣荒唐。」

「但是的確有浪漫的情節，我不能歪曲事實。」我反駁。

「有些事實不必寫出來，或者至少應把重點所在描寫出來。這個案子裡唯一值得提及的關鍵，是我從事實的結果，經過縝密的分析和推理找出原因的過程。」

我這樣做原本是想取悅於他，沒想到反而受到他的批評，心中多少有些怒惱。我承認，正是他的妄自尊大使我惱怒，他的要求似乎是我書中每一行文字都只能描寫他的個人行爲。在我與他一起住在貝克街的幾年裡，我不只一次地發覺我的這個夥伴在靜默和說教的背後，藏著一些驕傲和自負。然而，我不想多做解釋，只是坐在那裡按摩我的傷腿。我的腿以前曾經被子彈射傷，雖然不影響走路，但是每到天氣變化時就感到隱隱作痛。

「最近，我的業務已經發展到歐洲大陸了。」停了一會兒後，福爾摩斯說道，並在他的舊菸斗中裝上菸絲。「上個星期就有一個名叫法蘭克斯．勒．維拉德的人來向我請教。你也許知道，他是最近在法國偵探界嶄露頭角的人。他具有居爾特民族所擁有的敏銳直覺，但缺少提高他的技術需備的廣博學識。他的案子是關於一件遺囑的，很有意思，我為他提供了兩個類似的案子作參考。一件是一八五七年發生在里加的案件，另一件是一八七一年聖路易城的案子，這兩個案子為他提供了破案的方法。這封致謝信是我在今天早晨收到的。」

說著，他把一張揉皺的外國信紙遞到我眼前。我用眼睛瞥了一下，字裡行間有不少恭維話，用了不少「偉大」、「非凡的手段」、「有力的動作」等表示這個法國人熱烈讚賞的辭彙。

「他像一個在和老師講話的小學生。」我說。

「哦，他高估了我給他的幫助。」夏洛克·福爾摩斯輕聲說道，「他也有相當的天賦，擁有很多理想偵探所必備的條件。他具有觀察和推斷的能力，只是缺乏學識，不過他將來還是可以學到的。現在，他正在把我的幾篇短文譯成法文。」

「你的作品？」

「啊，你不知道？」他笑著叫道，「是的，很慚愧，我寫過幾篇專題論文，那都是技術文章。比如那篇〈論各種菸灰的差別〉，在那篇文章裡，我列舉了一百四十種雪茄、紙菸、菸絲的菸灰，還配有彩色的插圖，說明各種菸灰的不同之處。這種常常出現於刑事案件審判的證據，有時甚至是整個案子最關鍵的線索。如果你還記得傑弗遜·霍普那個案子，你就會明白菸灰的辨別對破案會有一定的幫助。比如，你能確定一個謀殺案裡的兇手是抽印度雪茄的，你的偵察範圍就會明顯縮小。在訓練有素的人看來，印度平頭雪茄的黑菸灰和鳥眼菸的白色菸灰之間的不同，就像捲心菜和馬鈴薯的區別一樣經緯分明。」

「你有一種分辨細微事物的特殊天賦。」我說。

「我懂得它們的重要性。這裡是我寫的關於追蹤腳印的專題論文，裡邊還提到了利用巴黎熟石膏保存腳印的方法。這裡還有一篇有意思的小論文，說明職業對人的手形的影響，當中附有石匠、水手、木刻工人、排字工人、織布工人和磨鑽石工人的手形插圖，這對於科學的偵探具有非常大的實際意義，尤其是在遇到無名屍體的案件和辨別罪犯身分時都能派上用場。噢，你是否因我只顧談我的嗜好而心煩呢？」

「一點也不。」我誠懇地回答。「我對這個話題很感興趣，尤其是我曾親眼見過你實際應用這些方法。當然，在一定程度上，你剛才談到的觀察和推斷是互有關聯的。」

「爲什麼？幾乎沒什麼關聯。」他舒服地靠在椅背上，菸斗裡噴出一股濃濃的藍色煙圈，說道：「舉個例子吧，觀察向我說明你今天早上曾經去過威格摩爾街的郵局，而推斷讓我知道在那裡，你發了一封電報。」

「一點也沒錯！」我說。「完全正確！但是我承認，我不懂，你沒有去過那裡呀。那是我一時的衝動所爲，並沒有向任何人提起過啊！」

「這太簡單了。」他對我的詫異顯得很得意，笑道：「簡單得用不著過多的解釋。然而，解釋一下更可以界定觀察和推斷的範疇。觀察使我發現你的鞋面上沾有一小塊紅泥，而威格摩爾街郵局對面正在修路，挖出的泥土堆積在人行道上，進出郵局的人很難不踩到泥土。那兒的泥有一種特殊的紅色，而我瞭解到附近其他地方都沒有那種顏色的泥土。這些來自於觀察，其餘的就都是通過推斷得來的了。」

「唔，那麼你怎麼能推斷那封電報呢？」

「爲什麼？當然，我並沒有看見你寫信，因爲今天整個上午我都坐在你對面。我也注意到你的桌面上有一大張郵票和一疊明信片，那麼你去郵局不是發電報，還能去幹嘛呢？排除其他的因素，剩下來的一定是事實。」

「看起來的確如此。」我思考片刻後說：「正像你說的，這只不過是件最簡單的事。我現在出一個比較複雜的題目給你，你不會覺得我無禮吧？」

「正好相反。」他答道，「這可以使我省去再次注射古柯鹼。我很高興探討你對我提出的任何問題。」

「我經常聽你說過，要在任何一件日用品上不留下某些顯示使用者特徵的痕跡很困難，受過訓練的人可以很容易地看出來。現在，我這兒有一只剛成爲我的財產的錶，你能不能從錶上找出它的舊主人的性格和習慣呢？」

我把錶遞到他的手中，心裡感到好笑。依我看來這個測試是無法找到答案的，而我也有意把它作爲對他平日獨斷專行的一個教訓。他把錶拿在手裡，對著錶盤仔細地端詳，又打開錶背，悉心觀察了裡面的機件。他先用肉眼看，繼而又用高倍放大鏡進行觀察。看著他沮喪的樣子，我幾乎要笑出來了。最後，他蓋上錶蓋，把錶還給我。

「這只錶上幾乎沒有任何痕跡。」他道。「原因是這只錶最近清洗過，喪失了最主要的痕跡。」

「你說的沒錯。」我答道。「這只錶在送給我之前是清洗過了。」我心裡對我的夥伴以此作爲無能爲力的藉口來掩飾他的失敗很不以爲然。就算是一只未曾清洗過的錶，又能找出什麼有助於推斷的蛛絲馬跡呢？

「雖然痕跡不能令人滿意，但我的觀察並沒有完全落空。」他用透著迷濛而無神的眼睛仰望著天花板，說道：「就讓你來指正吧，我斷定這只錶原來的主人是你哥哥，是你父親留給他的。」

「你的判斷很對。你是從錶背面刻的H·W·兩個字母知道的，對吧？」

「的確如此。W代表了你的姓。這只錶是在五十年前製造的，錶上刻的字母和製錶的時間相仿，所以

我推斷這是你長輩遺留的東西。珠寶一類的東西大多是傳給長子的，而長子又往往沿襲了父親的名字。如果我沒有記錯，你父親已去世多年，因此我斷定這只錶是在你哥哥手裡的。」

「到目前爲止都對，還有別的嗎？」我說。

「他是一個邋遢的人，既邋遢又粗心大意。本來他有很光明的前程，但他卻放棄了一些好機會，大部分時間生活潦倒，偶爾也會境況不錯。他最後因爲貪杯酗酒而死。這些都是我從錶上看出來的。」

我從椅子上跳了起來，急躁地在屋內踱來踱去，內心忿忿不平。

「福爾摩斯，這就是你的錯了。」我說，「我簡直無法相信你居然會玩陰的！你肯定事先調查了我哥哥悲慘的歷史，現在又假裝用一些奇幻的方法去推斷這些事實。你認爲我會相信你從這舊錶上就能發現什麼嗎？坦白地講，你這是庸醫的手法。」

「我親愛的醫生。」他和藹地說，「請接受我的歉意，我只是依據理論來推斷問題，卻忘了這對你來說可能是一件痛苦的事情。不過，我向你保證，在你讓我觀察這只錶之前，我並不知道你還有一個哥哥。」

「那麼，你是怎麼鬼神般的推測出這些事實呢？這些都與事實完全相符。」

「啊！這是運氣，我只是說出了一些可能的情況，並沒料到會如此準確。」

「那麼這些並非是憑空猜測了？」

「對，對，我從來不去猜測。猜測是很不好的習慣，不利於邏輯推理。你之所以感到奇怪，是因爲你沒有跟著我的思路，或者沒有注意到能夠推斷出事實的那些細小問題。比如說，我一開始曾說到你哥哥粗心大意。你觀察這錶的底部，不僅下面的邊緣上有兩處凹痕，錶面上還有無數的劃痕，這是經常把錶放在裝有硬幣、鑰匙一類硬東西的口袋裡所致。對一只價值五十多金幣的錶這樣漫不經心的人，一定是個粗心大意的人，這麼推論不算過分吧！一個人繼承了如此貴重的物品，遺產也算夠多的了。」

我點頭表示已領會了他的推理。

「倫敦當舖的慣例是每收進一只錶，必定要用針尖把當票的號碼刻在錶的內部，這種辦法比掛一個標籤更好，可以避免號碼遺失或混淆的麻煩。用放大鏡細看錶的內部，會發現至少有四個號碼，所以我推斷你的哥哥常常處於貧苦之中。而第二個推斷是有時他的境況也很好，不然他就無力去贖回這只錶了。最後，我請你注意有鑰匙孔的裡蓋。你看到鑰匙孔周圍有無數的劃痕，這是由於鑰匙的摩擦而產生的。清醒的人插鑰匙是不是一下子就能插進去？而你從未見過一個醉漢的錶沒有這樣的痕跡。他在晚上上錶鏈，留下了手腕顫抖的痕跡。所以這些有什麼神秘的呢？」

「撥雲見日，眞相大白。」我答道。「我後悔對你的冒犯，我應當對你的神機妙算有更大信心的。目前你手裡是否有正在偵察的案子呢？」

「沒有，所以我才用古柯鹼。不動腦筋，我就無法活下去。除了這個，我還會爲什麼而活呢？請站到這扇窗前來。難道有過這樣沉寂、淒慘又無聊的世界嗎？看那黃霧的漩渦沿街而下，順著那些暗褐色的房屋飄浮而過，還有比這更令人絕望的無聊乏味嗎？醫生，當英雄無用武之地的時候，空有力氣又有何用？犯罪是很平常的事，人生也不過如此。在這個世界上，沒有人能逃避平常和乏味。」

當我正要開口回答他的長篇大論時，忽然響起了敲門聲。我們的女房東托著一個黃銅盤子走了進來，盤裡放著一張名片。

她對我的夥伴說道：「一位年輕的婦女求見。」

「瑪麗．摩斯坦小姐。」他讀著名片。「嗯！我記不起這個名字。哈德森太太，請她進來。醫生，你別走，我希望你留在這兒。」

第2章　案情陳述

摩斯坦小姐邁著穩重的步伐，表情鎮靜地走進屋來。她是一個金髮碧眼、小巧玲瓏的秀麗女士。她戴著手套，穿著頗爲得體的服裝。然而，她的裝束簡樸素雅，看得出她的生活並不是很優渥。她的衣服是暗褐色的，上面沒有鑲邊和編織的裝飾。她的帽子也是同樣暗色調，邊緣上點綴著一根白色的羽毛。她的面容雖不算漂亮，卻也和藹可人。她的一雙藍色大眼睛炯炯有神，彷彿會說話。雖然我見過許多國家和三個大洲的女人，卻從來沒有見過這樣一副優雅和聰慧的面容。當夏洛克·福爾摩斯請她坐下時，我注意到她的嘴唇有點顫動，兩手發抖，顯示出內心的緊張和不安。

「福爾摩斯先生，我是來這裡請您幫助的。」她說，「因爲您曾經爲我的女主人塞西爾·福里斯特夫人解決過一次家庭糾紛，她十分感激和讚賞您的幫助和本領。」

「塞西爾·福里斯特夫人。」他稍加思索後說，「我想我是對她有過一點幫助。我記得那個案子很簡單。」

「她不這樣認爲。至少，您不能說我的案子也同樣簡單。我想沒有任何事情比我自己的境遇更離奇古怪的了。」

福爾摩斯擦著他的雙手，眼裡閃著光芒。他從座位上傾身向前，輪廓分明、鷹一般的臉上露出了精神非常集中的表情。

「說說您的案子吧。」他用敏銳而鄭重其事的語調說道。

我感到留在這裡有些不便。

「請原諒，我先告辭了。」我從椅子上站起來。

出乎我的意料之外，這位年輕女士抬起她戴著手套的手攔住了我。

「您願意的話，請再稍坐一會兒。」她說，「或許可以給我很大的幫助呢。」

我重新坐到椅子上。

「簡單地說。」她繼續說道，「事情是這樣的。我父親是駐印度

的一位軍官，在我很小的時候他就把我送回了英國。我十七歲之前，一直在愛丁堡的一所環境舒適的寄宿學校裡讀書。我父親是軍團裡資格最老的上尉，一八七八年，他請了十二個月的假從印度返回祖國。他從倫敦打電報告訴我已安全地到了倫敦，要我馬上去見他。他給了我他在蘭厄姆旅館的地址。我記得他的電報中充滿了慈愛。我一到倫敦就坐車去了蘭厄姆旅館，人家告訴我摩斯坦上尉是住在那裡，但是他前天晚上出門到現在還沒有回來，我等了一整天也沒有他的消息。那天夜裡，我聽從旅館經理的忠告去員警那裡報了案，還在第二天早上的所有報紙上刊登了尋人啓事。可是，我們的努力沒有得到任何結果，從那天起直到現在，我始終沒有得到有關我那不幸的父親任何音訊。他心中充滿希望地回到祖國，本來該享清福的，沒想到……」

她把手放在咽喉處，話沒說完就已泣不成聲。

「事情發生在哪天？」福爾摩斯問道，打開了他的筆記本。

「他是在一八七八年十二月三日失蹤的，已經接近十年了。」

「他的行李還在嗎？」

「還留在旅館裡。行李裡邊只有一些衣服和書籍，還有不少安達曼群島的古玩，沒有發現什麼可以作爲線索的東西。他曾經是那裡負責看管囚犯的軍官。」

「他在倫敦有沒有什麼朋友？」

「我唯一知道的一個是舒爾托少校，他和我父親同在駐孟買步兵第三十四團服役。前不久這位少校已經退伍，住在上諾伍德。我們當然已和他聯繫過，可是他根本不知道我父親回到英國的事。」

「眞是奇怪。」福爾摩斯說。

「我還沒有對您講最離奇的事呢。大約在六年以前，確切說來是在一八八二年五月四日，在《泰晤士報》上有一則啓事，徵詢瑪麗·摩斯坦小姐的住址，並說這件事會對她有利。啓事下面沒有署名和地址。那時我正好到塞西爾·福里斯特夫人家裡當家庭教師。聽了她的忠告，我在報紙廣告欄裡登出了我的住址。當天我就收到從郵局寄來的一個小紙盒，盒裡裝著一顆很大且光澤耀眼的珍珠，盒子裡沒有任何字條。從那以後，每年到了同一個日子，我總會收到一個同樣的小紙盒，裡面裝有一顆同樣的珠子，但卻沒有寄出者的任何線索。內行人認爲這些珠子是稀世之寶，有很高的價值。你們看看這些珠子，實在很漂亮。」

她邊說邊打開一個扁盒子，爲我展示了我所未見過的六顆上等珍珠。

「您說的事情非常有趣。」福爾摩斯道，「還有別的事發生嗎？」

「有，就在今天，這正是我來請您幫助的原因。早上我又接到了這封信，請您看看吧。」

「謝謝！」福爾摩斯道，「請把信封也給我。郵戳是倫敦西南區，日期是九月七日。啊！角落有一個人的大拇指印，很可能是郵遞員的。紙質非常好，信封要六便士一捆。寫信的人對信紙和信封很講究。沒有發信人的地址。『今天晚上七點，請到萊西厄姆劇院外從左數第三根柱子前面等我。如果您懷疑，可以帶兩個朋友一起來。您是一個受了委屈的女人，一定會得到公道。不要帶員警來，否則就見不到我了。您的不知名朋友。』這眞是一樁有意思的神秘事件！摩斯坦小姐，您打算怎麼辦呢？」

「這正是我要向您請教的呀。」

「那麼，咱們必須去。您和我，還有……對了，華生醫生也是咱們很需要的人。那信上說要兩位朋友，他和我一直是在一起工作的。」

「可是他願意去嗎？」她用祈求的目光看著我，對福爾摩斯問道。

「我非常榮幸。」我熱切地說，「只要我能幫上忙。」

「我很感激你們兩位。」她回道，「我過著隱居般的生活，沒有朋友可以幫助我。那我六點鐘到這裡來是否可以？」

「不能晚於六點。」福爾摩斯道，「還有一點，這個信封上的筆跡與寄珠子的小盒上的筆跡相同嗎？」

「都在這兒。」說著，她拿出了六張紙。

「在我的委託人裡，您確實是個模範，您的直覺很正確。現在我們看看吧。」他把信紙鋪在桌上，一張一張地比對著。福爾摩斯繼續說道：「除了這封信以外，其他筆跡都是僞造的。」不一會兒他又說：「您看這個希臘字母e顯得多麼突出，再看最後s字母的彎筆，毫無疑問的是，它們都出於同一人之手。摩斯坦小姐，我不願給您無謂的希望，可是我問您，這些筆跡和您父親的筆跡有沒有相似之處呢？」

「沒有一點相似。」

「我猜您也會這麼說。那麼，我們在六點鐘等您的到來。請您把這些信紙留下，我也許要先研究一下。現在是三點半，待會兒見。」

「待會兒見。」我們的客人答道。她用明亮和藹的眼神看了看我們兩人，就把盛珍珠的盒子拿在胸前，匆匆離開了。

我站在窗前，目送她輕快地走到街上，直到她的灰帽和白色羽毛消失在人群當中。

「眞是一位美麗的女人！」我回頭對我的夥伴叫道。

他再次點燃了菸斗，閉上雙眼靠在椅背上。「是嗎？」他疲倦地說道：「我倒是沒注意。」

「你眞是個機器人，一台計算機！」我喊道，「你有時連一點人性也沒有。」

他溫和地笑了。

「最重要的是……」他大聲說，「不要讓一個人的特質使你的判斷能力出現偏差。對我來說，一個委託人僅僅是個單位——問題裡的一個因素，感情用事不利於理智。我告訴你，一個我平生見過最美麗的女人，曾經爲了獲取保險金而毒死了三個小孩，結果她被判絞刑。可是我所認識的一個最不討人喜歡的男人卻是一位慈善家，他捐贈了二十五萬英鎊救濟倫敦的窮人。」

「但是，這個案子……」

「我從來不假設任何例外，定律沒有例外。你也曾研究過筆跡的特徵嗎？對這個人的筆跡特徵你有什麼看法呢？」

「清晰而工整。」我答道，「是一個有著商業經驗和堅強性格的人所寫。」

福爾摩斯搖著頭。

「你注意一下他寫的長字母。」他說，「它們大多不比一般字母高，那個d像字母a，還有那個I像字母e。性格堅強的人的字不論寫得怎樣難以辨認，字的高矮總是分明的。他的k字寫得不盡相同，大寫的字母倒還工整。我現在要出門了，還有一些問題要弄清楚。我這裡有一本書——一本最値得讀的著作。它是溫伍德．里德寫的《殉節記》。我一小時後就回來。」

我手裡拿著那本書坐在窗前，但我的思緒並沒有集中在這部作品上。我的腦海裡仍然想著剛才來訪的那個客人，她的笑容、富有磁性的語調，以及她的生活所遭遇的離奇事情。如果她父親失蹤那年她十七歲，她現在就應當二十七歲了，正是由初涉世事開始轉向成熟的階段。我就這樣坐在那裡沉思著，直到一個危險的想法閃現在腦海中，因此我匆忙坐到桌前，拿出一本最新的病理學論文仔細閱讀起來。

我到底是個什麼樣的人？一個有著一條傷腿、又沒有多少錢的陸軍軍醫，怎麼能有這種妄想呢？她不過是案子裡的一個單位、一個因素——再沒有什麼別的了。如果我的前途如此黯淡，最好還是像一個男人那樣毅然地去面對，不應該胡思亂想，企圖扭轉自己的命運。

第3章　尋找答案

福爾摩斯一直到五點半才回來。他顯得神采奕奕，看上去很興奮，可見他已經在這道最難解的問題中看見了轉機。

「這個案子沒有太多的神秘。」他拿起我爲他倒的一杯茶，「這些事情似乎只有一種解釋。」

「什麼！難道你已經搞清眞相了？」

「唔，還不能這麼說。不過，我發現了一個提示性的事實，這是一個非常有用的線索。當然，細節還需要我們一點一點的拼湊起來。我剛才在舊的《泰晤士報》上找到了住在上諾伍德的前駐孟買步兵第三十四團的舒爾托少校於一八八二年四月二十八日去世的訃告。」

「福爾摩斯，或許是我的腦筋遲鈍，可我不明白這個訃告有什麼提示。」

「不明白？你眞讓我意外。那麼，咱們以這種方式來看這個問題吧。摩斯坦上尉在倫敦失蹤了，他唯一可能去拜訪的人只有舒爾托少校，可是舒爾托少校竟從未聽說他來了倫敦。四年之後舒爾托死了，他死後不到一個星期，摩斯坦上尉的女兒就收到了一件貴重的禮物，而且以後每年都收到一次這樣的禮物。現在，她又收到了一封信，竟說她是一個受了委屈的女人。除了她失去自己的父親之外，還有什麼讓她受委屈的呢？再來就是爲什麼在舒爾托死後的幾天裡才開始有人寄禮物給她？莫非是舒爾托的繼承人知道這當中的秘密？或是想要借這些禮物來進行某種補償？你對這些事實還有什麼其他看法嗎？」

「爲什麼這樣進行補償呢？這方法也太奇怪了！再說，他爲什麼現在才寫信，而不在六年以前就做呢？另外，信上說要爲她討回公道，她能得到什麼公道呢？要是她父親仍然活著，那就太離譜了。可是你又不知道她在這個案子裡有沒有受過別的委屈。」

「是有些難度，的確是有一些難以捉摸的地方。」夏洛克．福爾摩斯沉思著。「但是我們今天晚上去走一遭就會找到解答。啊，來了一輛四輪馬車，摩斯坦小姐就在車裡。你都準備好了嗎？我們最好下去等她，時間已經不早了。」

我戴上帽子，又拿了一根最粗重的手杖。我發現福爾摩斯從抽屜裡拿出他的左輪手槍放進口袋裡，這表明他已料到今晚的工作可能是一場冒險。

摩斯坦小姐裹著一身黑色的外套和頭巾。她的表情力持鎮定，但面色顯得蒼白。假如她沒有對今晚的冒險感到某種不安的話，她的膽量確實超過了一般的女子。她能夠完全控制自己的情緒，並樂意回答福爾摩斯提出的幾個新問題。

「舒爾托少校是爸爸一位非常要好的朋友。」她說，「爸爸來信裡經常提起少校。他和爸爸都是安達曼群島駐軍的指揮官，所以他們大部分時間都在一起。另外，我在我爸爸的書桌裡發現過一張沒人能懂的古怪字條，我覺得不一定與這個案子有關，但您可能想看一看，所以我把它也帶來了，在這兒。」

福爾摩斯小心地打開那張紙條，把它攤平在他的膝蓋上。然後，他用雙倍放大鏡非常仔細地察看了每個細節。

「這種紙是印度出產的。」他評論道，「過去的某些時候，它曾被釘在板上。紙上的圖似乎是一張大建築平面圖的一部分，其中有許多大廳、走廊和通道。中間有一個用紅墨水畫的小十字，圖的上部有用鉛筆寫的已褪色的『左起3．37』的字樣。圖的左上角有一個像四個連接的十字形的古怪字，它的旁邊用極其簡單的筆法寫著『四簽名——喬納森．斯莫爾、馬霍米特．辛格、愛勃德勒．卡恩和多斯特．愛克巴』。我不能確定這與本案有什麼聯繫，可是這顯然是一個重要的證據。這張紙曾經在筆記本裡被精心保存過，因爲它的正反面都是那麼乾淨。」

「這是我在他的筆記本裡發現的。」

「摩斯坦小姐，請您把它好好保存起來吧，它以後可能對我們還有用處。我開始覺得這個案子比我最初猜想的更加深奧和難以理解了，我需要重新思考我的想法。」

他邊說邊靠在馬車座位的靠背上。我可以看到他緊鎖的眉頭和茫然的目光，他在凝神沉思。摩斯坦小姐和我小聲地聊著我們目前的行動和可能出現的後果，而我們的夥伴卻始終保持沉默，直到我們抵達旅程的終點都一言未發。

這是九月某一天的傍晚，時間還不到七點鐘，天色陰暗，濃濃的雨霧籠罩著整個城市，昏暗的黑雲低垂在泥濘街道的上方。倫敦濱河路上的暗淡路燈照著滿是泥漿的人行道，只見點點微光。路兩旁店鋪的玻璃窗裡透出昏黃的燈光，穿過霧氣閃爍地照著人來車往的大街上。我想像著在閃爍的燈光裡絡繹不絕的行人面容，有的哀愁，有的歡喜，有的憔悴，有的快活，就像人的一生一樣，他們遷徙於光明和黑暗之間，又由黑暗返回光明。我不是一個多愁善感的人，但是這個陰暗沉重的夜晚和我們即將經歷的事，不禁使我有些緊張。我能夠從摩斯坦小姐的神情中，看出她和我有同樣的心境，唯獨福爾摩斯不受其他因素的影響。藉著袖珍手電筒的光亮，他不停地在攤於膝上的記事簿上寫著什麼。

在萊西厄姆劇院兩旁入口處簇擁著很多觀眾。兩輪和四輪的馬車像流水一般地滾滾而至，身著禮服、露出白色襯衫的男子和裹著圍巾、珠光寶氣的女人不斷從車上下來。我們剛剛靠近約定的第三根柱子，就有一個身材很矮、面貌黝黑的男子湊上來。這個一身馬車夫打扮，看上去挺有精神的人向我們招呼示意。

「你們是和摩斯坦小姐一起來的嗎？」他問道。

「我就是摩斯坦小姐，他們兩位是我的朋友。」她回答。

他用極其敏銳和質詢的眼光盯著我們。

「小姐，請您原諒。」他用非常執拗的口氣說道，「我必須請您保證您的同伴中沒有警察。」

「我可以保證這一點。」她回答。

他吹了聲口哨，馬上有一個流浪漢引著一輛四輪馬車來到我們的車前。他拉開車門，與我們對話的人跳到車夫的座位上。我們陸續上了車，還沒坐穩，馬車已經疾馳在霧氣茫茫的街道上。

我們所處的環境很奇怪，既不知道要去哪裡，又不知道要去幹什麼。如果說是被人愚弄吧，又難以相信這種假設，我們有充分理由認爲這次旅行不會徒勞無功。摩斯坦小姐的舉止還是像之前一樣堅定和冷靜。我竭力想透過向她講述我在阿富汗的冒險經歷使她得到鼓勵和安慰，但是說眞的，我自己也正因爲我們的境遇和難以預料的命運而感到緊張和不安，以致我講的故事有些前言不搭後語。直到今天，她都把我講給她聽的那個生動的故事當作笑料。我告訴她我如何在夜裡用一隻小老虎打死了鑽到帳篷裡來的一支雙筒獵槍。

最初，我還可以辨別我們所走的方向，可是不久後就因爲路途遠而多霧，加上對倫敦道路的生疏，我失去了方向感；除了行程似乎很長以外，其餘的我就一無所知了。然而，夏洛克．福爾摩斯並沒有迷路，他能喃喃地說出車子經過地區的地名。

「羅徹斯特路……」他說道。「這裡是文森特廣場。現在我們是從沃克斯豪爾橋路駛向薩里區。沒錯，就是這樣走。現在我們是在橋上，你們可以看見橋下的河水。」

我們果眞看見了蜿蜒的泰晤士河景色，它在燈光的照耀下發出粼粼波光。我們的馬車還在向前疾駛，不久就到了河對岸迷宮般的街道上。

「沃茲沃斯路。」我的夥伴又道，「修道院路。拉克霍爾街。斯托克維爾．羅伯特街。冷港街。我們走的方向不像是向著上流街區去的。」

我們果眞來到一個可疑和可怕的街區。直到在街角看到一些粗俗、耀眼的酒館之前，路兩旁一直都是連綿不斷的灰暗磚房。隨後又是幾排兩層的城郊小樓，每棟樓前都有一個盆景似的小花園。後來又看到一長串磚造的新樓房，它是這個大城市延伸到郊區的新區。最後，馬車在新街的第三個門前停下，其他的房子還沒有人居住。在我們停車的房子前面，除了從廚房窗戶射出的一絲光線外，其他區域也和鄰近的房子一樣漆黑。我們開始敲門，馬上就有一個頭戴黃色包頭巾、身穿寬大的白衣、繫著黃腰帶的印度僕人開了門。令人疑惑的是，在這個普通的郊區三等住宅的門前，竟出現了一個東方形象的僕人。

「我家主人正在等你們。」他說。

他的話還沒講完，就有人在屋裡高聲尖叫道：「吉特穆特伽，請他們直接進來吧。」

第4章　禿子的故事

我們隨著印度人穿過一條極普通而髒亂、燈光昏暗、陳設簡陋的甬道，來到靠在右手邊的一扇門前。他推開門，屋內射出的一道黃色燈光照在我們身上。燈光之下站著一個小個子的禿頂男人，他頭頂周圍長著一圈紅色的頭髮，中央已禿，非常光亮，像是紅葉叢中冒出了一座光禿禿的山頭一樣。他站在那兒搓揉著雙手，神情十分古怪，一會兒微笑，一會兒又愁容滿面，沒有一刻安靜下來。他有一副天生下垂的嘴唇，露出一排不整齊的黃牙。雖然他不時用手遮住臉的下半部，但他看上去還是很醜。雖然他的頭已經禿了，但看起來年齡不是很大。實際上，他也只有三十多歲而已。

「摩斯坦小姐，我願爲您效勞。」他反覆用細而高的聲調說著。「先生們，我願意爲你們效勞。請進到我的小屋裡來吧。小姐，房子很小，但它是按我喜歡的樣式佈置的。這是在倫敦南郊荒蕪沙漠中的一個小小的藝術綠洲。」

我們所有的人都被他這間屋子的景象驚呆了。建築和裡邊的陳設很不協調，好像一顆名貴的鑽石鑲嵌在一塊黃銅的托板上。窗簾和牆上的掛毯都頗爲華麗講究，中間陳列著精美的繪畫和東方的花瓶。地毯是琥珀色與黑色相間，又厚又軟，踩在上面非常舒適，就像走在草地上一樣。兩張偌大的虎皮橫鋪在上面，屋角的蓆子上豎著一個巨大的印度水菸壺，頗具東方韻味的華麗。屋頂當中懸掛著一盞銀色的鴿子型吊燈，幾乎看不出是用一根金色的線懸掛上的。燈火燃燒其間，空氣中有一股芳香的味道。

「我叫撒迪厄斯．舒爾托。」這個矮小的人微笑著自我介紹，但仍顯得有些躁動不安。「您一定是摩斯坦小姐吧，這兩位先生是……」

「這位是夏洛克．福爾摩斯先生，這位是華生醫生。」

「啊，是位醫生？」他很興奮地喊道，「您有聽診器嗎？我可不可以請您……您肯不肯爲我聽一聽？我懷疑我心臟的二尖瓣有毛病。我的大動脈還不錯，可是我要聽聽您對我的二尖瓣的忠告。」

在他的請求下，我聽了聽他的心臟。除了由於恐懼而全身發抖外，我沒有找到他任何毛病。「你的心臟很正常。」我說，「沒有理由爲此感到不安。」

「摩斯坦小姐，請您原諒我的焦急。」他輕快地說道，「我時常感到難受，總是懷疑我的心臟不好。聽到它正常我很高興。摩斯坦小姐，您的父親如果能控制自己的情緒，也不至於傷到心臟，他或許就能活到今天。」

我眞想過去甩他一個耳光。像這樣刺激人的話怎麼能如此無情而唐突地說出來呢？摩斯坦小姐坐了下來，臉色十分慘白。

「我心裡早就清楚我父親已經去世了。」她說。

「我可以告訴您所發生的一切事情。」他說，「而且我還能主持正義。無論我哥哥巴薩羅繆如何說，我都會這樣做。我非常高興今天您和兩位朋友一起來，他們兩位不僅是您的保護人，還可以爲我做的事和說的話作證。我們三個人可以共同對付我哥哥巴薩羅繆。但是，咱們不需要外人——員警或官方——參加，我們可以在沒有外人干預的情況下圓滿地解決自己的問題。如果要把事情挑明，我哥哥巴薩羅繆絕對不會同意的。」

他坐在低矮的靠椅上，用無神而淚汪汪的藍眼睛充滿期待地望著我們。

「我個人可以保證。」福爾摩斯道，「無論您說出什麼，我都不會把它告訴別人。」

我點頭表示同意。

「那太好啦！太好啦！」他道，「摩斯坦小姐，我是否可以敬您一杯西昂提酒或是托凱酒？我沒有別的葡萄酒。我打開一瓶可以嗎？您不喝？好吧，那麼，我想你們不會介意我抽一支有柔和東方菸草香味的菸吧。我有點緊張，我覺得我的水菸是少有的鎭靜劑。」

他點燃了碩大的水菸壺，煙霧從菸壺裡的玫瑰水中裊裊冒了出來。我們三個人圍坐成一個半圓圈，向前伸著頭，兩手拄著下巴。這個怪異而又有些激動的矮傢伙閃動著他那光光的頭坐在我們中間，侷促不安地抽著菸。

「當我最初決定與您聯絡的時候，我本想給您我的住址，又怕您無法理解我的要求，與不合適的人一起來，所以我才這樣失禮，讓我的僕人以這種方式先和您們見面。我十分信任他的隨機應變能力，我囑咐他如果苗頭不對，就不要讓這件事繼續下去。您應當諒解我的戒心，因爲我很少與人來往，甚至可以說是個高雅而有品味的人。與員警打交道是最令人難以忍受的事，我天生就不喜歡那些粗俗的人，很少同他們接觸。你們可以看到，我的生活環境還算頗爲文雅，我自認爲是個藝術鑑賞家，這才是我的嗜好。那幅風景畫出自柯洛的手筆，即使有的鑑賞家會懷疑那幅薩爾瓦多．羅薩的作品是贋品，可是那幅布格羅的畫的確是眞品。我特別偏愛當代法國學院派的作品。」

「不好意思，舒爾托先生。」摩斯坦小姐道，「我被您請來，是因爲您要告訴我一些事情。時間已經很晚了，我希望我們的談話儘量簡短些。」

他回道：「還是需要花些時間的，因爲我們還要一起到諾伍德去找我哥哥巴薩羅繆。我們幾個都得去，我希望我們的氣勢比我哥哥大。他對我很不滿意，我認爲合乎情理的事，他卻不以爲然，因此，我昨晚曾經與他爭辯了很久。你們肯定想像不出他在暴怒的時候，是一個多麼可怕的傢伙。」

「如果我們還要去諾伍德，是不是應該馬上動身？」我試著插話。

他笑得耳根都發紅了。

「那樣不太好吧！」他大聲說道，「如果突然帶你們去那裡，我不知道他會說些什麼呢。是的，我必須事先談一談咱們彼此的處境。首先，我應當告訴你們在這段故事裡，還有幾點連我都沒有弄明白的情況，我只能把我所知道的實情講給你們聽。

「我的父親，也許你們能猜到，就是過去在印度駐軍的約翰．舒爾托少校。他大約在十一年前退休，之後來到上諾伍德的龐帝凱瑞別墅居住。他在印度發了財，帶回一大筆錢和許多貴重的古玩，還有幾個印度的僕人。有了這些優越的條件，他自己就買了一棟房子，生活非常寬裕。我和巴薩羅繆是孿生兄弟，是我父親僅有的兩個孩子。

「我非常清楚地記得摩斯坦上尉的失蹤曾經在社會上引起的轟動，我們從報紙上看到了詳細的情況。因爲我們知道他是父親的朋友，所以常常隨意地在他面前談論這件事，他有時也和我們探討這件事是怎麼發生的。我們一點也沒有懷疑整個秘密就隱藏在他自己心裡，所有人中只有他一個人知道亞瑟．摩斯坦是怎麼死的。

「然而，我們也知道某些秘密，有些恐怖的威脅埋在我父親心裡。他害怕一個人單獨外出，還雇了兩個拳擊手在龐帝凱瑞別墅看門。今晚為你們駕車的威廉就是其中一個，他曾經是英國羽量級拳擊冠軍。我們的父親從來不告訴我們他怕的是什麼，他對有木腿的人最為戒備。有一次他居然用左輪手槍打傷了一個裝著木腿的人，後來才知道那人原來是個來兜攬生意的普通商販，我們賠了一大筆錢才算了結。我哥哥和我曾以為那只是我父親的一時衝動罷了，但後來的許多事情使我們改變了看法。

「一八八二年早春，我父親收到一封從印度寄來的信，這讓他遭受了很大打擊。他在早餐桌邊打開那封信後幾乎暈倒。從那天起他就病倒了，直到他死去。信的內容是什麼，我們無從知曉，只是在他拿著這封信的時候，我在一旁看見了那是一封很短且字跡潦草的信。他患有多年脾臟腫大的病，當時他的病情很快就惡化了。到了四月底，醫生斷定他已經沒有希望了，叫我們到他床前聽他最後的遺囑。

「我們走進他房間時，他呼吸急促地靠在枕頭上叫我們把門鎖上，來到床邊，然後，他緊緊抓住我們的手，疼痛使他神情激動。他斷斷續續地對我們講了一件驚人的事情，我現在試著用他的話向你們重述。

「他說：『只有一件事，在臨終的時刻沉重地壓在我的心上，那就是我對待可憐的摩斯坦孤女的行爲。由於我生命中邪惡的貪欲，使她沒能得到這些珍寶，那當中至少有一半是屬於她的。可是我自己也未曾利用過這些珍寶，所以貪婪就是盲目和愚蠢的行爲。只要看到珍寶在我身邊，就滿足了我的佔有慾，我捨不得把它們分給別人。你們來看，在奎寧藥瓶旁邊的那一串珍珠項鍊，雖然那是我專門找出來要送給她的，但即使是這個我也難以割捨。我的兒子們，你們應當把阿格拉珠寶公平地分給她。但是在我離開之前什麼也別給她，就是那串項鍊也不要給她，畢竟像我這樣病重的人，說不定還會痊癒呢。

「我會告訴你們摩斯坦是怎麼死的。多年來，他的心臟都很衰弱，但他從未告訴別人，只有我一個人知道。在印度的時候，他和我經歷過許多不平凡的境遇，得到了一大批珠寶。我帶著這些珠寶回到了英國。就在摩斯坦到達倫敦的那個晚上，他逕自來找我要分得他那一份。他從車站步行來到這裡，是已死去的忠實老僕拉爾．喬達爲他開的門。摩斯坦和我之間因瓜分珠寶而意見分歧，我們爭辯得很激烈。盛怒之下，摩斯坦從椅子上跳了起來，忽然把手壓在胸口，面色陰暗地向後仰倒，頭恰好撞在珠寶箱的角上。當我彎腰扶他的時候，我發現他已經死了，我感到極端驚恐。

「我心煩意亂地在椅子上坐了許久，不知如何是好。自然，我最初也想到應該找員警幫助，可是考慮到當時的情況，我恐怕會無法避免地要被指控爲兇手。他是在我們爭論瞬間死去的，他頭上的傷口對我更是不利。此外，法庭問訊必定要涉及珠寶的來歷，這更是我必須要保守的秘密。而他告訴過我，沒有一個人知道他來這裡，因此似乎沒有讓別人知道這件事的必要。

「當我還在考慮這件事的時候，抬頭忽然看見我的僕人拉爾．喬達站在門口。他悄悄地走了進來，回手門上了門。『主人，不必害怕。』他說，『沒有人知道你殺了他。我們把他藏起來，誰會知道呢？』『我並沒有殺死他。』我說。拉爾．喬達搖著頭笑道：『主人，我全都聽見了。』他說，『我聽見你們吵架，我聽見砰的一聲，可我一定會嚴守秘密。家裡的人都睡著了，我們一起把他埋了吧。』這使我下定決心。如果連我自己的僕人都不能相信我的清白，如何能指望十二個坐在陪審席上的蠢蛋會宣告我無罪呢？當天晚上，拉爾．喬達和我就把屍體給埋了。幾天內，倫敦的報紙就都刊登了摩斯坦上尉神秘失蹤的消息。我所說的過程會使你們明白我幾乎不應該對這件事情負責。我的過錯是隱藏了屍體，還藏匿了珠寶。我得到了我應得的部分，還霸佔了摩斯坦的一份，所以，我希望你們能把珠寶歸還給他的女兒。你們把耳朵湊到我的嘴邊。珠寶就藏在……』

「就在這時，他的臉色變得嚇人，兩眼突出，下頦低垂，用一種令我永遠難忘的聲音喊道：『把他趕出去！看在耶穌的份上趕走他！』我們一起回頭看他盯著的窗戶。黑暗當中有一個面孔正看著我們。我們可以看見他的鼻子在玻璃上被壓成白色。他留有一副落腮鬍，一雙兇殘的眼睛和狠毒的表情。我們兄弟倆急忙衝到窗前，可是那人已經不見了。當我們回來看父親時，只見他的頭已垂下，脈搏也停止跳動了。

「當晚我們搜索了花園，除了窗下花圃裡留下一個清晰可見的腳印外，這個入侵者沒有留下其他痕跡。如果只有這一點蹤跡，我們或許還會認爲那個兇殘的臉可能是幻覺。但我們不久就得到了更確切的證據，原來在我們附近有一幫人正針對我們進行隱密行動。第二天清晨，我們發現父親臥室的窗戶被打開，他的櫥櫃和箱子都被翻過。在他的箱子上貼著一張破紙，上面潦草寫著三個字：四簽名。這句話意味著什麼，誰曾秘密來過這裡，我們至今也不知道。目前我們只能斷定的是，雖然我父親所有的東西都被翻過，但實際上他的財物並沒有失竊。我們兄弟倆自然會聯想到這個特殊的事件與他平日的恐懼是有關係的，但它對我們來說仍然是一個完全未解的謎。」

這個矮小的人打住話，再次點燃了他的水菸壺，沉思著吸了幾口菸。我們坐在那兒，全神貫注地聽他講述這個離奇的故事。摩斯坦小姐在聽到他敘述到父親死亡的過程時，臉色變得慘白，險些暈倒。我悄悄從桌邊的一個威尼斯式水瓶裡倒了一杯水給她，她才好些。夏洛克・福爾摩斯背靠在椅子上閉目沉思著。當我瞥見他的時候，我不禁想起，今天他還在抱怨人生枯燥無味呢！可這裡至少有一個難題將要對他的睿智進行一次最大限度的考驗。撒迪厄斯・舒爾托先生看看我們這邊，又看看那邊，明白他敘述的故事對我們產生了影響，因而顯出得意的神情，他邊吸著水菸邊說下去。

「我哥哥和我。」他說道，「你們可以想像得到，由於聽到我父親所說的寶物都感到非常興奮。過了好幾個星期，甚至好幾個月的時間，我們挖遍了花園的各個角落，可是什麼也沒有找到。想到埋藏這些寶物的地方竟關閉在我父親臨終的口中，實在讓人發狂。我們從那條父親拿出來的項鍊，就可以推斷這批遺失的財富有多麼貴重。關於這串項鍊，我和哥哥巴薩羅繆也曾經談過。這些珍珠無疑非常值錢，他也不願放棄。對待朋友，我哥哥也有像我父親一樣的缺點。他還認爲如果把項鍊送給別人，可能會招致一些流言蜚語，最後還可能爲我們帶來麻煩。我所能做的只是說服他讓我先找到摩斯坦小姐的住址，然後每隔一段時間寄給她一顆從項鍊上拆下來的珍珠，這樣至少可以使她的生計不至於困難。」

「眞是不錯的想法啊！」我的同伴誠懇地說道，「您的作法的確很感人。」

「我們只是您財產的保管者。」這矮小的人不經意地揮手說，「這是我的見解，但我哥哥的見解和我不一樣。我們自己很有錢，我並不要求更多。此外，對這位年輕小姐做出卑鄙的事也是天地難容的。『鄙俗是罪惡之源』，這句法國諺語用在這兒很合適。我們兄弟對於這個問題的意見分歧，導致我和他分居的結果。我帶著一個印度僕人和威廉離開了龐帝凱瑞別墅。然而，昨天我得知了一件很重要的事情——珠寶已經找到了，我才立刻和摩斯坦小姐聯繫，現在只剩下我們一道去諾伍德向他追索我們應得的珠寶了。昨晚，我已經把我的意思告訴我哥哥巴薩羅繆。他同意等著咱們，但咱們也許是不受他歡迎的客人。」

撒迪厄斯・舒爾托先生說完後，坐在豪華的長椅子上手指不住地抽動著。我們都保持著沉默，思緒全都集中在這個離奇事件的最新進展上。福爾摩斯首先站了起來。

「先生，從頭到尾您做的都很完美。」他說，「也許我們還會告訴您一些您還不知道的事情作爲一點回報，但是，正如摩斯坦小姐剛才說的，天色已經不早了，我們最好還是別耽擱，去辦正事吧！」

我們的新夥伴仔細地捲起水菸壺的菸管，又從幔帳後面拿出一件有著羊羔皮領子和袖子的又長又厚的外套。儘管晚上還很悶熱，但他還是緊緊地扣上了鈕釦。最後，他又戴上一頂兔皮帽子，讓帽簷蓋著耳朵。除了他那好動而清瘦的面孔以外，他身體的每個部分都被遮蓋起來了。

「我的身體有點虛弱。」他帶領我們走出甬道時說道，「我算是一個病人了。」

我們的馬車正在外面等著，對我們的出行顯然早有準備。我們一上車，馬車夫立即驅車疾急行起來。撒迪厄斯・舒爾托不停地用高過嘎嘎車輪聲的音量說話。

「巴薩羅繆是個聰明人。」他道，「你們猜猜他是在哪兒找到珠寶的？他最後斷定珠寶是藏在室內某個地方。他計算出了整棟房子的容積，每個角落都小心地測量過了，沒有一英寸被他漏掉。他發現，整棟樓房的高度是七十四英尺，用鑽探的方法，他確定了樓板的厚度。可是他把所有房間的室內高度加在一起，總共也不過七十英尺，足足少了四英尺。這個差距只能在房頂上找了。他在頂樓的房間裡用板條和灰泥做成的天花板上打了一個洞。一點也沒錯，在那兒，他找到了一個封閉著的、沒有人知道的小閣樓，那個珠寶箱就放在天花板中央的兩根椽木上。他把寶物箱從洞口取了下來，發現了裡邊的珠寶。他估算這批珠寶的價値至少在五十萬英鎊以上。」

聽到這個巨大的數字，我們都睜大眼睛看著彼此。如果摩斯坦小姐能夠掙得她那一份，她將立刻從一個貧困的家庭女教師，變成英國最富有的女繼承人。毫無疑問地，她忠實的朋友們應當全都爲她高興，可是我很慚愧，自私蒙住了我的良心，我的心像被一塊鉛重壓著。我結結巴巴地說了幾句祝賀的話，就頹喪低下頭坐在那裡，後來甚至連我們新夥伴所說的話也聽不見了。他毫無疑問是個憂鬱症患者，我似乎記得他好像說過一系列的症狀，並讓我看過他皮夾裡無數的秘方，懇求我對這些秘方的內容和作用做一些解釋。我希望他不會記得那天晚上我回答他的話。福爾摩斯還記得無意間聽到我叮囑他服用兩滴以上的蓖麻油很危險，同時我建議他服用大劑量馬錢子鹼作爲鎭定劑。不管怎樣，直到馬車戛然停住，馬車夫跳下車來把車門打開時，我才鬆了一口氣。

「摩斯坦小姐，這就是龐帝凱瑞別墅。」撒迪厄斯．舒爾托先生扶她下車的時候說道。

第5章 別墅慘案

我們抵達當晚冒險旅程的最後階段時已近十一點鐘。倫敦的霧氣已經散去，夜色優美，溫暖的西風吹開了天空濃重的雲層，半圓的月亮不時從雲裡窺視著大地。遠處已經能夠看得很清楚了，而撒迪厄斯·舒爾托還是從馬車上拿了一盞車燈，把路照得更亮些。

龐帝凱瑞別墅矗立在一個廣場上，四周環繞著很高的石頭圍牆，牆頭上插著碎玻璃片，一扇包著鐵皮的窄門是它唯一的入口。我們的嚮導用郵差特有的方式在門上敲了兩下。

「誰呀？」裡邊一個粗魯的聲音喊道。

「是我，麥克默多。這個時間了，敲你門的還會有誰？」

裡邊傳出了抱怨的聲音和鑰匙的響聲。沉重的門向後開啓，一個矮小而健壯的男人提著燈籠出現在打開的門內。燈籠發出的黃色光線照著他向外探出的臉和一雙閃爍多疑的眼睛。

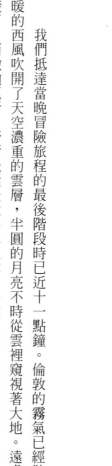

「撒迪厄斯先生，是您嗎？他們是誰？沒有得到主人的命令，我不能請他們進來。」

「麥克默多，不能請他們進來？這太沒道理了！昨天晚上我就告訴我哥哥要帶幾位朋友來這裡的。」

「撒迪厄斯先生，他一整天都沒有出屋子，我沒聽到他的吩咐。您是知道主人規矩的，我能讓您進來，可是您的朋友必須在那裡等著。」

這是沒有想到的情況。撒迪厄斯·舒爾托瞪著他，似乎覺得很沒面子。

「麥克默多，這太不像話啦！」他叫道，「我是否可以擔保呢？這裡還有一位小姐，她總不能在深夜裡等在大街上啊。」

「撒迪厄斯先生，實在對不起。」看門人仍然堅持，「他們或許是您的朋友，但不是主人的朋友。他給我薪水就是讓我做好守門工作，是我的職責我就應當盡到。您的朋友我一個也不認識。」

「麥克默多，你應該認識我呀！」夏洛克·福爾摩斯親切地叫道，「我覺得你不會忘記我的。你不記得四年前在愛莉森拳擊場爲你舉行拳賽，和你打過三個回合那個業餘拳擊手了嗎？」

「莫非是夏洛克·福爾摩斯先生？」拳擊手嚷道，「我的天哪！我怎麼能忘記您呢？與其站在那裡一言不發，還不如在我下頦打上一記您拿手的擺拳，那我早就認出您啦！啊，您浪費了您的天份，眞的是那樣！如果您繼續訓練，您的造詣會很高的。」

「你看，華生，就算我一事無成，我仍然能找到一種職業呢！」福爾摩斯向我笑道，「我肯定我們的朋友一定不會讓咱們在外頭受凍的。」

「先生，請進來吧！您的朋友都請進來吧！」他答道，「撒迪厄斯先生，實在對不起，主人的命令很嚴厲，只有知道您的朋友是誰，我才敢讓他們進來。」

門裡是一條鋪石子的小路，曲折穿過一段荒涼的空地，一直通向隱在樹叢裡的一棟外形方正而普通的大房子。枝葉遮蔽著整間房子，只有一縷月光照到房子一角和頂樓的窗戶上。這樣宏大的建築物顯得幽暗而沉寂，有些使人不寒而慄。撒迪厄斯·舒爾托也有些緊張起來，他手裡的提燈因顫抖而發出了響聲。

「我實在不明白。」他說，「這裡一定出了事。我明明告訴過巴薩羅繆今晚要來，可是窗戶裡連燈光都沒有，眞不明白這是怎麼回事！」

「他總是這樣戒備外人嗎？」福爾摩斯問道。

「是的，他繼承了我父親的習慣。您知道，他是我父親的愛子，我有時會認爲我父親告訴他的話比告訴我的要多。那扇月光照著的就是巴薩羅繆的窗戶。窗戶是很亮，但是我看裡邊沒有燈光。」

「是沒有燈光。」福爾摩斯道，「可是我在門旁那扇小窗裡看見了閃爍的燈光。」

「啊，那是女管家的房間，是博恩斯通老太太屋裡的燈光，她會告訴我們一切的。請你們在這裡稍等一會兒，她事先不知道我們要來，如果我們一起進去，也許她會驚慌。可是，噓！那是什麼？」

他高高地舉起提燈，顫抖的手使燈光搖曳不定。摩斯坦小姐緊抓著我的手腕，我們站在那裡，心跳加速，極其緊張地豎起耳朵。從這棟巨大漆黑的房子裡，不斷發出一陣陣淒慘恐怖的女人喊叫聲，劃破寂靜的黑夜。

「是博恩斯通太太！」撒迪厄斯說道，「她一個人住在這間房子裡。請等一下，我馬上就會回來。」

他急忙跑到門前，用他特有的手法敲了兩下門。我們看見一個身材高大的老女人出來，像見到親人一樣地請他進去。

「哦，撒迪厄斯先生，我很高興您能來！您來得太好啦！您來得太是時候啦！撒迪厄斯先生！」

直到門關上以後，我們還能隱約聽到這些喜出望外的話。

嚮導把燈籠留給了我們。福爾摩斯提著它慢慢地、細緻而認眞地查看著房子周圍和堆積在空地上的一大堆垃圾。摩斯坦小姐和我站在一起，我緊握著她的手。愛眞是一件微妙而不可思議的事情，就在一天前我們兩人還未曾謀面，今天我們也沒有說過一句情話，可是在現在這種危難時刻，兩人的手就不由自主地緊握在一起。後來，每當我想起這件事來就覺得很有意思，不過當時的動作似乎是最自然的行爲。後來她也常常和我說，當時她感覺到自己只有本能地依偎著我時，心中才能得到安慰和保護。所以，我們兩人就像小孩一樣，手拉著手站在那裡，我們心中充滿了寧靜，完全沒在意四周的危險。

「這眞是個奇異的地方！」她張望著四周說道。

「好像整個英國的鼴鼠都聚到這裡了。我只在靠近巴拉拉特的山上看見過這樣的情景，當時採礦者正在那裡探勘。」

「這裡也被挖掘過。」福爾摩斯道，「有些尋找寶物的痕跡。你應當記得，他們花了六年的時間去尋找珠寶，難怪這塊空地就像瓦礫坑一樣。」

就在這時，那扇房門猛然打開，撒迪厄斯．舒爾托跑了出來。他雙手向前伸開，眼裡充滿了恐懼。

「巴薩羅繆出事了！」他叫著，「嚇死我了！我的神經快崩潰了。」

他的確是驚恐萬分。從那羔皮大衣領子裡露出來的是他那痙攣的、毫無血色的臉。他的表情就像一個受到驚嚇的、無助求救的小孩子。

「我們進屋去！」福爾摩斯果斷而乾脆地說。

「快進去吧！」撒迪厄斯懇求道，「我真不知道該怎麼辦！」

我們跟著他走進女管家的房間裡，它位於甬道左側。這個老婦人正驚魂未定地揉搓著雙手，在屋裡踱來踱去。她一看見摩斯坦小姐，就好像得到了安慰。

「上帝保佑您這溫柔美麗的臉吧！」她有點歇斯底里地向摩斯坦小姐哭訴，「看到您，我覺得好過多了。這一天眞是讓我夠受的了！」

我的同伴輕輕地拍著她滿是皺紋的手，低聲對她說了幾句親切而安慰的話。老婦人蒼白的臉頰慢慢恢復了些血色。

「主人鎖上了自己的房門，也不回答我的話。」她解釋，「一整天我都在這裡等著他的召喚。他常常喜歡一個人待著。就在一個小時前，我害怕出事，就上樓從鑰匙孔往裡看了看。您一定要上去看看，撒迪厄斯先生，您必須自己去看看。十多年來，不論巴薩羅繆先生高興的時候還是悲哀的時候我都曾見過，可是我從沒見過他像現在這副模樣。」

福爾摩斯提著燈走在前面，撒迪厄斯因驚嚇牙齒格格作響。多虧我的手扶著他手臂，我們才一起上了樓。上樓時，福爾摩斯有兩次從口袋裡取出放大鏡，仔細查驗留在棕色樓梯地毯上的泥跡。他慢慢一個臺階一個臺階地向上走，把燈放得很低，細細地左右觀察。摩斯坦小姐沒有上樓，她陪著受了驚嚇的女管家。

上了三節樓梯後，前面出現了一條長長的走廊，右側牆上懸掛著一幅很大的印度掛毯畫，甬道的左側有三扇門。福爾摩斯在前面仍舊是邊慢走邊系統地觀察著，我們緊隨其後，長長的黑色身影投在身後的走廊上。第三扇門就是我們要進去的地方。福爾摩斯敲著門，裡面沒有任何聲音傳來。他又轉動把手，用力推門。然而，當我們把燈靠近門縫時，才看見門是從裡面反鎖著的，而且用的是很粗的門閂。鑰匙已經旋轉過，所以鑰匙孔沒有被擋住。福爾摩斯俯身對著鑰匙孔往裡看，馬上又直起身來，深吸了一口氣。

「華生，這確實有點可怕。」他說，我從來沒見過他那樣激動。「你來看看發生了什麼事。」

我彎腰從鑰匙孔往裡一看，嚇得我立刻後退了半步。月光照著屋內，明亮中帶著朦朧和慘澹。一張好像掛在半空中的臉直望著我，臉以下的部分都掩沒在黑影裡。這張臉與我們的夥伴撒迪厄斯的臉一模一樣，一樣的高而光亮的禿頂，一樣的一圈紅頭髮，一樣的沒有血色

的臉龐。他的表情是死氣沉沉的，帶著一種空白的笑，一種不自然的露齒的笑。在月光照射下的死寂屋子裡，看到這樣的笑臉，比看到愁眉苦臉的樣子更讓人不寒而慄。屋裡的這張臉與我們那矮小的夥伴如此相像，使我不禁回頭看看他是否還與我們在一起。我忽然回想起，他曾經說他倆是孿生兄弟。

「這太可怕啦！」我對福爾摩斯說，「我們怎麼辦？」

「得把門打開。」他答道，說著他衝到門邊，用盡全身力量去撞開門。門吱吱響了幾聲，並沒有被推開。我們一起合力衝向那扇門，這次門砰然而開，我們進到了巴薩羅繆房裡。

這間屋子看上去像是一個化學試驗室，門正面的牆上擺著兩排有玻璃瓶塞的瓶子，桌子上胡亂堆放著本生燈、試管和蒸餾瓶。牆的一個角落裡有外面包著柳條盛著酸性液體的瓶子，其中一個瓶子似乎已經破漏，流出一股黑色液體，使空氣中充滿了一種十分難聞的焦油氣味。屋子一邊在一堆散亂的木板和灰泥之間立著一座梯子，梯子上方的天花板上有一個開著的、足以讓人出入的大洞，梯子下邊的地上有一大捆繩子散亂攤放著。

桌子旁有一張扶手木椅，上面坐著房間的主人。他的頭歪在左邊肩膀上，面色慘白卻帶著難以捉摸的笑容。他身軀已變得僵冷，顯然死去很久。看上去不只是他的面部表情怪異，就是他四肢蜷縮的形式，也與平常的死人不一樣。他放在桌上的一隻手邊有一個奇特的工具——一個紋理細密的褐色木棒。木棒上有一塊用粗麻線捆著的石頭，就像一把錘子；旁邊有一頁從筆記本上撕下來的紙，上邊胡亂地寫著一些字。福爾摩斯看了一眼，把它遞給我。

「你看看。」他抬起眉毛來說道。

在提燈的燈光下，我驚詫地看見上面的字——四簽名。

「天啊！這是怎麼回事？」我問道。

「這是謀殺。」他彎著腰邊檢驗屍體邊答道，「啊！我早就料到了，看這兒！」

他指著紮在屍體的耳朵上方皮膚裡的一根黑色長刺。

「好像是一根荊棘刺。」我說。

「沒錯。你可以把它拔出來，但要小心，刺上有毒。」

我用拇指和食指把它拔出來。荊棘刺剛剛取出來，皮膚又恢復完好如初，只有一個細微的血痕能顯示被刺破之處。

「這件事對我來說太神秘莫測了。」我說，「越來越讓我糊塗了。」

「正好相反。」他說道，「各個環節都清楚了，我只要再弄清幾個細節，整個案子就會水落石出。」

自從進屋以後，我們幾乎已經忘記了我們同伴的存在。他仍然站在門口，獨自一人心驚肉跳地悲嘆著。突然，他絕望地尖聲叫了起來。

「寶貝全都丟了！」他叫著，「他們把珠寶都搶走了！我們就是從那個洞口把珠寶取下來的。是我幫他拿下來的！我是最後一個見過他的人！我昨晚下樓時，聽見他把門鎖上了。」

「當時是幾點鐘？」

「是十點鐘。現在他死了，員警馬上會來這裡，他們一定會懷疑是我害死了他，我肯定他們一定會懷疑我。可是你們兩位不會也這麼想吧？如果是我害死他的，我哪有可能還請你們來？哎呀，老天哪！哎呀，天哪！我知道我要發瘋了！」

他的臂膀抽搐，跺著腳，狂亂地痙攣著。

「舒爾托先生，您沒有理由害怕。」福爾摩斯拍著他的肩，和藹地說：「聽我的勸告，您坐車去警署報案，您要爲他們提供一切幫助。我們會在這兒等您回來的。」

矮個子不知所措地聽從了福爾摩斯的話。我們聽見他在黑暗中蹣跚地下了樓。

第6章　福爾摩斯的判斷

「華生。」福爾摩斯搓著雙手說：「現在離員警來大約還有半小時時間，我要好好地利用。我剛才告訴過你，這個案子基本上完全清楚了，可是我們不能因爲過分自信而出錯。現在看上去似乎簡單的事，或許其中還藏有某些玄機。」

「簡單？」我脫口說道。

「當然啦！」他好像臨床醫師授課一般地講解著，「請你坐在那個角落，別讓你的腳印把事情變得複雜。現在我們開始吧！首先，這些人是怎麼進來，又是怎麼出去的？自從昨晚起房門就沒有開過。窗戶開過沒有？」他提著燈邁著步，不像在和我說話，簡直是在大聲地自言自語。「窗戶是從裡面鎖上的，窗框也很堅固，兩邊也沒有可供拆窗的合葉片。我們打開它看看。窗旁沒有排雨水的管子，屋頂也離得相當遠，可是有人到過窗子旁邊。昨天晚上下過小雨，窗臺上留下了一個腳印。這裡有一個圓形的泥印，地板上有一個，桌子旁還有一個。看這兒，華生！這是一個極好的證據。」

我看了看那些清楚的圓形泥印。

「這不是腳印。」我說。

「這證據對我們更有價值，這是一根木樁的壓痕。你看窗臺上的是靴子印，是一隻後跟釘了寬鐵掌的沉重靴子，它旁邊是木樁的印跡。」

「這是那個裝有木腿的人留下的。」

「完全正確。除了他以外還有一個人，一個既能幹又靈活的同謀者。醫生，你能翻過那面牆嗎？」

我探出頭看看窗外，月亮仍然明亮地照射著原來的那個屋角。我們至少離地面有六英尺高，而且，我看到牆上連一個能夠插足的磚縫都沒有。

「從這兒爬上來是絕對不可能的。」我說。

「沒有幫忙的確爬不上來。可是假設這兒有你的一位朋友，他將放在角落裡的那根結實的繩子一頭緊繫在牆面的大鉤子上，我想，只要你有力氣，即使裝著木腿，你也可以抓著繩子爬上來。當然，下去的時候你也可以那樣做。然後，你的同謀把繩子拉上來，再從鉤子上解下來關好窗戶，從裡面插上插銷，最後從來路逃走。還有一個細節值得注意。」他指著繩子繼續說道，「那個裝有木腿的人雖然爬牆技術不錯，但他不是一個訓練有素的水手，他的雙手並沒有老繭。我用放大鏡發現了幾處血跡，尤其在繩子的末端更爲明顯。由此判斷，他在順著繩子往下滑的時候，因速度太快而磨破了手掌皮。」

「這些都對。」我說，「但是事情越來越離奇了。誰會是他神秘的同謀呢？他又是怎麼進入房間的呢？」

「的確，有個同謀！」福爾摩斯沉思著重複道，「這個同謀的確很有趣，正是他使這個案子變得不一樣了。我設想他將在我國的犯罪史上留下一條新的記載，儘管類似案子在印度發生過。如果我沒有記錯，是在塞尼干比亞發生的。」

「那他又是怎麼進來的呢？」我反覆地問，「門是鎖著的，窗戶又很難夠到，難不成他是從煙囪進來的？」

「壁爐太狹窄。」他答道，「我已考慮過那種可能性。」

「那是怎麼回事呢？」我追問。

「你總不按我的規則走。」他搖頭說道，「我不是經常對你說嗎？當你把絕不可能的因素都排除之後，無論剩下的是多麼難以相信的事，那就是事實。我們知道他不是破門而入的，也不是從窗戶進來的，更不是從煙囪進來的。我們也知道他不可能預先藏在屋子裡，因爲屋裡沒有藏身之處，那麼他是怎麼進來的呢？」

「他從屋頂那個洞爬進來的！」我叫道。

「當然是，他只能這樣做。你能幫我提著燈嗎？我們現在到上面去察看一下，就是藏著珠寶的那間密室。」

他放好梯子，用一隻手抓住椽木，翻身上了頂樓。然後，他俯身接過了燈，我也隨著他上到頂樓。

我們發現這個小房間約有十英尺長，六英尺寬，地板是利用椽木架成的，中間鋪了些薄板條，又抹了一層灰泥。我們每一步都必須踩在一根根的椽子上。屋頂是尖形的，那才是這所房子內部眞正的屋頂。屋裡沒有任何傢俱，地板上只有經年累月的厚厚塵土。

「你看這裡。」福爾摩斯用手扶著傾斜的牆說道：「這就是通向屋頂外面的活板門。把這扇門打開，外面就是坡度不大的屋頂。那麼，這就是第一個人的來路。讓我們看看他是否留下了一些能說明他個人特徵的痕跡。」

他把燈對著地板照，這是今晚我第二次看到他臉上出現驚訝的表情。我朝他注視的地方看去，也起了一身雞皮疙瘩。地板上全都是赤足的腳印，一個個清晰可辨，也都很

完整，但是它們還不及平常人腳型一半大小。

「福爾摩斯。」我低聲說，「一個小孩子做了這件可怕的事！」

瞬間，他立刻恢復了鎮定自如的神情。

「我一開始也有點驚訝。」他說，「但這件事其實很普通。我只是一開始沒想到，我應當可以預料到的。這邊沒其他可研究的了，我們下去吧。」

「那麼，你對那些腳印有什麼見解呢？」我們回到下面屋裡，我心急地問道。

「我親愛的華生，你自己試著分析看看。」他有些不耐煩地答道，「你瞭解我的方法，應用這些方法得出互相參證的結論，會很有幫助的。」

「我想不出什麼事實來。」我回答。

「不久就會眞相大白了。」他不經意地說道，「我想這兒也許沒有什麼重要的事了，但我還要看看。」他拿出他的放大鏡和皮尺，匆忙跪在地上測量著、比較察看著。他用細長的鼻子貼近地面，如珠子般發光的眼睛像鳥眼一般。他的動作是如此敏捷、無聲和詭秘，就像一隻老練的獵犬在搜尋氣味。這讓我不禁想起如果他的精力

和睿智沒有用於維護法律，而去與法律作對的話，他會變成一個多麼可怕的罪犯啊！他一邊搜索，一邊小聲嘀咕著，最後，他突然發出一聲狂喜的叫聲。

「我們眞的很走運。」他說，「現在沒什麼大問題了。第一個人不幸踩到了木餾油。你可以看到，在這個難聞的東西旁邊有他小腳印的輪廓。這瓶子裂了，你看，裡邊的東西都漏出來了。」

「這代表什麼呢？」我問道。

「沒有別的，我們就要捉到他了。」他說。「我知道，一隻狗能夠循氣味找到目標。如果狼群循著氣味就可以找到牠們的獵物，那麼，一隻經過特殊訓練的獵犬追蹤如此強烈的氣味不是更容易嗎？這是比例法則，給我們的答案肯定是……喂！員警到了。」

下面傳來了沉重的腳步聲和喧譁聲，大門重重地關上了。

「趁他們還沒有上來前。」福爾摩斯說，「你用手摸摸這可憐傢伙的胳膊和兩條腿。你有什麼感覺？」

「肌肉像木頭一樣硬。」我答道。

「非常正確。它們已經收縮到了一定極限，比一般屍體的『死後僵直』要嚴重得多，再加上臉部極度扭曲和過於痙攣的慘笑，你有什麼想法？能得出什麼結論呢？」

「他的症狀顯示他中了植物性生物鹼的劇毒。」我說，「應該是一些會導致破傷風症狀、類似番木鱉鹼的物質。」

「當我看到他的臉部肌肉極度收縮時，就想到他肯定中了劇毒，所以一進屋子我就立即尋找這些毒物是透過什麼途徑進入他體內的。就像你看見的一樣，我發現了那根毫不費力就能刺進或是射進他頭皮的荊棘刺。如果這個死者當時是直立坐在椅子上的話，你能夠觀察到那根刺紮入的地方正對著天花板上的那個洞。現在再來仔細看看這根荊棘刺。」

我小心翼翼地把它取出來放在燈光下觀察。這是一根又長又鋒利的黑刺，在尖端附近塗有一層發亮、而且已經風乾了的膠質東西，鈍的那一頭則像是被刀修整過一般。

「這是一種長在英國的荊棘刺嗎？」他問我。

「不，絕對不是。」

「根據這些資料，你起碼應該能得出一個合理的推論來。有了這個推論，剩下的部分就迎刃而解了。」

就在他說這話的時候，樓梯上的腳步聲更加接近了。一個灰衣胖子大步走進屋裡，他面色發紅，身材魁梧，一看就是血氣旺盛的體質，腫脹的凸眼泡中隱藏著一雙小而有神的眼睛。在他後面還跟著一個身穿制服的警長和一直站在那裡發抖的撒迪厄斯．舒爾托。

「這是怎麼回事？」他用嘶啞的嗓音嚷道：「這到底是怎麼回事？這些人都是誰？爲什麼這屋子裡熱鬧得像個養兔場？」

「我想您一定還記得我吧，亞瑟爾尼．瓊斯先生。」福爾摩斯靜靜地說道。

「為什麼不呢？我當然記得！」他氣喘吁吁地說道：「您是大理論家夏洛克．福爾摩斯先生。我記得您，記得您！我永遠也忘不了您那次向我們演講有關主教門珍寶案的起因、經過和推論的結果。您的確把我們引入了正確的軌道，但是您也不得不承認在那次的破案中，好運比正確的指導更為有效。」

「那可是一樁極其簡單明瞭的案件。」

「噢，算了吧！算了吧！您不用不好意思承認。不過現在這裡是怎麼一回事？太糟了！簡直是糟透了！事實就擺在這裡，不需要用什麼理論來推測了。運氣實在太好了，我其實是為了別的案子才來諾伍德的！得到消息時我剛好在警察分署。您認為這個人是怎麼死的啊？」

「噢，這個案子似乎用不著我妄加評論。」福爾摩斯冷冷地說道。

「不需要，當然不需要，但是我們也不能不承認您有時的確是神機妙算。我的天啊！據我瞭解，門鎖著，但價值五十萬英鎊的財寶失竊了。那窗戶的情況如何呢？」

「是緊鎖著，但在窗臺上有個腳印。」

「太好啦，太好啦。如果窗戶是關著的，這些腳印就應該與本案沒有關係了。這是一個常識性問題。這個人可能是在憤怒至極的時刻死的，可是珠寶又丟失了。哈！我想到了一個解釋，有時我也會靈光乍現呢！請您先站到外面去，警長。您，舒爾托先生也出去吧。您的醫生朋友可以留在這裡，福爾摩斯先生，您認爲這是怎麼回事？舒爾托自己已經承認昨晚和他哥哥在一起，而他的哥哥又是在憤怒至極的情況下死掉的，於是舒爾托就乘機搶走了珠寶。您看是否是這樣？」

「難道這個死了的人還很細心地站起來把門反鎖上？」

「嗯！這的確是個漏洞。讓我們運用常識來看待這個問題。這個撒迪厄斯曾和他的哥哥在一起，兄弟倆發生了爭吵，這是我們都很清楚的。後來哥哥死了，珠寶丟了，這也是我們知道的。自從撒迪厄斯走後就再也沒有人看過他的哥哥，他的床也沒有睡過的跡象。撒迪厄斯顯然是有些焦慮不安，他的處境也很不對勁。很明顯，我要逮捕撒迪厄斯，天網恢恢，他可是難逃法網了。」

「您還沒有完全瞭解事實呢！」福爾摩斯說，「這兒有一根木刺，我有很多理由認爲它是有劇毒的。這根刺是從死者的頭皮上找到的，被刺傷的痕跡可以看得出來。這兒還有張紙，就像您看見的一樣，上面是這樣寫的。這張紙是在桌子上發現的，旁邊還有這樣一根古怪的、帶有石頭的棒子。像這些東西，您是如何用它們來解釋您的理論的呢？」

「每個方面都能解釋。」這個胖警探傲慢地說道，「滿屋子都是印度的稀世珍品。如果這根木刺有毒的話，撒迪厄斯可以拿著它去殺別人，不會讓別人利用它來殺自己。這張紙只不過是一種故弄玄虛的小戲法而已。現在唯一的問題就是，他是怎麼從這裡出去的呢？啊！當然，這個天花板上有一個洞嘛！」

胖偵探費了很大的力氣才爬上梯子，又好不容易地把他那體積龐大的身體從洞口擠進了頂樓，緊接著我們就聽見了他欣喜若狂的叫聲，這表明他找到了通往屋頂的活板門。

「他有時也能發現一些線索。」福爾摩斯聳了聳肩膀說道，「他偶爾也能有些淺薄的認識。法國有句俗語：『自作聰明的蠢人更難相處。』」

「你們看！」亞瑟爾尼．瓊斯從梯子上下來，說道：「最終還是事實勝於雄辯，我對這個案子的看法已經得到完全的證實。有一扇活板門可以通往屋頂，並且它還是半開著的。」

「那活板門是我打開的。」

「噢，的確是！這樣說您也看見那扇活板門了？」他好像對自己的發現有點喪氣，「那好吧，無論它是誰發現的，反正它說明了兇手逃走的路徑。是不是？警長！」

「是的，長官。」樓梯上傳來了應答的聲音。

「去叫舒爾托先生進來。舒爾托先生，我有義務告訴您，您所說的任何話都可能會對您不利。我以政府的名義逮捕您，原因是您哥哥的死亡。」

「噢，天哪！我不是和你們說過嗎？我早就料到會這樣。」這個可憐的矮個子的人舉起他的雙手，衝著我們倆叫道。

「請您不要著急，舒爾托先生。」福爾摩斯說道，「我認爲我能夠還您一個公道。」

「不要承諾那麼多，我的大理論家，不要隨隨便便就答應別人事情。」這個警探立即反駁，「事實恐怕不像您想的那麼簡單。」

「我不僅要洗清他的罪名，瓊斯先生，我還要送您曾在昨晚來過這間屋子裡的兩個兇手之一的姓名和外貌特徵。我有充分的理由認爲他的名字叫喬納森．斯莫爾。他是一個文化程度很低的人，個子不高，但人很靈活，右腿已經斷了，於是就裝了一隻木腿，而且木腿已經磨損了一段。他左腳的靴子下面有一塊粗糙的古板樣式的方形前掌，後跟周圍則釘了個鐵掌。他是一個中年人，皮膚被曬得黝黑，有過前科。這些情況也許會協助您瞭解本案，再加上這兒還有些從他的手掌上磨落的皮，也應該對您有所幫助。另外一個人……」

「啊！那另外一個人呢？」很明顯地，亞瑟爾尼．瓊斯是被福爾摩斯話中的精確性給嚇到了，但他仍用嘲笑的口吻問福爾摩斯。

「他則是一個很古怪的人。」夏洛克．福爾摩斯轉過身來，「我希望沒有多久就可以把這兩個人介紹給您。請到這邊來，華生，我有幾句話和你說。」

他把我帶到了樓梯口。

「這件沒有預料到的事情……」他說道，「幾乎使我們把此行原本的目的都忘記了。」

「我剛剛也是這麼想的。」我回答說，「把摩斯坦小姐留在這個恐怖的地方不是很適合。」

「的確不適合，你現在就送她回家。她與塞西爾·福里斯特夫人住在下坎伯威爾的家裡，離這兒不是很遠。如果你願意回來的話，我可以在這裡等著你。不過你可能很累了吧？」

「一點兒也不累，等到我能得到這個離奇案件更多線索時我才想休息。在我的生命中，我也曾經歷過艱險，可是告訴你實話，今天晚上這一連串的怪事把我的神經完全攪亂了。既然我們已經做到這個地步，那我很願意協助你偵破這個案子。」

「你在這裡無疑對我有很大的幫助。」他答道，「我們將要獨力完成這個案子，隨那個瓊斯想要怎麼幹就怎麼幹吧。當你送摩斯坦小姐到家以後，我希望你去河邊萊姆貝斯區的品琴里3號——右手邊的第三道門，一個做鳥類標本的地方，去找一個叫作謝爾曼的人。你會看見他的窗戶上畫著一隻黃鼠狼抓著一隻小兔子的圖案。叫那個老頭起來，並代我問候他，然後告訴他我向他借用一下托比。最後請你坐車把托比帶回來。」

「我猜托比是一隻狗，對嗎？」

「是的，是一隻稀有的混血狗，牠的嗅覺極其靈敏。我寧可得到這隻狗的幫助，因爲牠比全倫敦的員警還要管用得多呢！」

「我等下就會把牠帶來的。」我說道，「現在已經一點鐘了。如果我能換一匹新馬，我一定能在三點鐘以前回來。」

「好的。」福爾摩斯說，「我同時會從女管家博恩斯通太太和印度僕人那裡得到些更新的線索。撒迪厄斯先生曾告訴過我那個印度僕人住在閣樓旁邊的那間屋頂房。回頭我要研究一下偉大的瓊斯先生的工作方法，再聽聽他對我的挖苦。『我們已經習慣，有些人對於他們所不瞭解的事物偏要挖苦。』歌德的話總是這樣精闢完美。」

第7章　木桶插曲

我坐著員警租來的馬車送摩斯坦小姐回家。她是個如同天使般可愛的女人，在危難之中，只要她周圍有比她更脆弱的人，她總是會保持著相當的鎮定。當我接她回家的時候，她還神情鎮定地坐在受驚的女管家身旁。但是她坐進車以後，先是表現得很虛弱，然後又暈倒，後來開始抽泣。我想這是由於經過了這一夜的驚險，再也忍耐不住了吧。事後她曾用責備的口吻對我說，那晚我一路上對她的態度過於冷淡無情。的確，她想不到我當時內心激烈的掙扎，或者說是我的自制力驅使我那樣做的強烈痛苦。就在我們在花園中握手的時候，我對她的同情和愛已經流露出來。我雖然飽經風霜，但要是沒有經過像這一晚的離奇遭遇，我想我也是很難認識她那溫柔而勇敢的自然本性。

那時，有兩件事情讓我難以啓齒。因爲她正在遭受劫難，身心是那樣脆弱又無依無靠，如果我在這個時刻向她求愛，把愛情強加在她身上，未免太乘人之危了。更使我爲難的是她很富有，因爲福爾摩斯要是能順利偵破此案，她就是理所當然的財產繼承人。如果我趁著這個和她親近的機會向她求愛，這能夠算是理直氣壯的事嗎？因爲我只不過是個半薪的外科醫生。也許她會很瞧不起我，僅僅把我看成是一個平庸的拜金者吧？我不能冒險忍受在她心裡留下這麼不好的印象。這批阿格拉珍寶就如同障礙物一樣夾在我們兩人中間。

當我們到達塞西爾·福里斯特夫人的家中時，已是差不多午夜兩點鐘。僕人們早已入睡，但是福里斯特夫人對摩斯坦小姐接到怪信這件事非常有興趣，所以她還坐在燈下等候著摩斯坦小姐回來，她親自爲我們開了門。她是一位中年婦人，舉止優雅大方，她向我展現了她對摩斯坦小姐的關愛，用胳臂親切地摟著她的腰，還用慈母般的話語安慰著她，而此刻我心中也是無限快慰。顯而易見，摩斯坦小姐在這裡的身分不是一個被雇傭的人，而是一位很受尊重的朋友。

我和福里斯特夫人被相互介紹之後，福里斯特夫人便熱情誠懇地請我進屋裡坐一下，並請求我告訴她今晚的遭遇，我只好向她解釋我還有重要的工作要完成，並且答應她今後一定會把案情的進展情況告訴她。我告辭上了車以後，還有意回過頭去看了一眼；我彷彿看到她們兩人手拉著手的端莊身影佇立在石階上，還隱約看見虛掩著的房門和從有色玻璃窗透出的燈光，以及掛著的氣壓計和明亮的樓梯扶手。在這樣一個漆黑的夜晚即將吞噬我們的時候，能看見這麼一個寧靜祥和的英國家庭的景象，心裡也就得到了極大的慰藉。

至於今天晚上所發生的事情，我想得越多越覺得它被黑暗所籠罩。當馬車行駛在被煤氣燈照著的寂靜馬路上時，我回想這不平凡事件的來龍去脈。有些基本問題我們已經調查得很清楚了，就是摩斯坦上尉的死、被寄來的珍珠、報紙上的廣告和摩斯坦小姐所接到的信。所有這些部分，已經大概明白了，但是這些部分卻又將我們引向更深不可測、更淒慘的秘密中去。印度的珠寶、摩斯坦上尉行李中奇怪的圖紙、舒爾托少校臨死時猙獰的面孔、珠寶的發現和緊接著發生的珠寶發現者的遇害，而唯一伴隨他的是各種奇怪的現象——一些腳印和值得人們注意的兇器，並且在發現的一張紙上所寫的字，與摩斯坦上尉圖表上的字是相同的。以上這些線索和那些錯綜複雜的情節就像是一座迷宮，除非有一位和我的夥伴福爾摩斯有著同樣天賦的人才能找到線索，普通人一定會喪失信心、束手無策。

品琴里是一座狹小破舊的兩層樓房，它位於萊姆貝斯區盡頭。在有人應聲前，我在3號門前叫了很久，最終，在百葉窗後出現了閃爍的燭光，有個人從樓上的窗戶探出頭來。「滾開，你這個酒鬼！」那個露出頭來的人喊道，「要是再嚷嚷的話，我就打開狗屋的門，放出四十三隻狗來咬你。」

「如果你願意放一隻狗出來的話，那就太好了，我正是爲了這個來的。」我喊道。

「快滾！」那個人又嚷道，「天啊，我的袋子裡有一把錘子，你要是再不躲開我就扔下去了！」

「但是我不需要你的錘子，我只想要你一隻狗。」我嚷道。

「我不想和你多費口舌！」謝爾曼喊道，「現在你給我站遠點兒，當我數到三的時候我就扔下錘子。」

「夏洛克・福爾摩斯先生……」這話好像有著不可思議的魔力。我剛把這幾個字說出口，樓上的窗戶立即「砰」一聲關上，不到一分鐘門也打開了。謝爾曼先生是一個個子瘦高、稍微有點駝背的老頭兒，脖子上青筋顯露，戴著一副閃著藍光的眼鏡。

「夏洛克先生的朋友來到這裡永遠是受歡迎的。」他說，「請裡邊請，先生。請務必小心那隻獾，牠會咬人的。啊，你這傢伙太淘氣了，你想抓這位先生呀？」他又朝著一隻從籠子縫裡鑽出頭來、有著一雙紅眼睛的黃鼠狼喊道。然後他又轉頭對我說：「先生，請不要害怕，這只不過是一隻蛇蜥而已。牠沒有毒牙，所以我讓牠在屋子裡走動，爲的是吃些甲蟲。您應該不會介意我剛剛對您的失禮吧，實在是因爲有些小孩子常跑到這裡來搗亂，他們時常到巷尾這來把我吵醒。我們言歸正傳，夏洛克・福爾摩斯先生想要什麼呢？先生。」

「他需要你的一隻狗。」

「啊！那一定是托比。」

「是的，托比，正是這個名字。」

「托比就住在左邊的第七個欄子裡。」謝爾曼托著蠟燭在前面慢慢地走著爲我引路，我們一同走過他所收集來的那些奇禽異獸。在閃爍、黯淡的燈光下，我隱約地看到每個角落裡都有一雙雙大而閃爍的眼睛在窺視著我們，就連我們頭上的架子中也棲息著許多鳥，牠們懶洋洋地把重心從一隻爪換到另一隻爪上。看來我們的聲音打擾了牠們的好夢。

托比是一隻外形醜陋的長毛垂耳狗，牠是梗犬和獵狗的混血種，長著棕白兩色相間的毛，走起路來笨拙並且搖搖晃晃的。牠起先遲疑了一會兒，在吃了我從老自然學家謝爾曼手裡接過來的一塊糖以後，我們之間就有了友誼，牠這才沒有疑慮地隨我上了車。在皇宮的時鐘剛好打三點鐘的時候，我已經回到了龐帝凱瑞別墅。我發現那個當過拳擊手的麥克默多此時已被當成嫌疑犯，和舒爾托先生一同被押解到警署去了。有兩個員警把守著狹窄的大門，但當我說出了偵探的名字後，他們就放我帶著狗進去了。

福爾摩斯正站在門口的臺階上，兩手插在衣兜裡，嘴裡叼著菸斗。

「啊，你終於把牠帶來了！」他說道，「好狗，好狗！亞瑟爾尼·瓊斯剛走。你走後，我們激烈地爭論了一番。他不但把我們的朋友撒迪厄斯逮捕了，並且連看門的人、女管家和印度僕人全都捉走了。除了在樓上的一個警長外，這個地方已經完全屬於我們了。把這隻狗留在這兒，我們上樓去看看。」

我們把托比拴在桌腳旁，然後就上樓去了。房間裡的一切仍保持著我走以前的樣子，只是在死者身上蒙了一塊白床單。一個疲倦的警長斜著身子靠在角落裡。

「請把你的牛眼燈借我用一下，警長。」我的夥伴說道，「再把這張紙板繫在我的脖子上，好讓它垂在我胸前。謝謝！現在我必須脫下我的靴子和襪子，請你幫我把它們拿到樓下。華生，我現在打算要嘗試一下爬上去，然後請你把我這條手帕放在木餾油裡蘸一下。好了，這些就是要做的準備工作，現在請和我到閣樓裡來。」

我們從洞口爬上去。福爾摩斯又一次用燈照著灰塵上的腳印。

「我希望你特別注意這些腳印。」他說道，「你有沒有看出它們值得我們注意的地方？」

「它們是……」我說道，「是一個孩子或是一個矮小婦女的腳印。」

「除了它的大小外，就沒有別的了嗎？」

「它們似乎和一般的腳印沒什麼區別。」

「絕對不同。看這裡！這是灰塵上印下的一隻右腳印，現在我在他旁邊印上一個我赤腳的右腳印，你看看最大的區別是什麼？」

「你的腳趾都是合在一起的，而那個小腳印的每個指頭都是明顯分開的。」

「非常正確，這就是問題的關鍵，請把它記在你的頭腦中。現在，請你向那個吊窗往前跨幾步，聞一聞窗上木框的味道。我就站在這裡，因爲我拿著我的這條手帕。」

我按照他說的話走了過去，馬上便聞到一股強烈的木餾油的氣味。

「這是他逃走時腳踩過的地方。如果你能靠這種氣味辨別出他，那托比就更不成問題了。現在你到樓下去把托比鬆開，一定要小心繩索。」

當我下樓回到院子裡的時候，福爾摩斯已經在屋頂上了。因爲他胸前掛著燈，就好像是一隻巨大的螢火蟲在屋頂上慢慢地爬行著。可是當他到了煙囪後面我就看不見他了，不久後他又時隱時現地繞到屋後去。當我也轉到屋子後面時，發現他坐在屋簷一角。

「是你嗎？華生。」他叫道。

「是的，是我。」

「這兒應該就是那個人爬上爬下的地方，下面的黑色東西是什麼？」

「是個水桶。」

「有蓋子嗎？」

「有。」

「周圍有梯子嗎？」

「沒有。」

「好傢伙！從這兒下去非常危險，弄不好會折斷脖子的，但是我應該能夠從他爬上來的地方跳下去。這個排水管看起來相當結實，不管怎樣，我下來了啊！」

一陣腳步聲，那燈光從牆上穩穩當當地落下，然後他輕輕地跳落在水桶上，之後又跳到地上。

「跟蹤這個人的足跡並不是很難。」他一邊穿著靴襪一邊說，「被他踩過的瓦片全都鬆了。他在慌亂之中還掉下了這個東西。用你們醫生的說法來說，這證實了我的診斷沒有錯。」

他拿給我的是一個以有色草編成的小袋子，在它的周圍裝飾著幾顆俗麗而不值錢的小珠子。在形狀和大小部分它就如同一個紙菸盒，在裡面則裝有六支黑色的荊棘刺，一端鋒利，另一端圓滑，就跟刺到巴薩羅繆．舒爾托頭上的一模一樣。

「這可是像地獄般危險的兇器。」他說道，「當心不要讓它刺到你。我非常高興得到這些東西，因爲這很有可能是他所有的兇器，這樣我們兩個人就不用害怕被它刺到的危險了。我寧可教馬丁尼槍的子彈打中，也不願中這種刺的毒。你還能跑六英里的路嗎？華生。」

「當然可以。」我回答道。

「你的腿受得了嗎？」

「沒問題。」

「嘿，托比！老練的托比！過來，好好聞一聞這個，托比，聞一聞！」他把浸有木餾油的手帕放在托比的鼻子下說。於是，托比又開牠那多毛的腿站著，像隻公雞似的昂首挺胸，如同一位鑑賞家在品嘗極品葡萄酒一般。然後，福爾摩斯把手帕扔到一旁，在托比的脖子上繫了一根結實的繩子，便把牠領到水桶前。托比立刻開始用牠的鼻子在地上嗅著，並連續不斷地發出尖聲狂叫。牠尾巴翹著，跟蹤著那氣味一直向某個方向奔去。這使那根繫在牠脖子上的繩子繃得很緊，於是我們不得不跟著牠的速度緊隨其後。

此時，東方已經露出魚肚白，在冷灰色的晨光下我們可以眺望到遠方。在我身後是一所四四方方的大房子，空洞的窗子裡沒有一點亮光，光滑高大的牆壁透出一股慘澹孤獨的氣氛。托比領著我們穿過院子，院內是許多錯雜的土丘和土坑。整個院子散落著垃圾，雜草叢生，這淒慘的景象就好像悲劇在昨晚上演過。

當我們來到圍牆下面的時候，托比向我們跑來。牠在牆腳的陰影下焦急叫著，最終把我們帶到了長著一棵小山毛櫸樹的牆角。在兩面牆壁銜接的地方，一些磚塊已經鬆動，較低部分的磚縫還有些磨損，磚的稜角也被磨圓了，這裡似乎經常被當作爬牆時的梯子。福爾摩斯沿著這痕跡爬了上去，又從我手裡把狗接過去，放到了牆的另一面。

「這牆上還有木腿人留的一個手印呢。」當我也爬上了牆頭時，他說道，「你看那白灰上的血跡，我們實在是太幸運了！昨晚沒有大雨，儘管已經隔了二十八小時，但氣味還能夠留在路上。」

當我們走過車水馬龍的倫敦馬路的時候，我承認心裡確實曾懷疑過托比的能力，懷疑牠究竟能不能夠依靠氣味追到兇手。但我的擔心沒有多久就消失了，托比在行進時從不猶豫，也從不突然轉變方向，只是一味地嗅著，然後搖搖擺擺地向前狂奔，顯然這強烈的木餾油味道比一路上其他氣味更為濃烈。

「不要不可思議。」福爾摩斯說道，「你不要以為我能夠順利地破獲這個案子，僅僅是依靠案子中有一個人把腳踩進了化學藥品。我有其他幾種方法可以逮到兇犯，不過，既然幸運之神把這個最有把握的方法送到我們手裡，如果我們還錯過的話，那就該得到譴責了。遺憾的是，這方法把一個需要有深奧學問才能解決的問題給簡單化了。假使我們是靠簡單的線索來破案，那就很難顯現出我們的功力了。」

「還是功不可沒的。」我說道，「我向你保證，福爾摩斯，我認為你在這個案子裡為獲得結果而使用的方法，比在傑弗遜·霍普謀殺案裡所用的手法更為出奇制勝，這些事情對我來說眞是百思不得其解。舉個例子來說吧，你怎能如此自信地形容那個木腿人呢？」

「唉，我的老兄！這事本身很簡單。我並不想誇張什麼，整個情形很明顯。有兩個負責看守囚犯的部隊軍官聽到了一件藏寶的機密，而一個叫作喬納森·斯莫爾的英國人為他們畫了一張地圖。你還記得吧，這個名字就寫在摩斯坦上尉的圖上。他不僅自己簽了名，還代他的同夥簽了名，這就是他們所謂的『四簽名』。這兩個軍官或者是他們中間的一個人，依靠這張地圖的幫助找到了珠寶，並把它帶回英國。我猜想這個帶著珠寶回來的人，可能沒有履行當初的約定。但為什麼喬納森·斯莫爾本人沒有拿到珠寶呢？這個答案很明顯。地圖所畫的日期是摩斯坦和囚犯們接洽的時候。喬納森·斯莫爾之所以沒有得到那些珠寶，是因為他和他的同夥全都是囚犯，行動上受到限制。」

「但這也僅僅是推測而已。」我說道。

「不只是那樣。它不僅僅是推測，而是一個唯一符合事實的假設。讓我們來看看這個假設是如何與後來的事實相吻合的。舒爾托少校把珠寶攜回國後，曾過了幾年的安穩日子，這段時間他很快樂，以為他擁有了這些財寶。但是有一天他接到了一封來自印度的信，這封信使他驚慌失措，這封信的內容到底是什麼呢？」

「信裡說被他欺騙的囚犯們已經刑滿出獄，獲得自由了。」

「說是刑滿出獄，還不如說是越獄逃走比較合適，因為舒爾托少校知道他們被關押的刑期有多久，如果是刑滿出獄，他就不會如此驚慌了。那後來他是怎麼做的呢？他對裝有木腿的人尤其戒備。裝木腿的是一個白人，需要提醒你的是，他因為這個原因曾開槍誤傷了一個裝木腿的商人。現在地圖上只有一個白人的名字，其餘的全是印度人或是穆罕默德信徒的名字，所以我們就可以知道這個裝木腿的人就是喬納森．斯莫爾。這些推論還會很主觀嗎？」

「不是，很清楚，而且簡明扼要。」

「那好，現在讓我們設身處地的從喬納森．斯莫爾的角度來想想這個問題。他回到英國有雙重目的，一個是獲得他理所當然應得的那份珠寶，另一個則是向欺騙他的人報仇。他找到了舒爾托的住址，並且還很可能與他家裡的一個人建立了聯繫。有一個叫賴爾．萊奧的僕人我們從來沒有見過。博恩斯通太太說他行爲不檢點、品行惡劣。斯莫爾沒有找到藏珠寶的地方，原因是除了少校自己和一個忠實的僕人以外沒有人知道，而這個僕人又恰巧死掉了。突然有一天，斯莫爾瞭解到少校病危，他恐慌起來，生怕寶藏的秘密會隨著少校的死一起帶進棺材裡去，於是他在焦急萬分之下，冒著被少校的保鏢開槍打死的生命危險，跑到已經奄奄一息的少校窗前。其實他可以輕而易舉地進入少校的房間，但此時少校的兩個兒子正在床前，所以他沒敢進入屋子。

「仇恨使他有些瘋狂了，他對死者恨之入骨，於是在死者死亡那天晚上進入房間，找遍少校的私人文件，希望能發現有關珠寶的備忘錄及線索。可是最後什麼也沒有找到，在極度失望下，他留下了一張寫有四個簽名的卡片，作爲自己曾經來訪過的標記。在他的計畫裡，毫無疑問是準備殺死少校，然後在屍體旁邊留下同樣一個簽名，好讓人知道這並不是一件普通的謀殺，而是以正義的手段爲其他三個簽名者報仇。像這樣怪誕稀奇的方法，在每年的兇案中都是很常見的，有時還會提供我們有關兇犯的一些有價值的線索。這些你聽懂了嗎？」

「都很清楚。」

「現在喬納森·斯莫爾下一步要做什麼呢？他唯一能做的是繼續暗中觀察其他人尋找寶藏的行動。在這段期間，他很可能離開英國，然後只在短期之內回來探聽消息。不久，當閣樓裡的珠寶被發現後，他馬上就得到了消息。這樣我們又再次有了線索——在那棟房子裡肯定有他的內應。喬納森裝著木腿，完全不可能爬上巴薩羅繆·舒爾托家高聳的房屋，於是他帶來了一個古怪的同謀，他可以克服喬納森的不便，代替他爬上樓去。但是他不小心將自己的赤腳踩進了木餾油中，於是我們才弄來了托比，並且使一個腳受了傷的半薪軍官不得不跛腳走了六英里的路。」

「這麼說來，犯罪的人是那個同謀，而不是喬納森了。」

「是這樣沒錯。從喬納森在屋內跺腳的情形來分析，喬納森很不滿他的行爲，也就是說喬納森很反對這樣做。他和巴薩羅繆·舒爾托之間並沒有那麼大的仇恨，他頂多也只是想把他簡單地綁起來，然後再堵上他的嘴而已。殺人可是要償命的，他絕不會以身試法，但他沒料到自己的同謀一時獸性發作，竟用那荊棘毒刺殺死了舒爾托。因此喬納森·斯莫爾留下了紙條，拿走了珠寶盒子，和同謀一起逃之夭夭，這就是到目前爲止我所能推測出來的一些情況。當然，像他的個人特徵這種問題也不困難。他一定是一個中年男子，從他在炎熱的安達曼島關押多年的情況看來，必定是皮膚黝黑的。個子的高矮很容易從步幅的大小計算出來，而且我們知道他臉上有很多鬍鬚。他的毛髮很多也是一個關鍵線索，這點是從撒迪厄斯．舒爾托那裡得知的，因爲他從窗戶親眼見過喬納森．斯莫爾。我想大概沒有什麼遺漏的地方了。」

「那個同謀呢？」

「啊！這也不是什麼神秘的事情了，沒多久你就會全知道了。這清晨的空氣是多麼清新啊！華生，你看那片紅雲，就像一隻紅鶴的羽毛一樣美麗。此時太陽那紅色的邊緣正慢慢向著倫敦上空的雲層移動，它照耀著成千上萬的人們，但是我敢說，像你和我這樣兩個擔負著各種怪誕使命的人是少有的吧。在自然界偉大的力量面前，我們的野心、抱負、努力、鬥爭是多麼的渺小啊！你讀過瓊．保羅的著作後有什麼感想嗎？」

「多少有一些領悟。我先讀了卡萊爾的著作，後來才回過頭研究他的作品。」

「這就如同從河流追溯到湖泊一樣。他曾有一句奇異而深奧的話，『一個人眞正的偉大之處，就在於他能夠認識到自己的渺小。』你看他還論證到了比較和鑑賞的力量，這種力量本身就是一種崇高的證明。在里克特的作品裡，有很多發人省思的事情，可以說他的書是一種精神糧食。你有帶手槍嗎？」

「只有這根手杖。」

「如果我們找到他們的巢穴，很可能就用得上這些東西了。喬納森・斯莫爾就留給你了。假使他那個同謀不老實的話，我就開槍打死他。」

他說罷掏出了他的左輪手槍，裝上兩顆子彈，然後又將它放回大衣右手邊的口袋裡。

在剩下的這段時間裡，我們跟隨著托比穿過兩旁半村舍式別墅的路，到達通往市區的大道上，前往人口繁多的大街。勞工們和碼頭搬運工人正準備起床幹活，家庭主婦們正打開門板準備打掃門前的臺階。街角上，四方房頂的酒館也剛剛開始營業，那些粗俗的漢子們從酒館裡出來，用袖子擦去沾在鬍子上的酒。當我們從街旁的野犬身邊走過時，牠們張大了奇怪的眼睛望著我們，但我們忠心耿耿的托比卻毫不左顧右盼，仍將鼻子貼在地上，一直不停地向前走，偶爾從鼻子中發出一陣急切的哼聲，牠是在告訴我們所要尋找的氣味仍然相當濃厚。

我們經過了斯特塞姆區、布瑞克斯頓區、坎伯威爾區，到達了肯寧頓街，然而我們發現

自己現在到了奧弗爾區東邊了。我們所追擊的人彷彿是在走之字路，彎彎曲曲的，大概是爲了避免被別人跟蹤。如果有蜿蜒曲折的小道，他們就會避開大路走。在肯寧頓街的盡頭他們向左轉，穿過了證券街和麥爾斯路。隨後我們跟著托比到達了騎士街，但牠忽然不再往前走，只是前前後後來回亂跑，一隻耳朵豎起，一隻耳朵垂下，看起來像是犬類猶豫不決時的特徵。然後又搖搖擺擺地轉了幾個圈，一次次抬起頭看著我們，似乎想讓我們對牠的困窘表示同情。

「這隻狗是怎麼回事？」福爾摩斯叱道：「罪犯們肯定是不會坐車或者乘上熱氣球逃跑的。」

「也許他們曾在這兒停過。」我說。

「啊！太好了，牠又開始走啦。」我的夥伴這才鬆了口氣。

托比的確是重新前進了。牠在地上聞了又聞以後，好像是下定了決心，突然以前所未有的力量飛奔起來。可以看出，這氣味在重新出現後似乎比之前更濃重了，因爲牠根本不需要在地上聞，而是使勁地拽直了繩子向前奔跑。我能看到福爾摩斯眼中閃爍的光芒，他覺得我們的「旅程」已經快要結束了。

我們的嚮導帶我們經過九榆樹，到了白鷹酒店附近的布羅德里克和納爾遜大木材場。此時托比興奮得狂躁起來，從旁門跑進了鋸木工人已經開始工作的木場。托比又繼續穿過成堆的木屑和刨花，拐進了一條小巷裡。小巷兩旁堆放著木材，最後我們聽到一聲聲勝利的犬吠。我們趕到時牠很得意地跳上了一輛手推車上沒有被卸下來的木桶上面，只見托比伸著舌頭、眨著眼睛站在木桶上，看看福爾摩斯又看看我，像是在邀功請賞，希望得到我們兩人的感謝。木桶邊和手推車的輪子上都沾滿了黑色的液體，整個空氣中瀰漫著濃重的木餾油氣味。

夏洛克・福爾摩斯和我互相對視，然後禁不住同時捧腹大笑起來。

第8章　貝克街偵查隊

「那現在怎麼辦呢？」我問道，「托比也失去牠萬無一失的可靠性了。」

「托比是依靠牠自己的想法行動的。」福爾摩斯把托比從桶上抱下來，牽著牠走出了木場，「你要是估算一下倫敦市內木餾油每天的運輸量，那你就不至於驚訝我們爲什麼會走錯路了，因爲線索是那麼繁多。現在有很多地方使用木餾油，尤其是用在這樣的木材場，他們用它當木料的防腐劑。可憐的托比不應當受到責備。」

「我建議我們還是應該回到那個木餾油味被混淆的地方。」

「對，幸運的是路途沒有多遠。很顯然的，托比開始迷惑起來就是在騎士街的那個路口，那裡應該有兩種油味的痕跡，方向卻截然相反。我們走到了錯誤的那條路上，現在只有沿著另外一條路去找了。」

事實上的確沒什麼問題，托比領著我們回到了原先發生錯誤的地方，原地轉了一個大圈後，就向一個新的方向奔去了。

「我們必須要小心啊，免得牠把我們帶回原來那個木餾油桶附近。」我說道。

「我已經想到這個問題了。但是你應該注意到牠這次是在人行道上跑，而運木餾油桶的車應當是在馬路上走的，所以我們一定沒走錯路。」

牠在經過貝爾芒特路和王子街時就向下跑向河岸，最後在寬街河邊一個用木頭修成的小碼頭上停了下來。托比把我們引到了非常靠近水邊的地方，鼻子裡發著哼聲站在那裡看著河水。

「我們的運氣不怎麼好。」福爾摩斯說道，「他們在這裡乘船跑了。」

一些小的平底船和小艇躺在水面上或繫在碼頭上。我們帶著托比依次上了每艘小船，儘管牠很認真地聞著，卻還是沒有做出任何反應。

靠近登船的地方有一座磚砌的小屋，在它的第二扇窗戶上掛了一個木牌子。「莫迪凱·史密斯」幾個大字寫在上面，下面還用小字寫著「船隻出租，按小時或者是按天數計費」。門上還有另外一塊牌子，上面說明這裡還可以租用蒸汽船。在防洪的堤壩上堆積著很多焦炭，可以證明是這種蒸汽船的燃料。夏洛克·福爾摩斯慢慢地在周圍看了看，臉上好像出現了一種不祥的表情。

「看起來不太妙。」他說道，「這些罪犯比我預料的精明得多。他們似乎把自己的蹤跡隱藏了起來，恐怕他們在這裡事先做了準備。」

他走到那間屋子門前，正當他要打開門時，恰巧從裡面跑出一個大約六歲的鬈毛小男孩。

後面追著一個紅臉的肥胖婦人，手裡拿著一塊大海綿。
「你得趕快回來洗澡！傑克。」她嚷道，「快回來，你這個小鬼！要是你爸爸回來看見你這個樣子，絕對饒不了你！」
「親愛的小朋友！」福爾摩斯靈機一動對他說：「你的小臉蛋這麼紅潤，一定是個好孩子！傑克，你想要什麼東西嗎？」
小孩猶豫了片刻。
「我要一個先令。」他說道。
「沒有其他你更想要的嗎？」
「那我覺得你給我兩個先令更好。」小孩想了想後天眞地回答。
「那好吧，給你，拿著！他眞的是個好孩子，史密斯太太。」
「上帝保佑您，先生。他就是這樣的頑皮，我都幾乎管不了他了，尤其是在我丈夫出遠門的時候。」
「您丈夫出去了？」福爾摩斯用很

失望的口吻說道：「啊，那太不湊巧啦！我來是想找史密斯先生說點事的。」

「他昨天早上就出去了，先生。說實話，我現在已經開始有些擔心他了。但若您只是想租一艘船，我也是可以爲您服務的。」

「我想要租一艘他的蒸汽船。」

「噢！先生，他就是開那艘蒸汽船走的，這就是讓我很疑惑的地方。我知道船上的煤不夠他去沃爾維奇跑個來回的。如果他用的是一般的平底船，我也就不會想那麼多了，因爲有時他爲了工作還要到比沃爾維奇還遠得多的格雷夫桑德去呢。也許他因爲有事而耽誤了回程，但是一艘蒸汽船沒有煤燒怎麼能走呢？」

「說不定他可以在中途的碼頭上買些煤呀。」

「他也許會的，先生，但是他從來不這麼做。我經常聽他說零袋的煤價太貴。而且我不喜歡那個裝有木腿的人，因爲他那張醜陋的臉和稀奇古怪的說話方式。我不知道他爲什麼時常跑到這兒來？」

「一個裝木腿的男人？」福爾摩斯帶著點驚訝地問道。

「是的，先生。一個賊頭賊腦的傢伙，他不只一次來找我丈夫。昨天晚上也是他把我丈夫從睡夢當中喚醒的。而且，我丈夫好像事先就知道他要來似的，因爲他早就把蒸汽船的火給生上。實話告訴您，先生，我有一種不祥的預感。」

「但是我親愛的史密斯太太。」福爾摩斯聳聳肩膀說道，「您不用沒事嚇唬自己。您是怎麼確定昨天晚上來的那個人就是裝木腿的人呢？我不明白您怎麼會那麼肯定。」

「他的聲音，先生。我知道他的聲音，就是那種濃重而且有些模糊的口音。他輕敲了幾下窗戶，那時大約是三點鐘左右。『快起來，夥計！』他說道，『我們該走了。』於是我丈夫也把我的大兒子吉姆叫醒了，他們父子倆什麼都沒和我說就走了。我可以很清楚地聽見那隻木腿走在石頭上發出的聲音。」

「那個裝木腿的人有同伴嗎？」

「我不大清楚，先生。我沒有聽見其他人的聲音。」

「我非常抱歉，史密斯太太，我在此時來租這艘蒸汽船，是因爲我早就久仰這艘船的大名啦！啊，讓我想想！這艘船的名字是？」

「先生，船名叫『北極之光』。」

「啊！它是不是在船身上畫著寬寬的黃線的那艘綠色舊船？」

「不，怎麼會呢？它和我們在河上所常見的那些整潔的小船一樣。它最近才新上油漆，黑色的船身上畫有兩道紅色的條紋。」

「謝謝您。我希望您很快就能得到史密斯先生的消息。我現在打算到河的下游去，如果我看到任何有關『北極之光』號的事情，我就會轉告您在惦記著他。那艘船的煙囪是黑的，您剛剛是這麼說的吧？」

「不是的，先生，是有白線的黑煙囪。」

「啊，當然，那船身是黑色的。再見，史密斯太太。那裡有一艘小渡船，華生，我們乘它渡過河去。」

「和這種人說話最重要的是……」當我們坐到渡船的座位上後，福爾摩斯說道，「不要讓他們知道他們所說的資訊對你來講非常有用。如果你讓他們知道了，他們會馬上隻字不提。如果你用話引著他們講話，你就會得到更多你想知道的事情。」

「我們的策略看來已經很清楚了。」我說道。「那下面你打算採取什麼行動呢？」

「我也要租一艘蒸汽船到河的下游去尋找『北極之光』號的線索。」

「我親愛的夥伴，你這個辦法可是一個很大的工程啊。那艘船有可能停泊在從這裡到格林威治兩岸任何一個碼頭上，在橋下游幾十里的地方都是停泊的地點。如果你自己一個一個去找，用不了多少日子你就會筋疲力盡了。」

「那就求助於那些員警。不，在最後緊要關頭我也許會把亞瑟爾尼·瓊斯叫來。其實他並不是個壞人，我也不願意在職務方面對他有任何影響，但是我們已經把案子辦到了現在這個地步，我還是喜歡獨自調查下去。」

「我們可不可以在報紙上登個廣告，以便從碼頭管理員那裡得到『北極之光』號的訊息？」

「那就更糟了！這樣的話，罪犯們就會知道我們正在緊鑼密鼓地追尋他們，他們很有可能馬上逃到國外去。即使是現在這種處境他們也想趕快逃之夭夭的，但是在他們認爲自己還很安全的時候，他們不會急於逃走。瓊斯的行動對於我們來講是很有利的，因爲他對本案的見解每天都可以在報紙上看到，因此這些逃亡者會認爲每一個人都往錯誤的方向偵察著。」

「那我們下一步要怎麼辦呢？」當我們在密爾班克監獄門前下船時我問道。

「現在我們坐著這部車子回家去，吃點早餐，然後睡一個鐘頭的覺，說不定我們今天晚上還要繼續忙碌呢。請在電報局停一下，車夫。我們要暫時留著托比，以後還有用得著牠的地方。」

我們在大彼得街的郵局下了車，福爾摩斯迅速發了一封電報。

「你認爲那電報是發給誰的？」我們重新上路後他問我。

「我眞的不知道。」

「你還記不記得在傑弗遜．霍普的案子裡，我們曾雇用的貝克街偵察隊？」

「當然啦。」我笑道。

「這次的這個案子他們又能派上用場了。假若他們失敗了，我還有其他辦法，不過我還是願意先試試他們。那封電報就是發給我那個小隊長維金斯的，希望在我們還沒吃完早餐時，他和他的那幫孩子們就能來找我們。」

現在是早上八、九點鐘，一夜連續的辛勞使我感覺萬分疲憊，渾身軟弱無力，意識已經有些模糊了，眞是筋疲力盡。在這個案件上，我沒有福爾摩斯的那種職業熱忱，但是我也不把它僅僅看成是一個抽象的理論問題。至於巴薩羅繆・舒爾托的被害，我沒有看到大家對他平日的行爲有好的評價，所以我對於這起謀殺案也沒什麼太大的反感，但寶藏則是另一回事了。那些珠寶，或者說是珠寶的一部分，理所當然是屬於摩斯坦小姐的，當我們有機會找回珠寶的時候，我願盡我畢生之力去把它找回來。的確是，如果珠寶能夠找回來，我本人可能就永遠不能和她在一起了；然而這種想法要是左右了愛情，愛情將變得渺小而且自私。如果福爾摩斯眞的能夠捉到兇手，我就更該用十倍的努力去尋找珠寶。

在貝克街的家中洗了澡，又從頭到腳換了一身衣服後，我的精神重新振作了起來。走到樓下時，我看見我們的早餐已經準備好了，福爾摩斯正在倒咖啡。

「看看這個。」他邊笑邊指著一張打開的報紙對我說：「這個精力充沛的瓊斯和一個無處不在、庸俗不堪的記者一手包辦了這個案子。這個案子也把你搞得夠煩的了，你還是先吃一個火腿煎蛋吧。」

我從他那裡接過報紙看了看新聞的標題，上面寫著「上諾伍德的神秘案件」。這份《旗幟報》報導說：

昨天午夜十二點左右，上諾伍德龐帝凱瑞別墅的主人巴薩羅繆・舒爾托先生被發現死在自家屋內，現場痕跡表明他是被人謀殺的。據悉，在死者身上並無暴力傷痕，而死者從他父親那裡所繼承的一批價值連城的印度珠寶全部被盜竊了。死者的弟弟撒迪厄斯・舒爾托先生和同來拜訪死者的夏洛克・福爾摩斯先生和華生醫生是首先發現死者的人；巧合的是，此時亞瑟爾尼・瓊斯先生，總署著名的警探正在諾伍德分署，因此他能在慘案發生後半小時內趕到現場掌控一切。他的訓練有素和豐富的經驗，使他馬上進入了對罪犯的偵察中，不久他就發現了線索。

死者的弟弟撒迪厄斯・舒爾托嫌疑最大，所以已被捉拿歸案，同時被捕的還有女管家博恩斯通太太、印度僕人賴爾・萊奧和看門人麥克默多。可以確認的是，兇手是對這棟房子相當熟悉的人。由於瓊斯先生淵博的專業知識和他精密的觀察能力，他已證實兇手既不是從大門進入室內，也不是由窗子，而是經由屋頂內的一個活板門潛入死者房間的。由這個事實可以明顯地得出這樣一個結論：這並非普通的竊盜案。警署對這個案件及時而且負責的處理，說明了在這種情形下，必須有一位經驗豐富的長官指揮一切。同時，這也證明把全市警署的警探力量分散到各處，更便於他們及時而有效地偵察案件的建議是很值得考慮的。

「這不是一件很偉大的事嗎？」福爾摩斯喝著咖啡笑道，「你有什麼看法？」

「我想我們也差點兒被認爲是兇手而被逮捕了呢。」

「我也是這麼想的。如果他又稍微動點腦筋，我們肯定也被捉進監獄了。」

就在這時，門鈴響了起來，隨後就聽見我們的房東霍德森太太在高聲與人爭吵。

「天啊！福爾摩斯。」我站起身來，說道：「我相信這些傢伙眞的是捉我們來啦！」

「不至於那麼糟糕吧。這是我們的非官方部隊——貝克街的雜牌軍來了。」

當他說這話時，幾個赤足行走和高聲說話的人上了樓梯，隨後走進來十二個衣衫襤褸的街頭流浪小孩。他們好像有些紀律似的，雖然吵吵嚷嚷地進來，卻立即站成一排，把臉對著我們，等待我們發話。其中有一位個子比較高、年紀較大，好像是隊長的人站在前面，顯得神氣活現，可是從他那破爛衣衫的樣子看來確實很滑稽可笑。

「收到您的命令以後，先生，我就馬上帶他們來了。車費一共是三先令六便士。」

「給你。」福爾摩斯把錢給了他後說道：「以後他們不必都來見我，維金斯，你自己來向我報告就行了，我的房子可容不下這麼多的人。但是，這也好，你們都可以聽到我的指示。我現在想要找一艘名叫『北極之光』的蒸汽船，它的主人是莫迪凱．史密斯。那艘船的船身是黑色的，帶有兩道紅色條紋，還有一個帶白線的黑煙囪，這艘船可能在河下游的任何一個地方。我要一個孩子在莫迪凱．史密斯的船靠岸的密爾班克監獄碼頭對岸守著，只要船一回來就立即來報告。你們必須分散在下游兩岸，一有消息就要立刻讓我知道。都聽明白了嗎？」

「是的，司令，我們全部聽明白了。」維金斯應道。

「還是按照以往的慣例付給你們報酬，找到船的那個人再多付給他一個金幣。這是預先付給你們的一天工資，現在你們可以出發了！」

他給了每人一個先令，然後孩子們歡天喜地地下了樓。不久，他們就消失在馬路上。

「只要這艘船還浮在水面，他們就能找到它。」福爾摩斯站起身離開桌子，點上了他的菸斗說道：「他們能夠去任何地方，能夠看到任何事情，能夠聽到任何人的談話。我想他們在傍晚前就可以找到蒸汽船的蹤影。在這段時間內，我們沒有任何事情可以做，只要在這裡好好等消息就行了。我們無法重新拾起那些已經斷了的線索，除非能夠找到『北極之光』號或者莫迪凱·史密斯先生。」

「我認爲托比吃點我們的剩飯就行了。你打算睡一會兒嗎？福爾摩斯。」

「不，我並不是很累。我有一種很奇特的體質，工作的時候，我從來不覺得累，相反地要是我賦閒無事，倒會覺得困頓不堪、萎靡不振。我現在要去抽一根菸，並仔細地斟酌一下我們的女客戶委託我們調查的這件怪事。我們的這個案子並不難解決，因爲裝有木腿的人並不常見，而且另外的那個人，更是絕對不會再有第二個了。」

「你又提到那個人了。」

「至少我沒有想向你保守秘密的意思，不過你也可以闡述你的高見。現在，我們要好好考慮一下這所有的線索。奇小的腳印、好像從來沒有被鞋子束縛過的叉開腳趾、一根一邊裝有石頭的木棒、行動靈敏的人和有毒的荊棘刺。你從這些線索中能得到什麼結論呢？」

「一個野人！」我驚叫道。「也許是喬納森．斯莫爾的一個印度同伴。」

「不可能吧！」他說道。「當我初次看到那種奇怪的武器時，我的想法有點傾向你所說的，但是因爲那有著特徵的腳印，使我又重新考慮了自己的觀點。印度半島居民的確有長得矮小的，可是卻沒有人能留下這樣的腳印。印度土著的腳是又細又長的，而穿涼鞋的伊斯蘭人的大腳趾和其他腳趾是分開的，因爲他們常年被夾腳涼鞋上的皮帶從大腳趾那裡分開來。這些荊棘刺也是一樣，它們只有一種射出的方法，是從一種吹管中向外發射的。那現在，我們到哪裡可以找到這樣的野人呢？」

「南美洲？」我說這話時有點兒打顫。

他伸出手臂，從書架上拿下一本厚重的書。

「這是最近出版的地理辭典第一卷。可以說是最權威的著作了。看看這裡是怎麼寫的？『安達曼群島位於孟加拉灣，距蘇門答臘島三百四十英里。』唔！這又是什麼呢？『氣候潮濕、珊瑚礁、鯊魚、比賴爾港、囚犯營地、羅特蘭德島、三葉楊……』啊！就是這裡了！『安達曼群島的土著可以被稱爲是這個世界上最小的人了，雖然有些人類學家也說非洲的布希人、美洲的迪格印第安人或特拉德爾人是最矮小的人種。但這裡的人平均身高都低於四英尺，有些成年人甚至比這個高度還要矮些。他們生來就很兇殘，極易暴怒又很倔強，但是只要獲得他們的信任一次，就能和他們建立至死不渝的友誼。』

「注意這個，華生。現在再聽下面的。『他們天生就長得很可怕，有著大而畸形的頭、兇猛而小的眼睛和扭曲的面貌，他們的手腳出奇的小。由於他們兇殘、倔強的性情，英國官方雖嘗試過一切方法，也無法把他們服從。對於海上遇難的倖存者來說，他們永遠是那樣恐怖。他們用鑲有石頭的木棒擊打這些倖存者的腦袋，或者是用毒箭射死。這種屠殺的最終結果總是以人肉盛宴作爲結束。』

「這些人可眞是可愛善良啊！華生，如果這小子沒人看管，後果就不堪設想了。我想，就是喬納森·斯莫爾也不僅僅只是雇用他，而且應該是給了他不錯的獎勵吧。」

「但他是怎麼找到這個奇怪同謀的呢？」

「啊，這個問題就不是我能回答你的了。不過，我們既然確定了斯莫爾是從安達曼群島來的，那麼這個土著和他在一起也就沒有什麼奇怪的了。毫無疑問地，我們要及時瞭解有關他們的資訊。華生，你看起來已經相當疲倦了。你躺在那張沙發上，看我能不能讓你入睡吧。」

當我伸懶腰時，福爾摩斯從角落那拿了一把小提琴來，他開始演奏一支低沉的催眠曲。毫無疑問地，這曲子是他自己編的，因爲他有一種即興創作的本領。我直到現在還能模糊地記得他那瘦骨嶙峋的手、認眞的表情和拉琴擺動的動作。然後我就像漂浮在那安靜、和諧的音樂聲中，直到我進入了夢境；在夢中我看見了瑪麗·摩斯坦小姐那甜美的臉在向我微笑著。

第9章　線索中斷

當我醒來時，已經快到黃昏時分，我的精神也重新振作起來。夏洛克．福爾摩斯仍然坐在那裡，只是把小提琴放在旁邊，全神貫注地讀著一本書。他注意到我起身，他的臉色陰沉，像是被什麼事情困擾著。

「你睡得很熟啊！」他說道，「我還有些擔心我們的談話會把你吵醒呢。」

「我什麼也沒有聽見。」我回答說，「你得到什麼新消息了嗎？」

「很不幸的，還沒有。我承認我很驚訝，而且相當失望。我預計到這個時候總應該有些可以確定的消息傳來。維金斯剛剛來報告過了，他們沒有找到關於蒸汽船的任何線索。眞是教人心急啊！現在的每一個小時對我們來講都是非常重要的。」

「那我能做些什麼呢？我完全清醒了，已經準備好去應付另一次夜間行動。」

「不，我們現在什麼也做不了，只能等候消息。現在出去的話，萬一消息到了反而容易耽誤事情。你可以隨便做些你想做的事，我還必須留在這裡守著。」

「那麼我要到坎伯韋爾去一趟，拜訪一下塞西爾．福里斯特夫人，我昨天就和她約好了。」

「哦，是去拜訪塞西爾．福里斯特夫人啊？」福爾摩斯的眼睛裡閃動著笑意問我。

「是啊，當然也順便問候一下摩斯坦小姐，她們都急於知道這個案件的現況呢。」

「不要和她們講得太多。」福爾摩斯說道，「不要完全相信女人，即使她們是最優秀的。」

對於他這種不近情理的看法，我並沒有和他爭論。

「我在一兩個小時左右就會回來的。」我說道。

「那好吧，祝你好運！不過，如果你會過河的話，不妨把托比送回去，我想我們現在已經用不著牠了。」

我按照福爾摩斯的話把托比歸還給牠的主人——品琴里那位動物專家，並付給他半個英鎊的報酬。

到了坎伯韋爾，我發現摩斯坦小姐在經歷過前一夜的冒險後，仍然顯得有些疲勞，但是她還是急切地盼望著新的消息，福里斯特夫人也是滿懷著好奇心。我告訴她們在我和她們道別以後發生的所有事情，但對一些兇險的情節仍有所保留。比如，雖然說到了舒爾托先生的死，但是我對兇手殘忍的手法和那些可怕的兇器卻隻字未提。當我把這個案件粗略地講過一遍以後，還是令她們驚訝得瞠目結舌。

「這簡直像是小說中寫的一樣！」福里斯特夫人叫道。「一位受到傷害的女士、五十萬英鎊的財產、一個黑皮膚的食人野人，還有一個裝有木腿的匪徒。他們與傳統的火龍和邪惡伯爵的故事大不相同。」

「還有兩位中世紀的俠客來拯救呢！」摩斯坦小姐看著我說道。

「但是，瑪麗，你的財富全得依靠這次的歷險了，我並不覺得你現在有那麼興奮。想像一下，要是你變得相當富有，該有多麼令人欣喜啊！」

我心裡頓時感到小小的安慰，因爲我注意到她對於即將成爲有錢人這件事並沒有什麼得意的表現；她反而搖了搖頭，似乎這件事並不能引起她多大的興趣。

「我現在最緊張的就是撒迪厄斯·舒爾托先生的人身安全。」她說道。「其餘的都無關緊要。我想他在這整個案子的過程中表現得非常老實和受人尊敬，我們有責任洗脫他那可恥的、沒有根據的罪名。」

當我從坎伯韋爾的家裡出來時已經是傍晚，到家後天色就更黑了。我的同伴的書和菸斗都還放在他的椅子旁邊，可是人卻不見了。我四下看了看，希望能找到他留下的字條，但是沒有找到。

「夏洛克·福爾摩斯先生是不是出去了？」我問進屋來放窗簾的房東哈德遜夫人。

「不，先生，他只是回自己的房裡去了。先生，您知道嗎？」她壓低了聲音竊竊私語地說道：「我怕他是病了！」

「爲什麼您會這樣說呢，哈德遜夫人？」

「噢，他有些反常，先生。自從您出門以後，他就在屋子裡走來走去的，還樓上樓下的來回走，聽著他的腳步聲我都聽煩了。然後他又開始自言自語，每次有人叫門，他就跑到樓梯口問：『是誰啊？哈德遜夫人。』現在他又把自己關在房間裡，可是我仍然能聽見他像剛剛那樣走來走去的聲音。我希望他沒有生病，先生。我建議他吃些涼藥，他卻瞪了我一眼；先生，眞是嚇得我都不知道自己是怎麼從那間房間裡出來的。」

「我認爲您大可不必著急，哈德遜夫人。」我回答，「我以前也見過他這個樣子。是有些事在他的心裡，所以才使他這樣坐立不安。」

我就這樣裝作很輕鬆地和我們的好房東談著話，但在這個長夜裡，當我一次次聽見他沉重的腳步聲時，我也有些坐立不安了。我很清楚，他那急切的心情已經因爲不能採取行動而變得異常煩躁了。

第二天早飯的時候，他的臉看起來更加瘦削而且憔悴，僅有兩頰微微呈現點血色。

「你把自己累垮了，老兄。」我說道，「我聽見你大半夜裡還在屋裡踱來踱去的。」

「不，我眞的睡不著。」他答道，「這費解的問題一直在煩惱著我。當其他所有困難都已經克服了的時候，這個小障礙卻阻礙著我的前進。現在我們已經知道這個匪徒是誰，知道了那艘蒸汽船的名字和其他的事情，可就是得不到一點消息。我也動用了其他方面的力量，我用了所有的方法，整條河岸都搜遍了，卻還是沒有結果。史密斯太太那裡也沒有得到她丈夫的音訊。我基本上已經得出了他們把船破壞掉的結論，但這個結論存在著一定的矛盾。」

「也許是我們被史密斯太太欺騙了。」

「不是的，我認爲這種可能性應該排除在外。我已經調查過了，她描述的蒸汽船的確是存在的。」

「那它會不會是到河的上游去了？」

「我也考慮過這個可能性，現在有一小隊人馬最遠到達瑞切蒙德一帶去搜尋了。如果今天再沒有消息的話，我明天就要親自上陣去找那些罪犯們，而不是只找那艘蒸汽船了。但是毫無疑問的，我們會得到一些消息的。」

不過，我們沒有得到任何消息，從維金斯和其他的搜查人員那裡都沒有絲毫的線索。大多數的報紙全都刊登出了諾伍德慘案的報導，看得出他們對那不幸的撒迪厄斯·舒爾托先生沒什麼同情；除了官方將在第二天驗屍之外，報紙上沒有披露什麼新的線索。傍晚時分，我步行來到坎伯韋爾向兩位女士報告了我們的困境。回來的時候，我仍然看見福爾摩斯愁眉苦臉沮喪的樣子，他簡直對我的問話置之不理。整個晚上都在做著深奧的化學實驗，他把充滿蒸餾氣體的

曲頸瓶放在酒精燈上加熱，最終瓶內散發出來的惡臭把我趕出了他的房間。直到凌晨，我還能聽見試管碰撞所發出的叮噹聲，這表明他還在忙碌著他那令人噁心的惡臭實驗。

黎明破曉時，我驚醒過來，看見福爾摩斯竟然站在我的床邊，他穿著一身粗俗的水手服，外面罩著一件水手短外套，脖子上還繫著一條粗劣的紅色圍巾。

「我現在要親自到河的下游去，華生。」他說，「我三番兩次地思考，我如今就只有這一個方法了，無論如何值得一試。」

「當然。我可以和你一起去嗎？」我說道。

「不行。如果你留在這裡做我的代表會更有用些。我這次是不得不去，我覺得這一天當中肯定會有消息的，雖然昨天晚上維金斯做得不太出色。我想請你替我拆閱所有信件和電報，如果有任何消息到了，你可以依靠自己的判斷力行事。我能信任你嗎？」

「當然可以。」

「我恐怕你不能和我取得聯繫，因爲我也說不準我會在哪裡。如果運氣好，不會耽誤太長的時間。在我回來時總會有些消息告訴你的。」

直到早餐時他仍然沒有消息，但是，當我翻開《旗幟報》時，我發現報紙上面刊登了這個案子的新進展。它報導說：

> 關於之前報導的上諾伍德慘案，我們有充分的理由相信這起案件不像以往預料的那麼簡單，而是極其複雜、神秘。根據最新的線索證明，撒迪厄斯·舒爾托先生在這起案件中並沒有嫌疑。舒爾托先生和女管家博恩斯通太太昨晚已被警署釋放了。至於真正的兇手，警署已有了新的線索。此案現由蘇格蘭警場精明能幹的亞瑟爾尼·瓊斯先生負責，預計在近日內就能將兇手緝拿歸案。

案件進展到這一步還算令人滿意，我想，我們的朋友舒爾托先生總算是恢復自由了。我納悶這新的線索是什麼呢？這好像依然是警署掩飾錯誤的老方法。

我把報紙扔到桌上，但是我的目光被報上尋人欄裡的一則小廣告吸引住了。它是這樣說的：

> 尋人：莫迪凱·史密斯，船夫，與他的兒子吉姆在上周二凌晨三點左右，駕著一艘名為「北極之光」的蒸汽船離開史密斯碼頭。「北極之光」號的船身是黑色的，有兩道紅色的條

紋，黑色的煙囪上有一道白線。如有知莫迪凱・史密斯或他的船「北極之光」號消息的人，請向史密斯碼頭的史密斯太太或貝克街B座221號報信，有金幣五英鎊酬謝。

這則小廣告一看就知道是福爾摩斯登的，貝克街的這個地址就證明了這一點。我認爲這則廣告中的用詞十分精巧，因爲匪徒們即使看到了，也只會認爲那不過是一個妻子出於對自己失蹤丈夫的擔憂而刊登的普通尋人啓事。

又是漫長的一天。每當有人敲門或者是街上傳來沉重的腳步聲時，我都會以爲是福爾摩斯回來，或是哪個看見廣告的人來送消息了。我試著去看書，但卻不能全神貫注，我的思緒總是徘徊在那兩個我們所追蹤的怪異而兇惡的匪徒身上。有時我也會想，難道是我的同伴福爾摩斯的推論發生了根本性的失誤？他不會是得了嚴重的自欺欺人毛病吧？會不會是因爲一些不可能的證據擾亂了他那機敏的思維呢？我從沒想過他會出現錯誤，但是老虎也有打盹的時候啊！

我想可能是由於他對自己的邏輯推理過於自信，而掉進了一個錯誤的深淵吧。也許一個原本普通、明瞭的問題，到了他的手裡反而變成一個極其複雜怪異的事情。然而從另一個角度來看，我親眼見過這些證據，而且也聽到了他對推論的解釋。當我重新審視這一系列奇怪的事實時，雖然其中有些是微不足道的線索，但是它們全都指向同一個方向。我不能掩飾自己眞實的想法，即使福爾摩斯的錯誤理解覆蓋了眞理，但可以說這個案子就其本身來講也是非比尋常的。

就在下午三點時，門鈴聲大響了起來，樓下傳來一陣命令般的話音；出乎我意料之外，來的不是別人，正是亞瑟爾尼．瓊斯先生。他的態度好像有了一百八十度的轉彎，他不再像在上諾伍德那樣粗暴，自居爲專家而專橫傲慢，可以說他和以往大不相同。他的臉色有些沮喪，除了謙虛之外甚至還有點抱歉。

「您好，先生，您好！」他說道，「我知道夏洛克．福爾摩斯先生出去了。」

「是的，我不能確定他什麼時候回來，但是也許您不介意等一會兒。請坐，抽根雪茄好嗎？」

「好的，謝謝您。」他用一條絲製的紅手帕擦了擦自己的臉。

「來一杯加蘇打的威士忌好嗎？」

「好的，半杯就可以了。今年都這個時候了，天氣怎麼還是這麼炎熱啊，我的心情又是那樣煩躁。您知道我對諾伍德這個案子的理解吧？」

「我記得您說過一次。」

「唉，我現在不得不重新思考這個案子了。我原本把我的網牢牢地圍在舒爾托先生的周圍，可是，先生，哪知道他會在半路上就從網洞裡溜了出去呢。他找到了他不在場的證據，他自從離開了他哥哥的房間後，就始終和另一個人在一起，所以那個爬上屋頂、從活板門進入屋內的人就不會是他了。這是一個十分玄妙的案子，連我在警署的地位也有些動搖了。在這個時刻如果能夠得到點幫助我會非常高興的。」

「我們有時都需要別人的幫助啊。」我說道。

「您的朋友夏洛克・福爾摩斯先生是一位非比尋常的人，先生。」他非常肯定地說，「他是一個不會被打倒的人。我瞭解到他處理過那麼多起案件，但是沒有一起不被他弄得水落石出的。他使用的方法變幻莫測，可有時他也會操之過急，但是整體而言，我認爲他是可以成爲一個眾望所歸的警官的。我不怕別人知道我所說的話。今天早上我收到了他一封電報，從中我知道關於舒爾托這個案子，他已經有了新的線索。這就是他的電報。」

他從口袋裡掏出電報遞給我。這封電報是十二點鐘從白楊鎮發出的。電報上說：

請馬上到貝克街去。如果我還沒有回來，請等我。我已經找到了舒爾托案件匪徒的蹤跡。如果你願意得到本案的結果，今晚可和我們一起去。

「太好了！他一定是把斷掉的線索接上了。」我說。

「啊，這麼說來他這次也搞錯了。」瓊斯顯得有些得意，他說道：「我們最好的朋友也會出錯呢！當然，這次也可能是白費力氣，但是我們警察的責任就是不能讓任何機會流失。好像有人在敲門，也許是他回來了。」

一陣沉重的腳步聲上了樓梯，喘息的聲音很粗，說明這個人呼吸急促；中間有一次或是兩次他停了下來，好像上樓梯對他來講是件很費力氣的事，但最後他還是站在我們的門前，走進了屋裡。他的外貌十分符合我們所瞭解到的情況，他是一個老人，穿著一身航海服，外面套著大衣，鈕子一直扣到嗓子的位置。他的背有些駝，兩條腿在發抖，並痛苦地喘著粗氣。他倚著一根粗粗的橡木棍，兩肩不斷的起伏，好像是爲了增加肺的呼吸能力。一條彩色圍巾圍在他的下巴上，在他的臉上我只能看到一雙銳利的眼睛、濃密的白色眉毛和棕色長長的鬍鬚。總而言之，他給我一種年紀很大、貧困潦倒卻很可敬的航海家的印象。

「有什麼事嗎？朋友。」我問道。

他有著老年人所特有的習慣，不慌不忙地向四周看了看。

「夏洛克·福爾摩斯先生在這兒嗎？」他問

道。

「不，他不在家，但我可以全權代表他。您有什麼話要告訴他，我全都可以轉告。」

「我只想和他本人說。」他說。

「但是我可以代表他啊，是不是有關莫迪凱．史密斯蒸汽船的事？」

「是的，我知道那艘船在哪裡，並且我還知道他所追蹤的人在哪裡、珠寶在哪裡，一切的一切我都知道。」

「那您就告訴我好了，我會轉告他的。」

「我只想和他本人說。」他重複道，這個老人表現得極其易怒而且相當固執。

「那好，您就在這裡好好等他吧。」

「不行，不行，我不能因爲這一件事白白浪費了這一天啊。如果福爾摩斯先生不在家，那他就只好自己想法子去探聽這些消息了。我不喜歡你們兩人的長相，所以我一個字也不會說的。」

他站起來就要出門，但是亞瑟爾尼．瓊斯跑到他前面攔住了他。

「稍等一下，我的朋友。」瓊斯說道，「您有很重要的資訊，不能就這樣走了啊！我們想請您留下，不管您願意不願意，都要等到我們的朋友回來爲止。」

那個老人想要奪門而出，但亞瑟爾尼．瓊斯用他那寬寬的後背抵在門上，使老人沒了去路。

「你們竟這樣對待我，眞是豈有此理！」老人大聲嚷道，用手杖在地板上憤怒地敲擊著。「我到這裡來是拜訪一位紳士朋友，可是你們兩個，我們素昧平生，卻硬要把我留在這裡，還對我如此無禮！」

「請您不要著急。」我說道，「我們會補償您所失去的時間。請坐在那邊的沙發上，您不會等太久的。」

他走過去，陰沉著臉，坐下後便用兩手捂住了臉。瓊斯和我一邊繼續抽著雪茄一邊談話。突然，福爾摩斯的聲音打斷了我們的談話。

「我想，你們也應該給我一支雪茄了。」他說道。

我們都在椅子上驚呆了。旁邊坐著福爾摩斯，他正在衝著我們微笑。

「福爾摩斯！」我驚呼地喊道，「是你嗎？但那個老頭上哪兒去了？」

「那個老人就在這兒啊！」他拿出一頂白色的

假髮，說道：「這是他的假髮、鬍鬚、眉毛，都在這裡。我想我的偽裝還是相當不錯的，沒想到我竟然把你們都騙倒了。」

「啊，你這壞蛋！」瓊斯高興得喊道：「你可以去當演員了，而且是一個出色的演員。你學工人的咳嗽，還有你那顫巍巍的腿，每星期保證能掙十英鎊。但是我想我從你的眼神就可以把你認出來了，你還沒有徹底把我們騙得心服口服。」

「我今天一整天都打扮成這個樣子。」他點了根雪茄，說道：「你知道，很多匪徒已經漸漸知道我，尤其是自從我們這位朋友發表了我的偵探事蹟以後，所以我只好在工作時簡單地化一下妝。你接到我的電報了嗎？」

「是的，那就是我來這裡的原因。」

「案子進展得如何啊？」

「一點兒新線索也沒有，所以我不得不釋放那兩個人，至於其他兩個人也沒有什麼犯罪證據。」

「沒關係，一會兒我就會給你另外兩個人來彌補他們的空缺了，但是你必須按照我所說的去做。你將會得到一切的功勞，但是行動必須聽我指揮，你同意嗎？」

「完全同意，只要你能幫我捉住他們。」

「那好，首先，我需要一艘警察快艇——一艘蒸汽船，在今晚七點鐘到達西敏斯特碼頭。」

「這非常好辦。那兒經常停著一艘，我到馬路對面用電話聯繫一下就成了。」

「我還要兩個強健的員警，以防止匪徒反抗拒捕。」

「船內會準備兩到三個人。還有別的事嗎？」

「當我們捉住匪徒時，珠寶也就到手了。我想我的這位朋友一定很樂意親自把珠寶箱送到那位應該得到它的年輕女士手上，由她第一個打開。喂，是不是？華生。」

「那對我來說當然是至高無上的光榮。」

「這個辦法未免不符合章程。」瓊斯搖著他的頭說道，「不過這整件事情本來就不太符合常理，所以我們可以特別處理，但是珠寶必須上繳給政府以便檢驗。」

「當然啦，這個很好辦。還有一個關鍵，我倒是很希望先聽到喬納森．斯莫爾自己說出這個案子的各個環節。你知道，我向來都需要充分地瞭解一件案子的詳情。我準備在我的屋子裡或者是其他地方，在員警的監督之下先對他做一次非官方的審訊，你大概不會有什麼意見吧？」

「好吧，你是掌握全案情況的人。我不能夠確定眞的有一個叫喬納森．斯莫爾的人，但是你若能捉到他，我不會阻止你對他先作審訊的。」

「你都考慮清楚了？」

「完全清楚了。沒有別的要求了嗎？」

「還有，我要留你和我們共進晚餐，半個小時就能準備好。我準備了牡蠣和一對松雞，還有些精選的白葡萄酒。華生，你還不知道我也是個管家的好手呢。」

第10章　野人末日

這頓飯我們吃得相當盡興。每當福爾摩斯心情好的時候，他就十分健談。今晚他的精神不錯，所以得意地聊著。我從沒見過他有如此的口才，從傳奇戲劇談到中古時代的陶器，從斯特拉迪瓦里厄斯小提琴到錫蘭的佛教和未來的戰艦，他無所不談，似乎對哪一門領域都深入研究過。他歡快而幽默的言語，把這幾天來的鬱悶一掃而光。亞瑟爾尼·瓊斯在放鬆的時候也是一個愛說愛笑的人，他也沉浸在這頓豐盛的晚餐中。我個人覺得這整個案子在今晚將要結束，所以也和福爾摩斯一樣地有興致。我們三個人誰都沒有提及飯後還要去冒險的事。

飯吃得差不多了，福爾摩斯看了看他的錶，斟滿了三杯紅葡萄酒。

「再來一杯。」他建議道，「爲今晚的成功乾杯。時間到了，我們出發吧。你有手槍嗎？華生。」

「我抽屜裡有一支在軍隊用過的舊槍。」

「你最好帶上，有備無患嘛。我想車子已在門外等著了，我要他六點半到這兒。」

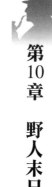

七點剛過，我們就到達了西敏斯特碼頭，我們的汽船早已在那裡等候。福爾摩斯仔細地看了看船。

「能看出這艘船是警察專用的嗎？」他問道。

「可以，船沿有警方的綠燈標誌。」

「那就摘下來吧。」

綠燈被拿掉了，我們都上了船，船的纜繩也解開了。瓊斯、福爾摩斯和我坐在船的後面。有一個人掌舵，一個人負責發動，兩個健壯的員警則坐在船頭。

「我們去哪兒？」瓊斯問道。

「去倫敦塔。告訴他們把船停在傑克勃森船塢對面。」

我們的船速度非常快，把許多滿載的駁船都甩在後邊。福爾摩斯滿意地微笑，看著我們的船又超過了一艘小汽船。

「我們可以趕上河裡的任何一艘船。」他說。

「那倒不一定，不過能夠追上我們的汽船的確不多。」瓊斯道。

「我們必須追上『北極之光』號，那是一艘有名的快艇。華生，我現在可以把目前事態的發展和你說說了。你回想一下，記得我說過我被一個很不起眼的小事困住了，而我是絕不會甘心的嗎？」

「我記得。」

「我用做化學試驗的辦法使我的心境得到了徹底的放鬆。一位最偉大的政治家曾經說過：『工作的改變是最好的休息。』這話很有道理。當我完成了溶解碳氫化合物的實驗以後，我再回到舒爾托的難題上面，把整個事件重新考慮了一遍。我派那些孩子搜遍了河的上下游，卻一點結果也沒有。那艘汽船沒有停泊在任何碼頭，也沒有往回開，而且也不太可能為了隱藏起來而毀船滅跡，但如果實在找不著，這也算是個可能的假設。但我知道斯莫爾這個人雖然很狡詐，卻沒有受過多高的教育，不可能有那樣需要豐富知識的手段。既然他已經在倫敦住了很長一段時間——這點可從他對龐帝凱瑞別墅觀察很久來證明，他要離開這裡必定需要做些準備，哪怕只是一天。不管怎樣，都不能不考慮這種可能。」

「在我看來，這種可能性不大。」我說，「很有可能他在行動前已經做好離開的準備。」

「不對，我不這樣認為。除非他能確定這個巢穴對他已經毫無意義，否則他是絕不會輕易放棄它的。我又考慮到另一個問題，喬納森．斯莫爾一定會想到他同夥那副怪模樣，不論怎樣僞裝都會引起別人的注意，而且可能使人聯想到諾伍德慘案，以他的機警絕不會疏忽這一點的。他們從巢穴出發是在天黑以後，當然也要在天亮以前趕回來。按照史密斯太太說的，他們在史密斯碼頭上船的時間是三點鐘。一個多小時之後天就大亮，行人也多了起來，因此，我斷定他們不會走得太遠。他們用很多錢堵住了史密斯的嘴，預租了他的船，以便最後可以逃跑，攜帶著珠寶箱回到他們的巢穴。他們有一兩天的時間看看報紙、窺測風聲，然後在夜幕的籠罩下從格雷夫桑德或肯特大碼頭登上早已訂好船位的輪船，逃到美洲或其他殖民地。」

「但是這艘船呢？他不可能也把它帶到他們的巢穴裡呀！」

「當然了。我斷定我們雖然沒有發現這艘船，但它不會離得太遠。如果我是斯莫爾的話，或根據他這個人的能力來假設，他或許會想到如果有警察跟蹤的話，那麼，不論是把船送回去或者把它停靠在碼頭上，都很容易被警察發現。那要怎樣才能把船隱蔽起來，又不至於在要用它的時候誤事呢？如果我是他，我會怎麼做呢？我認爲只有把船送到一個船塢裡去修理修理，爲它做些無關痛癢的改變，這樣既可以把船隱藏起來，又可以在幾個小時後馬上使用。」

「這似乎太簡單了。」

「正是如此簡單的細節才最容易被放過。無論如何，我決定按著這個路徑走下去。我立即動身穿了一身水手裝到下游的每個船塢裡做調查。我詢問了十五個船塢都沒有蹤影，到了第十六個——傑克勃森船塢時，我瞭解到就在兩天前，曾有一個裝著木腿的人把『北極之光』號送到這裡修理船舵的小毛病。工頭對我說：『其實那個舵一點兒毛病也沒有，就是放在那兒有紅條紋的那艘。』就在這時，那邊來了一個人，正是失蹤的莫迪凱·史密斯。他喝得酩酊大醉。我當然不認識他，是他喊出了自己和船的名字。『今晚八點我要用船。』他說，『記住了，八點鐘有客人要坐船，別誤了事。』他們顯然給了他不少錢，他對工人們拍著口袋裡的銀幣，臉上泛著光彩。我跟蹤了他一段距離，他卻進了一家酒館，於是我又回到船塢。途中我碰巧遇到了我的一個小幫手，我安排他在那兒盯住汽船。我讓他站在水邊，告訴他船開出船塢時就向我們揮動手帕。我們可以在河上放鬆一下了，若不能把他們連人帶珠寶一網打盡，那才是怪事呢！」

「你的計畫的確很周密，不管這幾個人是不是眞的兇手。」瓊斯說，「不過，要是我來處理這件事，我一定會派幾個強悍的員警待在傑克勃森船塢，等他們一到就當場逮捕他們。」

「我可不敢苟同你的觀點。斯莫爾相當狡猾，他動身前一定會先派人打探動靜，如有任何可疑情況，他還會再隱藏一段時間。」

「可是，如果你盯緊了莫迪凱·史密斯，他會引你找到他的棲身之處呀。」我說。

「那樣的話，這個案子又要拖延幾天。我想，他們的住處百分之九十九史密斯是不知道的。史密斯有酒喝、有錢花，爲什麼還要問別的事呢？他們自然會通知他該做什麼。我認爲各方面都考慮周全了，這正是最好的方法。」

正說著，我們已經穿過了橫跨泰晤士河的幾座橋。在我們出市區時，夕陽餘暉爲聖保羅教堂屋頂上的十字架鍍上了一層金箔。在我們到達倫敦塔之前，已經是黃昏時分了。

「那兒就是傑克勃森船塢。」福爾摩斯指著遠處薩里區河邊桅杆林立的地方說道，「我們的船可以藉著這一連串駁船的掩護慢慢地來回搜尋。」他又從口袋裡拿出望遠鏡向河岸上觀察。「我已經看到了我派的那個崗哨，可是手帕還沒有發出信號。」

「也許我們應該停在下游等他們。」瓊斯著急地說。

我們這時都很焦急，連那幾個並不十分清楚我們任務的警察和船員也露出了期盼的神情。

「雖然十之八九他們會往下游去。」福爾摩斯答道，「但我們也不能忽略了上游。從這裡我們能夠看見船塢的出入口，可是他們卻不容易看見我們。今晚天氣好，月光明亮，我們必須待在這兒。你看，那邊的煤氣燈光下簡直是萬頭攢動。」

「那是剛從船塢下班的工人。」

「表面上看來他們骯髒粗俗，可是我覺得他們每個人的內心都有一些活力，只看外表，你是想像不到的。沒有先知先覺，人本身就是一個未知的謎。」

「有人說，人是動物中最有心智的。」我說。

「溫伍德·瑞德對此有很好的解釋。」福爾摩斯道，「他談到雖然每個人都是個難解的謎，但將人類聚集成一個整體就有規律可循了。比如，你不能預知一個人的秉性，卻能知道人類的共性。雖然個性多樣，但共性卻是不變的，統計學家也這樣說。你們看見那條手帕了嗎？那邊的確有一個白色的東西在擺動。」

「是啊，就是那個小幫手。」我喊道，「我看得很清楚，是他。」

「正是『北極之光』號。」福爾摩斯喊道，「就像一個魔鬼！它在全速前進。機師，我們緊跟著那艘有黃燈的汽船。假如我們被它甩掉，我永遠都不能原諒自己。」

「北極之光」號飛快地從船塢駛出，在兩三條小船之間穿梭著。等到我們再看見它的時候，它的速度已經相當快了，它以超常的速度順著河岸向下游疾駛。瓊斯一臉嚴峻地看著它，只是搖頭。

「太快了。」他說，「我們恐怕追不上。」

「我們必須追上它！」福爾摩斯咬著牙叫道，「司爐，趕緊加煤！全速追擊！就是把這船燒了也要追上他們！」

我們緊追不捨，爐火咆哮著。強大的引擎

鏗鏘轟鳴著，就像一個巨大的鋼鐵心臟在跳動。銳利的船頭將平靜的河水斬爲兩半，左右兩側的滾滾浪花向後急速退去。引擎的每一次脈動，都會使船身像一個有生命的東西一樣震顫和跳躍。船舷上一盞黃色大燈向前射出長長的、搖曳的光束，前方水面上遠遠的一個黑點就是「北極之光」號。它後邊翻捲著兩行白色泡沫的浪花，航速極高。河上的駁船、蒸汽船和商船從我們旁邊掠過，我們穿梭閃躲著它們。轟鳴聲劃破空氣，「北極之光」號仍在狂奔，我們則緊緊咬住它的尾巴不放。

「夥計們，加把勁，快加煤！」福爾摩斯向下面的機艙喊道，熊熊烈火照亮了他那焦急的、鷹一般的面孔。「加把勁多燒蒸汽！」

「我們已經快趕上了。」瓊斯望著「北極之光」號說道。

「我們的確離他們近些了。」我道，「再幾分鐘我們就能追上它了。」

然而，就在這時，命運捉弄了我們。一艘拖了三艘貨船的拖船橫在我們面前，幸虧我們急轉船舵才能免於與它相撞。等我們繞過那艘船想繼續追擊時，「北極之

光」號已駛遠了二百多碼，好在我們還能看到它。當時，灰暗朦朧的黃昏已經變成滿天繁星的夜空。我們的鍋爐已被燒到了極限，強勁的動力推著我們前進，脆弱的船板在它的作用下震顫著，嘎吱作響。我們像箭一樣從倫敦橋下穿過，駛過了西印度碼頭和長長的戴特弗德河段，又繞過了狗島，剛才還是一個小黑點的「北極之光」號現在已經清晰可見了。

瓊斯把我們的探照燈轉向它，我們看見了甲板上的人影。一個人坐在船尾，弓著腰，他的兩膝之間有一個黑色的東西。在他旁邊蹲伏著一個黑影子，好像一隻紐芬蘭狗。一個男孩掌著舵柄，在鍋爐紅色火光的照耀下，可以看見史密斯光著上身拚命往爐裡加煤。一開始他們或許還不能斷定我們是在追趕他們，可是當他們發現我們始終緊追不放時，就明白了我們的意圖。到了格林威治，我們與那船的距離約有三百步；而到布萊克沃爾時，兩船間的距離已不過二百五十步遠了。在我奔波的一生中，我在不少國家打獵時都曾追趕過野獸，卻從沒有像今晚在泰晤士河上追人這樣驚險刺激。我們一步步接近著前船，在這個寂靜的夜裡，可以很清晰地聽到前面船上機器的轟鳴聲。在船尾上的那個人還是蜷縮在那裡，兩隻手似乎在忙亂地揮動著，並不時抬起頭來估算著兩船間的距離。我們離他們越來越近了，瓊斯喝叫著命令他們馬上停船。我們與他們只有不到四個船身的距離了，兩船仍像飛一般地前進。這時已接近河口，岸上一邊是巴克英原野，另一邊是普拉姆斯蒂德沼澤地。

聽到我們的喊聲，船尾那個人從甲板上站起來揮舞著握緊的雙拳，用嘶啞的聲音朝著我們大罵。他的身材魁偉，兩腿叉開站在船上，我能看見他的右腿是靠一根木杜支撐著的。在他刺耳的喊聲中，他旁邊蜷縮著的黑影慢慢地站了起來。那是一個黑人，體格矮小得令我吃驚，他長著大而畸形的頭，上面有著蓬亂濃密的頭髮。福爾摩斯早已把左輪手槍握在手裡，當我看見這個奇形怪狀的野人後，也掏出了手槍。他圍著一件黑色的、好像毯子的外套，只有臉露在外邊。這張醜惡的臉足以令人嚇失魂魄，我從沒見過如此猙獰殘忍的怪物。他的兩隻小眼睛閃著兇光，極厚的嘴唇從牙根向外翻著，咧著半獸性暴怒的嘴喋喋不休地向我們亂叫。

「只要他一抬手，我們就射擊。」福爾摩斯平靜地向我說。

這時兩船之間只有一船之遙，幾乎就要碰在一起了。我看見他們兩個站在那裡，那個白人分開兩腿不停地怒罵著，齷齪矮小的黑人則用他那醜惡的臉對著我們的燈光，咬牙切齒地狂叫著。

幸虧我們能清楚地看到他們。見到小黑人從外套裡掏出一個像戒尺一樣的圓木棒放在嘴邊，我們立即一起扣動了扳機。小黑人轉了一下身子就舉起雙手跌進河

裡，我看見他那一雙惡毒而恐怖的眼睛在白色的漩渦之中消失了。這時，木腿人衝向船舵，使出全身力氣扳動舵柄，使那船猛然向南岸衝去。我們快速躲開了它的船尾，兩艘船只差幾英尺就撞上了。我們馬上改變航向追了上去。此刻「北極之光」號幾乎觸及南岸。岸上是一片荒涼的曠野，月光照著廣闊的沼澤，地面上留著一灘灘的死水和一堆堆腐爛的植物。隨著一聲沉悶的撞擊聲，那艘汽船衝到岸上擱淺了，船頭翹向空中，船尾淹沒在水裡。

逃匪跳到了岸上，他那隻木腿卻整個陷入了淤泥。他徒勞地掙扎翻轉著，可是仍動彈不得。他大叫著瘋狂跳動左腳，可是那隻木腿卻在泥裡越陷越深。待我們把船靠了岸，他仍然沒有挪動半步。我們從船上扔了一條繩子套住他的肩膀，才得以把他像拉魚似地拖上了我們的船。史密斯和他的兒子臉色陰沉地坐在船上，順從地聽著我們的命令。我們把「北極之光」號拖出來，拴牢在我們的船尾。一只精製的印度鐵箱放在那艘船的甲板上，毫無疑問地，它就是使舒爾托死於橫禍的寶箱。那箱子非常沉重，箱上沒有鑰匙，我們小心地把它搬到我們的船艙裡。我們慢慢向上游駛去，探照燈不停

地照射著水面，可是那黑人全無蹤跡，想必他已在泰晤士河中葬身魚腹了。

「看這兒。」福爾摩斯指著木製的艙門說，「我們的槍差點開晚了。」就在我們剛才站過地方的後面木頭上插著一支毒刺，估計是在我們開槍時射過來的。對著這根毒刺，福爾摩斯仍像平時那樣聳聳肩微微一笑，但是每當我回想起那天晚上千鈞一髮的危急情況，仍不免心有餘悸。

第11章　阿格拉珠寶

我們的俘虜面對著他歷盡千辛萬苦和花費多年工夫得來的鐵箱坐在船艙裡。他是個皮膚黝黑、滿臉皺紋的傢伙，兩隻眼睛透露出膽大妄爲的天性；顯然，他在戶外做過多年的苦工。他長著鬍鬚的下顎奇怪地向外突出，顯示他倔強的性格。從他鬈曲的灰白頭髮可以看出，他的年紀應在五十歲左右。平時他的面貌還不算太難看，可是在暴怒的時候，就像我剛剛見過的那樣，他那濃重的眉毛和突出的下顎就構成了一副可怕的面容。

他現在坐在那兒，戴著手銬的雙手放在膝上，頭垂在胸前，不停地用那雙銳利的眼

睛盯著那個使他犯罪的箱子。在我看來，他刻板的表情中似乎悲傷多於憤怒。有一次他抬頭望了我一眼，目光裡似乎帶著某種幽默的味道。

「喬納森．斯莫爾。」福爾摩斯點燃了一支雪茄說道，「我不願看到事情弄到這個地步。」

「先生，我也不想這樣啊！」他坦白地答道，「我想我也逃不出去的。我向您發誓，我絕沒有殺害舒爾托先生的意思，是那個小惡魔湯格射出一支可惡的毒刺害死他的。先生，我是無辜的，對於舒爾托先生的死我很難過。我用繩子抽打了那個小惡棍一頓，可是事情已經發生了，我又有什麼辦法呢！」

「抽一支雪茄吧！」福爾摩斯道，「你全身都濕透了，喝一口我的酒。當你從繩子爬上去的時候，你怎麼知道那個瘦小無力的黑人能夠對付舒爾托先生呢？」

「先生，您好像親眼看見了事情的經過。我本以爲那屋裡沒有人，我對那裡的環境很清楚，那個時間通常是舒爾托先生下樓吃晚飯的時刻。我絲毫不想隱瞞，我以爲說出事實就是對我最好的保護。當時如果那個老少校在屋裡，我會毫不手軟地掐死他，因爲我認爲殺死他與抽這支雪茄並沒有多大的區別。可恨的是，現在竟因爲小舒爾托使我進了監獄，其實我和他從來沒有什麼瓜葛。」

「你現在是在蘇格蘭警場亞瑟爾尼．瓊斯先生的羈押之下，他將把你帶到我家裡。我要先問你的口供，你必須向我說出實情。如果你老實，或許我還可以幫你的忙。我想我可以證明那根毒刺的毒性發作極快，在你爬進屋裡之前，舒爾托先生已先中毒身亡了。」

「確實是這樣的，先生，他已經先死了。我從未經歷過這種事，當我爬進窗戶時，一看見他的頭歪在肩上、露著牙獰笑的樣子時，我就嚇壞了。要不是湯格跑得快，當時我就把他殺了；這就是他在忙亂中丟掉了那根木棒和一些毒刺的原因，這是他後來告訴我的。我敢說這些東西一定爲您提供了一些線索，幫助您找到了我們，至於您是如何把線索連結起來的，我就不得而知了。是我自己不好，我不能怨怪您。」

他又苦笑著說：「這眞是一樁怪事。我是有權利享受這五十萬英鎊的，而我卻在安達曼群島修築了半輩子的防波堤，後半生恐怕又要到達特木去挖溝了。從我第一次遇到那個商人阿麥特，從而和阿格拉珠寶發生關係之後，我就走了霉運。擁有這珠寶的人也沒有好日子過，那個商人因此送了命，舒爾托少校因此帶來了恐懼和罪惡，我也要因此終生做苦役了。」

「你們眞像一家人哪！」亞瑟爾尼．瓊斯把頭伸進艙內說道。「福爾摩斯，請把你的酒瓶遞給我。好

啦，我想我們大家應該可以互相慶賀。福爾摩斯，幸虧你很有遠見，不然還不知會怎樣呢。」

「結果總算是圓滿的。」福爾摩斯說，「但我確實沒想到那艘『北極之光』號竟是這麼快的船。」

「史密斯說『北極之光』號是泰晤士河上最快的汽船之一，如果當時還有一個人幫他駕駛的話，我們是絕對追不上它的。他還發誓說他對諾伍德的慘案一無所知。」瓊斯說。

「他是不知情。」我們的囚犯叫道，「我租用他的船，是因爲聽說他的船很快。我們沒有告訴他任何事，只是付了他很多錢。如果他能夠把我們送上格雷夫桑德開往巴西的翡翠號輪船，我還會再給他一大筆酬金。」

「好，如果他沒有犯罪，我們會從輕處理他的。我們雖然捉人神速，但我們判刑是很愼重的。」瓊斯道。好笑的是，這時傲慢的瓊斯已開始擺出一副對待囚犯的威嚴神態。從夏洛克·福爾摩斯微微一笑的臉上，可以看出瓊斯的話引起了他的注意。

「我們快到沃克斯豪爾橋了。」瓊斯說，「華生醫生，您可以帶著寶箱在這裡上岸。您可以明白我這種作法要負多大的責任，雖然這種作法很不合法，然而我們有約在先，我不能失信。但是因爲珠寶非常貴重，我必須派一個員警陪您一起去。您是要坐車去嗎？」

「是的，我坐車去。」

「遺憾的是這兒沒有鑰匙，不然我們可以先清點一下。您不得不把箱子砸開。斯莫爾，鑰匙在哪兒？」
「在河裡。」斯莫爾簡短地回答。
「哼！你眞是會給我們添麻煩。因爲你，我們耗費了多少精力！醫生，我不再囉嗦了，千萬要小心，您回來的時候把箱子帶到貝克街的家裡，在那兒您會見到我們，然後我們再去警署。」
我帶著沉重的寶箱在沃克斯豪爾上岸，一個直率而親切的員警陪著我。一刻鐘後，我們坐車到了塞西爾·福里斯特夫人的家。開門的僕人似乎對我這麼晚來訪感到很驚訝，她說福里斯特夫人並不在家，可能要到很晚才能回來，而摩斯坦小姐正待在客廳裡。我請那個員警在馬車上等候，就提著寶箱直奔客廳。
她坐在開著的窗子前，穿著一套白色半透明的衣服，頸間和腰際都用紅色的帶子點綴著。在燈罩透出來的柔和燈光下，她背靠籐椅坐在那裡。燈光照著她美麗端莊的臉頰，把她蓬鬆的秀髮映照成金屬般的黃色。她一隻潔白的胳膊搭在椅子邊上，整個身心似乎都處在無限的憂鬱當中。當聽到我的腳步聲時她站了起來，臉上出現一道因驚喜而來的紅暈，使她蒼白的面容有了血色。
「我聽見門外有馬車聲。」她說，「我還以爲是福里斯特夫人提前回來，眞沒想到是您來了。您帶來了什麼消息？」

「我帶來的東西比消息更好。」我把箱子放在桌上，雖然心中沉重，還是故作高興地說道：「我帶給您的東西比世界上任何消息都寶貴。我爲您帶來了財富。」

她瞥了那個鐵箱一眼。

「那就是珠寶嗎？」她冷冷地問我。

「是啊，箱子裡就是那批阿格拉珠寶，其中有一半是您的，另一半屬於撒迪厄斯·舒爾托先生。你們每人可得到二十萬英鎊左右。您想想！光是每年的利息就是一萬英鎊，這在英國年輕婦女當中堪稱屈指可數，這不是可喜可賀的事嗎？」

也許是我的欣喜表示得有些過分，她已察覺到我內心的空虛。她抬了抬眉毛，有些好奇地望著我。

「即使我能得到珠寶，也是多虧了您啊。」

「不！不！」我回答，「不是我，而是我的朋友夏洛克·福爾摩斯的功勞，只有他有那樣的分析天賦，而我就算費盡心思也難以找出線索。即使這樣，這個案子到最後一刻還差點兒失敗呢。」

她道：「華生醫生，請您坐下來把經過講給我聽吧。」

我簡要敘述了上次和她見面以後發生的所有事情——福爾摩斯新奇的調查方法、「北極之光」號的發現、亞瑟爾尼·瓊斯的出現、我們今晚的歷險和泰晤士河上刺激的追擊。她微微張昏傾聽著我們的危險經歷。在聽到我們險些被毒刺射中時，她臉色刷白，幾乎就要暈倒了。我趕緊倒了杯水給她。

「不要緊。」她說，「我沒事了。我聽到我的朋友們爲我經歷這樣的艱險，心裡實在過意不去。」

「那些都已經過去了。」我說。「而且算不了什麼。我不再講這些令人憂鬱的事了，我們來看看能讓我們高興的東西吧。這裡面是珠寶，是我特地爲您帶來的，我想您一定願意親自打開看見它們。」

「這眞是太好了。」她說，可她的語調並沒有表現出應有的興奮。毫無疑問地，只因這些珠寶是歷盡艱險才得到的，基於禮貌，她不得不這樣表示一下。

「多漂亮的箱子啊！」她俯身看著箱子問道：

「它是印度製造的吧？」

「是的，是印度著名的貝拿勒斯金屬工藝。」

「好重啊！」她試著抬了一下箱子，驚叫道：

「恐怕這箱子本身就很值錢呢。鑰匙在哪兒？」

「斯莫爾把它扔進泰晤士河了。」我答道，「我

們必須借用福里斯特夫人的撥火棍用一下。」

箱子前面有一個粗重的鐵環，環表面有一尊佛坐像。我把撥火棍的尖端插在鐵環下作爲槓桿，再用力向上一撬，鐵釦啪的一聲打開了。我用發抖的手掀開了箱蓋，一時，我們倆都被驚呆了——箱子是空的！

這箱子之所以這麼重，是因爲箱子四周都是三分之二英寸厚的鐵結構。它非常厚重，堅固異常，製作也十分精緻。它的構造的確是用來收藏珠寶的，可是裡邊連一點金屬或寶石的碎屑都沒有，完全是空的。

「珠寶已經丟失了。」摩斯坦小姐平靜地說。

聽了她這句話，我明白了她的意思，我靈魂中一個巨大的陰影似乎正在消失。我無法說出這阿格拉珠寶在我心裡是多麼沉重的陰影，而現在終於煙消雲散了。毋庸置疑，我的這種想法是自私、不忠實和錯誤的，可是除了我們倆之間的金錢障礙已經土崩瓦解之外，我還能想別的事嗎？

「感謝上帝！」我失聲流露出內心的高興。

她微笑不解地盯著我。「您爲什麼這樣說呢？」

「因爲你再次回到了我身邊。」我握住了她的手。她沒有把手縮回去。「瑪麗，因爲我愛你，就像一個男人愛一個女人那樣眞切。因爲這些珠寶、這些財富堵住了我的嘴，現在珠寶沒有了，我才能告訴你我是多麼地愛你。這就是我說『感謝上帝』的原因。」

「那麼，我也該說感謝上帝。」我把她攬到身邊時，她輕聲對我這麼說。

不管丟失了寶物的是誰，我知道，那天晚上我得到了一件最珍貴的寶物。

第12章　神奇的故事

那位警官很有耐心地在馬車上等著我，經過了很長一段時間我才重新回到車上。當我給他看了那個空箱子時，他的臉上頓時烏雲密佈。

「這下子連賞金也沒著落了！」他鬱悶地說道。「沒有珠寶也就沒有酬勞。如果這珠寶還在，今晚工作的我和同伴山姆．布朗每人將可以得到十英鎊的獎金呢！」

「撒迪厄斯．舒爾托先生是個有錢人。」我說道，「無論有沒有珠寶，他都會給你們酬勞作爲獎勵的。」

但是，這個警官卻沮喪地搖了搖頭。「這次的案子辦得很糟糕，亞瑟爾尼．瓊斯先生也會這麼認爲的。」

這個警官的預測的確很靈驗，當我回到貝克街把空箱子拿給那位警探看的時候，他的面色異常難看。他們幾個人，福爾摩斯、囚犯和瓊斯也是剛剛才回到貝克街的，因爲他們改變了原本的計畫，在路上先到警署做了報告。福爾摩斯就像平日一樣，無精打采地倚靠在他的扶手椅上。斯莫爾則痲木地坐在福爾摩斯對面，把那條木腿搭在好腿上面。當我把這個空箱子給大家看時，福爾摩斯背靠著他的椅子大聲笑了起來。

「這就是你幹的好事，斯莫爾。」亞瑟爾尼．瓊斯生氣地吼道。

「的確是，我把珠寶藏到了你們永遠也找不到的地方了。」斯莫爾歡喜地叫道，「這些珠寶是我的，如果我拿不到它們，那我就讓所有的人都不能擁有它。我說過，沒有一個活著的人有權利擁有珠寶，除非是在安達曼島的囚犯營的那三個人和我自己。我知道我不能得到它了，而我也知道其餘的三個人也都不能得到，那我就代表他們三人把珠寶處理掉了。這正是我們四個人簽名時所說的：『我們永遠在一起。』當然，我知道他們三人一定也會像我這樣做的，寧願將這些珠寶扔進泰晤士河，也不教珠寶落到舒爾托或摩斯坦的親戚或朋友那裡。我們幹掉阿麥特不是爲了讓那些人發財。你們將會發現珠寶、鑰匙和湯格都在同一個地方。當我看到你們的蒸汽船一定會追上我們的時候，我就把珠寶藏到一個安全的地方去了，所以你們這次的行程是一個盧比也拿不到的。」

「你在欺騙我們，斯莫爾！」亞瑟爾尼．瓊斯厲聲喊道，「如果你想將珠寶都扔進泰晤士河裡，那連同這個箱子一起扔下去不就得了？」

「我扔下去是省事了，但你們事後撈著不也不費力嗎？」斯莫爾狡詐地斜眼看著他，答道：「你們那麼聰明能把我捉到，就一定會從河底把那個鐵箱子撈上來。現在那些珠寶已經散落在長達五英里的河道裡，所以想要把它們都打撈上來可不是件容易的事。我也是下定決心才這麼幹的。當你們追上來的時候，我簡直就要瘋了，但是，悲傷是沒有什麼用處的。我的整個人生有風光的時候，也有淪入谷底的時候，不過我已經學會了不要爲潑灑出去的牛奶而後悔。」

「這是一件相當嚴重的事情，斯莫爾。」偵探瓊斯說道，「如果你能協助法律，而不是像這樣破壞法律，那麼你就有機會得到從寬處理。」

「法律！」這個有過前科的罪犯咆哮道：「多麼完美的法律啊！如果這些珠寶不是我們的，它還會是誰的？可是我卻要放棄珠寶給那些不應當得到它的人，這難道就是公道嗎？你們看看我是怎樣把珠寶得到手的！漫長的二十年哪！我在那流行黃熱病的沼澤中住著，白天在紅樹林裡做苦工，夜晚被鐵鏈鎖在骯髒的棚子裡，被蚊蟲叮咬著，被瘧疾折磨著，被每個喜歡拿白種人發洩的黑臉獄卒恐嚇和凌辱，這就是我爲了得到阿格拉珠寶所付出的代價，然而你們卻要和我講什麼公道。難道就因爲我不肯把我歷盡艱難而得到的東西拿去給別人享受？我寧可一次次地被絞死，或是被湯格的毒刺射中，也不甘心活在監牢裡，而讓另一個人拿著應當屬於我的錢去逍遙享樂！」

此時的斯莫爾已經取下了沉默寡言的面具，無法控制地說出了這番話。他的兩隻眼睛像是燃燒著熊熊烈火，手銬因爲他的激動而嘩嘩作響。看到他這樣憤怒和衝動的神情，我終於理解了舒爾托少校爲什麼一聽到這個受過傷的囚犯越獄的消息時會如此驚慌失措，這是其來有自、可以說是相當自然的反應。

「你似乎忘了，我們一點也不瞭解這些事情。」福爾摩斯平靜地說道，「我們從來沒有聽過你的故事，所以也就無法從你的角度看這法律是否合理。」

「是的，先生，還是您對我比較公平。儘管是您爲我戴上了手銬，但是我並不怨恨，我應當感謝您，這都是公正而光明磊落的。如果您願意傾聽我的故事，我是不會隱瞞的。我所要說的每個字都是眞話。謝謝您，請您給我一杯水，就放在我的身旁，這樣我口渴的時候就可以喝點水。

「我出生在烏斯特郡附近的波舒爾。如果您願意去看一看，我相信您會發現現在仍然有很多斯莫爾家族的人住在那裡。我經常想回去看看，但是我在家族中向來聲譽很差，所以我懷疑他們未必高興見到我。他們都是虔誠的教徒，雖然都是小農小戶，但在鄉里卻很受人們尊重，而我卻是個流浪漢。在我十八歲那年，因爲與一個女孩的戀愛出了問題使我不能留在家裡，我只好另外尋找出路。那時正好步兵三團準備前往印度，於是我就入了伍，成爲拿皇家軍餉的軍人。

「但是，我的軍旅生涯注定不能長久。在我剛剛學會鵝步操和使用步槍的時候，我就愚蠢地到恆河裡游泳。一條鱷魚在我游到河中央時，像外科醫生做手術一樣乾淨俐落地把我膝蓋以下的整個小腿都咬了去。對我來說幸運的是，我們連隊的長官瓊．侯德當時也在河裡，他可是一個游泳能手。由於驚嚇過度和失血過多，我昏了過去，如果當時侯德沒有把我抓住拖回岸邊的話，我就淹死了。後來我在醫院裡休息了五個月，最後他們爲我裝上了這個木腿，讓我可以這樣跛著走路，但這也表示我成了殘廢。因爲殘廢，我被開除了軍籍，並發現自己從此以後很難勝任活動性強的工作了。

「你們可以想像得到那時我的運氣是多麼的糟糕，我是一個沒有用的殘廢，而那時我還不到二十歲。但是塞翁失馬，焉知禍福。有一位名叫阿勃．懷特的人剛剛來到印度經營種植園，他正在找一個人幫助他監督種植園的苦力們的工作。恰巧的是，這個園主是我原來上校的朋友。可以說自從我出了那次意外後，我的上校一直在竭力幫助我；換句話說，就是他向這個人極力地推薦我。

「因爲這個工作大部分時間在馬背上，而我的大腿還夾得住馬肚子，所以我的殘廢對於這

個工作並不會有任何障礙。我所要做的就是騎著馬在種植園裡來回巡視，緊緊盯著那些做苦役的人們，把偷懶者的情況隨時報告給園主知道。這份工作的報酬很不錯，一切都是那麼舒適；總的來說，我已經打算把我的餘生都放在這個種植園裡。園主阿勃·懷特先生是一個和藹可親的人，他經常到我的小木屋來和我一起抽菸聊天，因爲在那裡，白種人不像這裡的人一樣彼此之間都互相關懷。

「當然，我的幸運之路總是那麼短暫。突然有一天，在沒有一點徵兆的情況下，動亂爆發了。一個月前，全印度的人們還在平靜安詳中度日，就像薩里郡或者肯特郡那樣。而到了下個月，有二十多萬名奴隸掙脫了束縛，把整個印度變成一個人間地獄。當然，這些事你們幾位肯定在報紙上都看過了。先生們，也許你們比我這個文盲知道得還多呢。我所知道的事情都是我親眼所見的。我們的種植園位在靠近西北數省邊境的一個叫作穆特拉的地方，當地的天空都被房屋燃燒的火焰夜以繼日地照得通明。每天都有小部隊的歐洲士兵保護著他們的妻兒，路過我們的種植園前往最近駐有軍隊的阿格拉去避難。

「園主阿勃·懷特先生是一位很固執的人，他總認爲這些兵變的消息太誇張了，認爲不久就會平息下去，於是他仍然坐在涼臺上喝著威士忌、抽著雪茄，然而四周早就狼煙四起了。當然，我和一個管帳的道森先生及他的太太都對他忠心耿耿。好的，有一天事情眞的發生了。那天，我去遠處的一個種植園辦事，傍晚時我慢慢地騎著馬回家。突然，我的目光被險峻的峽谷谷底上的一團東西吸引住了，我騎著馬下去看個究竟；當我發現那正是道森的妻子時，我不禁膽戰心寒。她被人切成了一條條，而且已經被豺狼和野狗吃去了一半。在不遠的地方我又發現了趴在地上的道森，他也死了，手中握著已沒有子彈的步槍，還有四個印度兵的屍體互相壓在一起倒在他前頭。

「我勒緊馬韁，眞不知道該往什麼地方去才好。就在那時，我看見了一股濃煙從園主的房子裡冒出來，大火也直衝屋頂。我知道如果現在趕過去救主人毫無用處，只會送上自己的性命，所以我只能站在原地，眼睜睜地看著上百個穿著紅衣服的黑奴圍在那正在燃燒的房子周圍，手舞足蹈地跳著、號叫著。他們當中有幾個人指了指我這邊，接著就有兩顆子彈從我頭頂掠過，於是我掉轉馬頭向稻田裡狂奔過去，直到深夜才逃進了安全的阿格拉城。

「但是，阿格拉事實上也不是個安全的地方，整個國家的人民都變得好似一群馬蜂。在英

國人集中的地方，他們只能夠靠爲數不多的槍支控制不大的區域，而其餘地方的英國人都成了需要幫助的逃亡者。這是一場幾百萬人對幾百人的戰爭，然而最殘酷的事實是，我們的敵人不論是步兵、騎兵還是砲兵，都是以往受過我們訓練的精銳戰士，他們所使用的武器也是我們的，就連軍號的調子也和我們一樣。在阿格拉駐有孟加拉第三火槍團，其中有些印度兵、兩隊騎兵和一個砲兵連，另外還成立了一支志願軍，是由政府的工作人員和商人組成的。我雖然裝著木腿，也還是參加了。七月初我們在沙根吉迎擊叛軍，並且一度將他們擊退了，但是因爲我們的糧食吃完了，便退回城裡。

「此時從四面八方傳來的只有最壞的消息。你不用感到驚奇，因爲只要你看一看地圖，就能發現我們就在叛亂的正中心。拉克瑙就在相距一百多英里的東方，康普城在相距甚遠的南方，從任何一個角度看來，這裡沒有別的，只有折磨、殘殺和暴力。

「阿格拉是個很大的城市，聚集著來自四面八方、各式各樣古怪又狂熱的魔鬼信徒。少數英國人常在狹窄而彎曲的街道裡失蹤，於是我們的長官就調動軍隊渡了河，在河對面一座古老的阿格拉城堡裡建立了營地。我不知道你們幾位先生當中有沒有人讀過或是聽說過有關這個古堡的事情？這是一個十分怪異的地方，我生平雖然到過不少稀奇古怪的地方，但這是我有生以來見過最怪異的一個地方。

「首先，這座城堡的面積很大，我想它大概佔地幾英畝。有一塊年代看起來較近的地方容納了我們整個軍隊、婦女、兒童、儲備和其他所有的東西都還有多餘的空間，但是這部分大小遠比不上古老的那一部分；沒有人願意到古老的城堡那邊去，因爲蠍子、蜈蚣都盤踞在那裡。舊城堡中都是荒廢破敗的大廳和蜿蜒曲折、進進出出的走廊，走進去的人很容易迷失方向。就因爲這個原因，很少有人到舊城堡裡去，不過也有拿著火把的人們結伴進去探個究竟。

「舊城堡的前面有一條小河流過，形成了天然的護城河，但是城堡的兩側和後面有許多門，這裡有人把守著。當然，在舊城堡那裡也有我們的駐軍把守。不過我們的人數太少了，絕對不可能照顧到城堡的每一個角落和用上所有砲位，因此，我們在這無數的門中選擇了幾個讓我們強壯的戰士去把守。我們想辦法在城堡中央建立了一個守衛中心，並在每一處堡門由一個白人帶領兩三個當地人把守。我被選中在每天夜裡的一段固定時間內，負責把守城堡西南側的一扇孤立小門，在我指揮之下的是兩個錫克教士兵。我接受的命令是：如有危急情況就立即放槍，守衛中心馬上就會有人來支援。但是我的崗位離城堡的守衛中心足足有二百多步遠，之間還隔著一條條如同迷宮般蜿蜒

曲折的長廊和甬道。我很懷疑在受到襲擊的情況下，援軍能否很快趕到這裡。

「我自覺榮耀的是，他們竟然讓我當一個小頭目，因爲我是一個新入伍的士兵，又是個殘廢的人。我和我的兩個來自旁遮普省的印度兵把守了兩個夜晚的城堡門。他們全是高個子，長相都很兇惡，馬霍米特·辛格和愛勃德勒·卡恩是他們的名字。他們都是久經沙場的老將，並且都曾在齊連瓦拉戰鬥中跟我們交過手。他們的英語都說得很好，但是我和他們很少說話。他們兩個人老是喜歡在一起，整夜用那奇怪的錫克語說個不停。而我則常常是一個人站在城堡門外，望著下面那條寬闊而彎曲的河流，和遠方大城市裡不時閃爍的燈火。鼓的敲擊聲、印度銅鑼的聲音和抽足了鴉片的叛軍咆哮喊叫，整夜都在提醒著我們，不要忘記那些住在河對面相當危險的鄰居。每隔兩個小時就會有值夜的軍官到整座城堡的各個哨位巡查一次，以確保一切正常。

「我站崗的第三天夜裡，天空昏暗，下起了小雨，像這樣的天氣站在哨位上連續幾小時確實是件很鬱悶的事情。我多次試著與那兩個印度兵交談，但是都失敗了，他們還是不愛理我。在淩晨兩點鐘的時候，巡查的軍官過去了，稍微打破了這一整夜的疲倦。我發覺我的同伴還是不肯和我談話，我就掏出菸斗來，把步槍放下，又劃了一根火柴。就在這時，這兩個印度兵衝到了我的身旁，其中一個人一把奪過我的步槍，並把槍眼對準了我的腦袋；此刻另一個人拿著一把大刀架在我的喉嚨上，還咬牙切齒地說我若敢動就把刀子插進我的喉嚨裡。

我當時的第一個想法是他們一定和那群叛軍是一夥的，而這也只是他們襲擊的開始。如果我們的城門落入了他們手裡，這整座城堡都會淪陷，城堡中的婦女和孩子將會受到和康普城一樣的待遇。也許你們幾位會認為我在信口開河，但是我可以對我當時的想法發誓，雖然我感覺得到刀尖就抵在我的喉嚨上，我還是張開了嘴想要大叫一聲，即使那將是我最後一聲，但它也許能讓警衛中心聽到。那個用刀抵著我的人似乎看出了我的想法，正當我要叫出聲的時候，他對我低語道：『不要出聲，城堡現在很安全，河這邊沒有叛軍。』他的話聽起來不像是假的。我心裡很清楚，要是我提高嗓門的話，就會立刻變成一個死人。我好像可以從這傢伙棕色的眼珠裡讀出什麼，於是我就安靜地等著，看看他們到底想把我怎樣。

「『請聽我說，閣下。』他們中間那個個子比較高，又比較兇的，他們都叫他愛勃德勒·卡恩的人對我說道：『你現在有一條路是和我們合作，另一條路就是讓你永遠沉默。事關重大，我們誰也不能猶豫太久。請你用你的心和靈魂向上帝起誓要和我們在一起，否則你的屍體將在今晚被扔到河溝裡，然後我們到叛軍弟兄那邊去報到。沒有其他路可以選擇。你要選擇哪一條路，死還是生？因爲時間倉促，我們只能給你三分鐘考慮，在下次巡邏到來之前我們必須搞定。』

『我要怎麼做出決定呢？』我問，『你們還沒有告訴我這到底是怎麼回事呢。但是我告訴你們，如果威脅到城堡的安全，我是絕不會與你們合作的，那就請你給我一刀，我樂意接受！』

『這件事絕對和城堡無關。』他說道，『我們要做的事情和你們英國人到印度來追求的目的是一樣的。我們想讓你富有，如果你在今晚加入我們，我們就會以過往三倍的誓約在這把刀面前對你發誓；從來沒有一個錫克教徒違反過誓言，而且你將平等地得到你那份珠寶。有四分之一的珠寶將歸你所有，可以說不會再有比這更公道的作法了。』

『但那是什麼珠寶啊？』我問道，『如果你們告訴我應該怎樣做，我想我是願意和你們一起發財的。』

『那麼你就發誓吧！』他說道，『以你死去父親的屍骨，以你死去母親的名義和你的宗教信仰發誓絕不會做不利於我們的事，不說不利於我們的話，從現在開始直到永遠。』

『我以這些發誓！』我答道，『只要你們不會威脅到城堡。』

『那麼我的同伴和我發誓，我們將會公平地把這份珠寶分成四份，你將會得到這珠寶的四分之一。』

『但是我們只有三個人呀。』我說道。

『不是的。多斯特·阿克勃爾必須分得他的那一份。在我們等他的時候，我可以把這個故事告訴你。請你站在門那邊。馬霍米特·辛格，當他們來的時候通知我們。事情是這樣，先生，我之所以告訴你是因爲我知道歐洲人向來遵守誓言，我們可以相信你。如果你是一個習慣說謊的印度人，無論你怎樣向任何一個神用你的假誓言發誓，你的血也會沾染到我的刀子上，你的屍體仍會被扔進河裡。但是我們錫克教的人信任英國人，英國人也信任我們，那就言歸正傳聽我說吧。

「在我們的印度北部有一個王侯，雖然他的領土很小，財產卻很豐富。一大部分是從他的父親那裡繼承的，另一部分則是他自己弄來的。他把財產看得比自己的命還重要，而且他喜歡把它們都儲藏起來而不是花掉。當戰亂開始以後，他既是獅子的朋友，又做老虎的朋友，也就是說在英國人和印度人之間周旋。不久這王侯聽說白人慘遭屠殺，便一邊附和著叛軍對付白人，一邊又在爲自己尋找退路。作爲一個考慮周全的人，他想出了一個計畫，無論怎樣，始終會有一半的財產得以保全。

「他把所有的金銀都放在宮中的保險櫃裡，而寶石和上等的珍珠他則另放在一個鐵箱子裡，讓他最忠實的僕人扮成商人的隨從，帶著它們來到阿格拉城堡隱藏起來。因此，如果叛軍勝利的話，他們就將擁有這些金銀錢幣；但若白人獲勝了，金錢就會失去，不過還有鑽石珠寶在手裡。他照這樣劃分財產以後就加入了叛黨，因爲在他的邊界上有著很強大的叛軍力量。您想想，先生，他的財產是不是應當屬於忠貞不渝的那些人呢？

「這個僞裝成商人的人化名叫阿麥特，他現在就在阿格拉城內。他想得到那些珠寶並打算潛入城堡，他的夥伴是我的同盟兄弟多斯特·阿克勃爾，他知道他的秘密。多斯特·阿克勃爾已經和我們約定今晚會把他從城堡門帶進來，根據他的要求，他選擇了我們把守的這個門。一會兒他們就要來了，他將在這裡找到我和馬霍米特·辛格。這個地方十分幽靜，沒有人會注意到他們的到來。在這個世界上再也沒有阿麥特這個商人，而王侯的珠寶就要被我們幾個人分了。關於這個計畫您有什麼想說的嗎？先生。』

「在伍斯特爾郡，一個人的生命被看得相當偉大和神聖，但是，當戰火和鮮血圍繞在你身邊時，一切都會大不相同了，你有可能與死神多次擦肩而過。這個商人阿麥特是生還是死對我來說是無所謂的，但是當提到那批珠寶時，我動心了。我想如果我能將這筆財富帶回老家，當鄉親們看到我這個從來沒有好名聲的人帶著滿口袋的金幣回來時，會怎樣地瞪大眼睛看我。因此，我下定了決心，但是愛勃德勒·卡恩以爲我還在猶豫，又對我緊逼了一句。

「『請您再考慮一下，先生。』他說，『如果這個人被指揮官捉到的話，一定會被絞死或開槍打死，然後他的珠寶將歸政府充公，那樣的話誰也得不到一個盧比。這些珠寶足夠使我們每一個人變成很富有的人。沒有人會知道我們的事情的，我們在這裡斷絕了和所有人的聯繫。您看還有比這個打算更好的嗎？請您再說一次，先生，您是否願意和我們合作，還是我們必須把您當作我們的敵人？』

「『我的心靈與你們同在。』我說。

「『那太好了！』他說，把我的槍還給了我，『我們現在相信你，因爲你的誓言和我們的一樣，永遠不會更改。我們現在只消耐心等待我的盟弟和那個商人。』

「『那麼，你的盟弟知道你的計畫嗎？』我問道。

「『這個計畫就是他策劃的。我們現在回門口去，陪著馬霍米特．辛格一同站崗去吧。』

「當時雨仍不停下著，因爲那時正是雨季的開始。棕色濃密的雲彩飄浮在天空中，即使只是一箭之隔也很難看清對方是誰。深深的護城河躺在我們門前，但是這河裡的水有些地方幾乎都乾涸了，很容易就能走過來。很奇怪，我竟會和兩個錫克教的人站在那裡，靜靜地等待那個前來送死的人。

「突然，我的眼睛被護城河對岸的一點忽隱忽現的燈光吸引住了，它一會兒在堤前消失，不久又重新閃現，並向我們的方向緩緩走來。

「『就是他們！』我叫道。

『你要像平時那樣盤問他，先生。』愛勃德勒輕輕地說道，『但是不要嚇唬他。然後把他交給我們，我們自有辦法。請你待在這裡守衛。你把燈預先準備好了，我們必須確定他就是那個人。』

「那燈光在一閃一閃地向前移動，時而停下時而前進，直到我看見有兩道黑影到了護城河的對岸。我等他們走到河底，從積水中爬上岸來到了門口，才壓低聲音問道：『你們是誰？』

『是朋友。』一個人應聲答道，我用我的燈照了照他們。前面的人是個錫克教徒，黑黑的鬍鬚幾乎長過腰帶，我從來沒有看過這麼高的人。另外一個人是個胖得圓溜的傢伙，戴著一個黃色的大包頭，手裡還拿著一個用披肩包裹著的東西；他似乎害怕得全身在顫抖，抽動的手好像得了瘧疾一樣。他那雙閃閃發亮的小眼睛忍不住東張西望，就像是一隻冒著生命危險出入洞口的老鼠。想到要殺死這樣一個人讓我不禁有些不忍心，但是一想到珠寶，我的心就如同鐵石一樣堅硬。他看見我是個白人，不禁欣喜地朝我跑了過來。

『請保護我，先生。』他氣喘吁吁地說道，『請你保護我這個不幸的商人阿麥特吧。我從拉吉普塔納來阿格拉碉堡避難。我曾經被搶劫、鞭打和虐待，因爲過去我是你們的朋友。在這個幸運的夜裡，我和我那可憐的財產又得到了安全，眞是感謝主的保佑啊。』

『你的包裹裡是什麼？』我問道。

『一個鐵箱子。』他答道，『裡邊有一兩件對其他人來說不值錢的東西，但是是我們家的祖傳，我捨不得扔掉它。我不是個乞丐，如果您的長官能允許我住在這裡的話，我一定會對您，年輕的先生，多少給一些酬勞的。』

「我不敢再和他說下去了。我越是看他那張驚魂未定的小胖臉，就越是不忍心這麼冷血地把他殺死。倒不如乾脆早點把他了結掉算了。

『把他押到總部去。』我命令道。那兩個印度兵就一左一右緊緊地夾住他進了黑黑的門道，高個子跟在後面。我從來沒有見過像這樣一個被死亡重重包圍著的人。我拿著燈留在大門外。

「我能夠聽見他們穿過寂靜的走廊時的腳步聲。突然，腳步聲停止了，隨即傳來的是打鬥的聲音，還混雜著重重的喘氣聲。一會兒，讓我大吃一驚的是，一個人快步如飛地向我這邊跑來。我把燈伸向走廊裡仔細一看，原來是那個小胖子，他的臉上滿是鮮血，跑得上氣不接下氣；緊緊追在他後面的那個大個子錫克教徒就像是一隻猛虎，手裡拿著刀在胸前晃動著。我

從來沒見過像這個商人跑得那麼快的人。

「大個子眼看就追不上了，我知道如果他從我這裡跑到門外，他就能活命了。我有些憐憫這個人了，但是轉念一想到他的珠寶，我又堅定了信念，硬起心腸來。當他跑到我跟前時，我就用我的步槍向他兩腿之間橫掃過去。他如同一隻被射中的兔子，一連滾了兩個跟頭。還沒等他站起來，那個錫克教徒就衝了上去，在他的肋上插了兩刀。他沒有一聲呻吟，也沒有抽搐，就躺在地上不動了。我想可能是他在摔倒的時候就扭斷了脖子。你們看，先生們，我恪守了我的誓言。完完全全地把這件事情的經過都告訴你們了，就如同它剛剛發生的一樣，不管它會不會為我帶來麻煩。」

說到這兒他停了下來，伸出戴著手銬的手去拿福爾摩斯為他調製的加水威士忌。就我而言，我承認我能夠想像得到這個人有多麼兇殘，不僅僅是因為他對做過的事情所表現出來的冷血，而是從他所敘述的這個故事來看，他是那樣的心不在焉。無論將來對他的懲罰會是什麼，他從我這裡是不會得到同情的。夏洛克．福爾摩斯和瓊斯都坐在那裡，雙手放在膝蓋上，對這個故事表現出極大的興趣，但是他們的臉上也顯示出了同樣厭惡的表情。斯莫爾也許已經看出來了，因為當他繼續往下說的時候，聲音和動作有了一種抗拒的感覺。

「毫無疑問地，整件事情糟糕透了。」他說道，「我很願意知道究竟有多少人不想處在我這個位置，寧願被割破喉嚨也拒絕分享他那些珠寶？另一方面，當他一進入城堡時，我和他之間必須死掉一人就成了事實。如果他跑出城堡，整件事就會敗露，我就要受到軍事法庭的判決而被一槍打死；因爲，在那樣的時刻，人們是不會對你寬大的。」

「請繼續往下講你的故事。」福爾摩斯打斷他的話。

「當然，愛勃德勒・卡恩、多斯特・阿克勃爾和我把他的屍體抬了進去。他是一個相當重的傢伙，別看他那麼矮小。馬霍米特・辛格則留在門外把守著。我們把他抬進了這幾個錫克教徒事先準備好的地方。這個地方距離城堡門有一段距離，一個彎曲的走廊把我們引進了一間空的大廳。這裡的磚牆都已經破碎不堪，地板上有一個坑可以當成天然的墓穴，所以我們就把商人阿麥特的屍體放在坑裡，然後用碎磚把他掩埋好。事情辦妥後，我們就回去看珠寶了。

「這個鐵箱子還放在阿麥特第一次被襲擊的地方，箱子也就是現在打開放在桌子上的那個，箱子的鑰匙則用絲繩繫在蓋上的雕花提手上。我們打開了箱子，我手中的燈將箱內的珠寶照得閃閃發亮，這些珠寶就如同我童年在波舒爾時在故事裡讀過後所想像的一模一樣。我們盯著這些令人目眩的珠寶，瞠目結舌。

「當我們大飽眼福之後，就開始動手對珠寶列了一張清單。這個箱子中有一百四十三顆上等鑽石，我相信還包括一顆叫作『大摩格爾』的鑽石，據說這是現今已發現的世界上第二大鑽石。還有九十七塊精美的翡翠，一百七十塊紅寶石，其中有些比較小。另外，還有四十塊紅水晶，二百一十塊藍寶石，六十一塊瑪瑙，還有許多的綠寶石、瑪瑙、貓眼石、土耳其玉，以及那時我連名字都不知道的其他寶石，但是後來我就漸漸地熟悉了它們。除此以外，還有三百多顆上等的珍珠，其中有十二顆珍珠是鑲在一條金項鍊上的。順便說一下，當從龐帝凱瑞別墅拿回寶箱的時候，我做了清點，除了缺少這條項鍊外，其餘的都還在。

「我們清點過這些珠寶後，又把它們放回了箱子，拿到門外給馬霍米特．辛格看了一遍，然後我們又鄭重地重新發誓我們要團結一致嚴守這個秘密。我們決定把珠寶先藏到一個安全的地方，直到整個大環境恢復和平後再來平均分配它們。當時要是把贓物分了是沒什麼用處的，因爲珠寶的價值都很昂貴，如果在我們身上被發現了，肯定會引起別人的懷疑，而且在城堡當中我們沒有私人的住所，也沒有可以隱藏它們的地方。因此，我們把箱子拿到了埋著屍體的那間屋子裡，從最完整的一面牆上拆下幾塊較結實的磚來。我們挖了一個洞，把箱子放了進去。第二天我畫了四張地圖，每個人各一張，分別在地圖的下面都簽上我們四個人的名字作爲標記。我們發誓，從此以後我們每一個人的舉動都代表四個人的利益，所以不能有人私吞珠寶，這就是我們的誓言；我把我的手放在心口上，我從來沒有違反過這個誓言。

「好啦，我想至於印度兵變的結果如何，也用不著我再來告訴你們幾位先生了。在威爾遜佔領了德里，考林爵士收復了拉克瑙以後，叛亂就被瓦解了。新的軍隊紛紛駐紮進來，納諾．薩希布逃到了國外。一個快速部隊在格雷瑟德上校的帶領下包圍了阿格拉，把叛軍趕出了那裡。和平的氛圍似乎在全國各地慢慢恢復了，我們四個人也開始憧憬即將到來的和平時刻，我們就可以分享我們的戰利品了。但是一眨眼的工夫我們的希望就完全破滅了，我們因謀殺阿麥特的罪名全都被逮捕了。

「事情是這樣的，因爲那王侯信任阿麥特，才把珠寶交到了他手裡，但是東方人的疑心很重，那王侯又派了一個更信任的僕人跟在後面暗查阿麥特的行動。第二個僕人從來沒有讓阿麥特脫離自己的視線，就像阿麥特的影子一樣跟著他。那天晚上他也在後面跟著阿麥特，眼看著他走進了城堡門。當然，他認爲阿麥特會在城堡內找個安全的地方把珠寶妥當放好，然後第二天進入堡內去查看，但是他找不到阿麥特的蹤跡。

「他認爲這件事情有些蹊蹺，便和守衛的班長談了，班長又向司令官做了報告；因此沒多久一次徹底的搜查開始了，屍體被發現了。在我們還自以爲安全的時候，我們四個全部以謀殺的罪名被捕，因爲我們有三個人是當晚的守衛者，其餘一人是和被害者一起來的。在審訊當中沒有人提到那珠寶，因爲那個王侯已經被免職並且被驅逐出了印度，所以沒有人對珠寶有直接的興趣。但是這起謀殺案被查了個水落石出，並且判定我們四個人與此案有密不可分的關係。三個印度人被爲終身奴役，而我被判了死刑，後來我的判決得到減刑，就和他們一樣了。

「我們發覺自己處在一個相當奇怪的位置。我們四個人都被綁住了腿，想要再次恢復自由應該是機會很渺茫了，但是我們四個人仍然保守著這個秘密，只要我們能夠得到珠寶，每個人都能成爲富翁。最讓人無法忍受的就是明明知道那些珠寶就放在外面，但還是不得不吃著粗糧、喝著冷水，忍受獄卒的拳打腳踢和凌辱。這簡直快教我發瘋了，不過我是一個性格倔強的人，仍然盡我所能地忍受這一切，等待著時機。

「最終，時機似乎是眞的來了。我由阿格拉被轉押到馬德拉斯，又從那裡被轉到了安達曼群島的佈雷爾島。那島上只有極少的白人囚犯，從一開始我就表現得很不錯，不久我就發現自己享有了特權。我在哈里厄特山麓的好望城裡有了一間自己居住的小茅屋，十分自在。這是一個幽靜安謐但卻蔓延著可怕熱病的地方，並且在空曠的地區有著不少食人的野人部落，他們一有機會就會向我們射出毒刺。在那裡，我們整天忙於開荒、挖溝和種植洋芋，只有在晚上才有一點自己的時間。此外，我還學會了爲外科醫生調配藥品，也就零零散散地瞭解了一些醫藥知識。一直以來我都在尋找逃生的機會，但是這裡離任何一個大陸都有幾百英里之遙，而在附近的海面上幾乎沒有什麼風，所以，想要從這裡逃走眞是難上加難。

「有個外科醫生叫薩莫頓，他是一個活潑而喜歡運動的小夥子，其他的年輕軍官也喜歡每天晚上到他的屋子裡去玩紙牌。我用來配藥的外科手術室和他的客廳只有一牆之隔，還有一個小小的窗戶通著。每當我感到寂寞的時候，我就會把手術室裡的燈熄滅了，然後站在窗前；我可以聽得到他們的談話，也能看見他們在玩牌。我自己本來也喜好玩牌，在旁邊看著他們玩也很過癮。那裡經常有舒爾托少校、摩斯坦上尉和布羅姆利．布朗中尉，他們是指揮本土軍隊的，還有就是醫生本人；此外，還有兩三個官方的監獄長。看得出這幾個官員都是狡猾的玩牌老手，他們的賭技都很精湛。他們幾個人湊在一起就很熱鬧。

「不久就有一件事情引起了我的注意，就是每次賭錢的時候總是軍官們輸，而監獄長們總是贏。其實我並不是說這有什麼不公正，但事實就是這樣。這些監獄長們自從來到了安達曼群島後，終日無所事事，就天天拿玩牌來消磨時光，時間長了技術自然也就精湛了。而這些軍官們本身技術就不好，所以只要一賭肯定就得輸，於是他們就越來越著急，總是把賭注下得很大。一夜一夜的過去後，軍官們變得一天比一天窮，可是他們輸得越多卻越玩得興起。其中以舒爾托少校輸得最多，最初他還是用錢幣鈔票來賭，可沒有多久他就只好用期票代替了。他有時稍微贏一點兒，膽子一大，隨後就比以前輸得更多了。從早到晚他的臉就好像是黑雲密佈、愁眉不展的，不斷借酒澆愁。

「一天晚上，他輸得比往日更多。當他和摩斯坦上尉賭博回來經過我這裡時，我正在茅屋裡乘涼。他們兩個人是情同手足的好朋友，整日形影不離。這位少校正在抱怨他輸了很多。

「『一切都完了，摩斯坦。』當他經過我的茅屋門口時和上尉說道，『我可能要辭職了，我是一個無藥可救的人。』

「『別說廢話，老兄！』上尉拍著他的肩膀說：『我也曾有過比你更糟糕的情況呢，但是……』這些是我聽到的全部，可是，這已經夠讓我動腦筋的了。

「兩天以後，舒爾托少校正在沙灘上散步的時候，我就乘機過去和他說話。

「『我想向您請教一下，少校。』我說道。

「『當然，斯莫爾，怎麼了？』他問道，並拿出了他嘴裡的雪茄。

「『我想問您，先生。』我說，『如果我有一些埋藏的珠寶，我應該交給誰比較合適呢？我知道一批價值五十萬英鎊的珠寶的埋藏地點。我自己不能使用它們，我想最好還是把它們上繳給有關當局，也許他們會縮短我的刑期呢？』

「『五十萬英鎊，斯莫爾？』他屏住呼吸，兩眼死死地盯著我，想看我是否在說眞話。

「『的確是的，先生，全是珠寶，它們就放在某個地方。可是這個寶藏的眞實主人是一個逃犯，他無法得到這些珠寶，所以它屬於任何捷足先登的人。』

「『應當上繳給政府，斯莫爾。』他結結巴巴地說道，『交給政府。』他的語氣並不堅定，而我心裡相當清楚，他已跳進了我的陷阱裡。

「『您想想，先生，我應該把這個情況報告給總督知道嗎？』我平靜地問道。

「『這個……這個……你先不要忙，否則你會後悔的。就讓我來聽聽整個事情的經過吧。斯莫爾，請你告訴我實情吧。』

「我把全部故事都告訴了他，只是做了點小小的改變，以至於他無法確認珠寶的地點。當我說完了以後，他呆呆地站在那裡沉思了很久。我可以看到他的嘴唇在抽動，這說明他的心裡正在進行著一場激烈的思想鬥爭。

『這可是一件非常重大的事情，斯莫爾。』他最後說道，『你就不要再對任何人透露一點風聲了，沒多久我就會告訴你應該怎麼辦的。』

「兩個晚上過去了，他和他的朋友摩斯坦上尉在深夜裡拿著燈來到了我的小屋裡。

「『我想讓摩斯坦上尉親自來聽你講那個故事，斯莫爾。』他說道。

「我就按照我以前所說的重複了一遍。

「『這聽起來是眞的，啊？』舒爾托說，『値得爲此行動嗎？』

「摩斯坦上尉點頭表示同意。

「『你聽，斯莫爾。』舒爾托說，『我和我的朋友已經研究過了，我們認爲這個秘密屬於你個人，政府是管不著的，畢竟只有你有權處理自己的私事。現在的問題是你想要多少作爲代價呢？假如我們能夠達成共識，我們也許會同意幫你辦理此事。』他在說話時盡力表現出冷靜不在乎的樣子，可是他的眼睛中卻閃出

了興奮和貪婪的光芒。

「我故作鎮靜，心裡卻也是同樣激動。我說：『先生們，說到代價嘛，以我的處境只有一個條件，就是我希望你們幫助我和我的三個朋友得到自由，然後才能加入你們的行列。我會以五分之一的珠寶作為對你們兩人的報答。』

『哼！』他哼道，『五分之一？沒什麼吸引力了！』

『你們每個人能得到五萬英鎊呢！』我說。

『可是我們怎麼讓你們恢復自由呢？你們知道，你們的要求是不可能實現的。』

『這個並不難。』我回答，『我已再三考慮了每個細節，唯一的困難就是我們逃離時沒有一艘適用的船和足以維持航程的乾糧。在加爾各答或馬德拉斯，有的是適用的小快艇和雙桅快艇。只要你們弄到一艘船，我們在夜裡上了船，就能把我們送到印度海岸的任何一個地方，你們就算完成任務了。』

『如果只有你一個人就好辦啦。』他說。

『少一個就不行！』我答道，『我們已經發過誓，四個人生死不渝。』

『摩斯坦，你看。』他說，『斯莫爾是個講信用的人，他不會辜負朋友的，我們可以相互信任。』

『真是一筆骯髒的交易。』摩斯坦回答，『不過就像你說的那樣，這筆錢可真能解我們的燃眉之急呢。』

「『好吧，斯莫爾。』少校說，『我想我們只好同意了，但我們要先試一試你的話眞實與否。你告訴我藏寶箱的地方，當定期輪船來的時候，我會請假到印度去調查一番的。』

「『先別忙。』他越是著急，我就益發冷靜。我說：『我必須先徵得我那三個夥伴同意。我告訴過您必須是四個人都同意，而不是一個人。』

「『豈有此理！』他插言道，『我們的協議和那三個黑鬼有什麼關係？』

「『黑的藍的無關緊要。』我說，『我和他們有過約定，必須一致同意才能進行。』

「在第二次見面時，馬霍米特．辛格、愛勃德勒．卡恩和多斯特．阿克勃爾全都來了。經過再三協商，最後我們做出了安排。我們把阿格拉碉堡的藏寶圖分別交給了兩個軍官，那圖上標有藏寶的那面牆。舒爾托少校將去印度調查這件事。他如果找到了那個寶箱，不能把它拿走，反而必須派一艘小快艇到羅特蘭德島來接我們逃走。同時，舒爾托少校要返回軍營，然後摩斯坦上尉請假到阿格拉與我們會合。我們將在那裡平分珠寶，舒爾托少校的那一份由摩斯坦上尉代領。所有這些都是我們以能想到和說得出的誓言，用最莊重的方式約定的。我們保證共同遵守，永不反悔。我在燈下用了一個通宵的工夫畫了兩張藏寶地圖，每張圖下面簽上了四個名字——馬霍米特．辛格、愛勃德勒．卡恩、多斯特．阿克勃爾和我自己。

「先生們，我冗長的故事恐怕讓你們厭倦了吧？我知道，我的朋友瓊斯先生一定急於把我送到拘留所才會安心。我儘量簡短地講。舒爾托這個壞蛋跑到印度就再也沒回來，不久，摩斯坦上尉把一張從印度返回英國的郵輪的旅客名單給我看了，當中就有舒爾托的名字。他的伯父死後留給他一大筆遺產，因此他離開了軍隊；然而，他居然卑鄙地欺騙了五個人。很快地，摩斯坦就去了阿格拉，像我們預料的那樣，珠寶果然已經沒有了。

「這個惡棍沒有履行我們向他出賣秘密的諾言，竟將珠寶全部獨吞了。從那時起，我只爲了報仇而活著，我日夜想著這件事。憤恨令我走火入魔，顧不得法律或絞刑架了。我要逃走去追尋舒爾托的蹤跡，用我的手掐斷他的咽喉，這是我唯一的宿願。在我心中，阿格拉珠寶與殺死舒爾托的念頭比起來就顯得微不足道了。

「我這一生曾有過不少的志願，沒有哪個不能實現。但是，等待時機的這幾年卻讓我難以忍受。我對你們講過，我掌握了一點醫藥知識。一天，囚犯們從樹林中帶回一個安達曼群島的小孩，他因爲病重而在一個偏僻的地方等死。此刻薩莫頓醫生因發高燒而躺在床上。我把這小孩抱在手上，雖然知道野人像蛇一樣狠毒，我還是照顧了他兩個月，直到他能走路。我們之間有了感情，他很少再回樹林，終日與我爲伴。我從他那裡學會了一些土話，他也更加喜歡我了。

「他是一個熟練的船夫，名叫湯格。他有一艘又大又寬敞的獨木船。自從我發現他忠於我，並且願意爲我做任何事以後，我終於有機會逃走了。我把這個計畫告訴他，讓他在某個夜晚把船划到一個無人守衛的碼頭來接我。我還讓他準備幾瓶淡水，以及許多洋芋、椰子和馬鈴薯。

「小湯格忠誠可靠，你找不到像他這樣忠實的同伴。那天晚上，他果眞把他的船划到了碼頭。然而，實在不巧，一個阿富汗族衛兵正在碼頭上站崗。這個卑鄙的傢伙一向喜歡欺負我，所以我發誓要報復他，現在機會來了，上帝故意把他送到我手上，在我臨走時給我一個報仇的機會。他背對我站在岸上，卡賓槍背在肩上。我想找一塊石頭砸碎他的腦袋，可是未能如願。

「突然，一個奇妙的想法閃現在我的腦海中，我有了一件得心應手的武器。我在黑暗中坐下，把木腿解下拿在手裡，用單腿猛跳了三步竄到他跟前。他把卡賓槍背在肩上，我用木腿奮力向他打去，他的前額骨被打碎了，你們可以看到我木腿上的那條裂紋，就是在打他時留下的。因爲我沒有保持住平衡，我們倆一起摔倒了，當我爬起來時，我發現他仍然一動也不動地躺在那裡。

「我上了船，不到一個小時我們就遠離了海

岸。湯格把他的全部財產、武器和神像全都帶到船上，在他的物品中，還有一支竹製的長矛和幾條安達曼椰子樹葉編的蓆子。用這些東西我做成了船帆，我們聽天由命地在海上漂泊了整整十天。第十一天，我們被一艘從新加坡開往吉達、載滿馬來亞朝聖者的商船救起。這群人都很古怪，可是湯格和我不久就融入了他們。他們的習慣很好，會讓你獨自待著，從不問你的來歷。

「好吧，如果我把我和我的小夥伴的全部冒險經歷都告訴你們，你會煩透的，那要說到明天早上了。我們在世界各地到處漂泊，就是一直沒有回倫敦。可是，我無時無刻都想著報仇，夜裡作夢我會夢見舒爾托，在夢中我殺了他不止一百次。我們終於在三、四年前回到英國。我沒費什麼勁就找到了舒爾托的住處，於是，我設法調查他是否眞的得到了那些珠寶，或那些珠寶是否還在他手裡。我和那個願意幫助我的人成了朋友。我不會說出任何人的名字，因爲我不想替別人帶來麻煩。我不久就得知了珠寶還在他手裡。之後，我嘗試了許多報仇的方法，可是他非常狡猾，除了他兩個兒子和印度僕人外，總是有兩個拳擊手在他左右。

「可是有一天，我得到他病重將死的消息。我立刻跑到他家的花園，我不甘心他就這樣死了。我趴在玻璃窗上往屋裡看，他就躺在床上，一邊站著一個兒子。當時我本想衝進去對付他們三個，但就在那時，我看見他的下巴垂了下去，我知道他已嚥氣了。就在那天夜裡，我偷偷進了他的屋子搜查他的資料，想從中找到他藏寶地點的記錄。然而，什麼線索也沒有找到，所以我只能痛苦憤怒地離開。這時我想到我應該留下一些標記，倘若日後看見我的三個印度同夥，可以告訴他們我曾爲他們報仇，所以，我就胡亂寫下了和圖上相同的四個簽名別在他胸前。在他進入墳墓之前，受過他掠奪和欺騙的人不給他點顏色，也未免太便宜他了。

「從那時起，我在集市或其他類似的地方，依靠把可憐的湯格當作吃人的黑野人展覽來維持生活。他能吃生肉、會跳野人的戰鬥舞蹈，所以我們收工後總能有滿滿一帽子的便士。我仍然留意著龐帝凱瑞別墅的消息。幾年來，他們還在那裡找尋珠寶，但沒有什麼新的消息。最後，我們期盼很久的消息終於來了，珠寶已被發現，就在巴薩羅繆·舒爾托的化學實驗室的屋頂內。我立刻前去察看地形，可我這隻木腿是個累贅，使我無法從外面爬上去。然而，我後來聽說屋頂有個活板門，又掌握了舒爾托先生每天吃晚飯的時間，我就預感能利用湯格搞定這件事。

「我帶著他去了那裡，用一條長繩繫在湯格腰上。他的攀登本領像貓一樣，很快就從屋頂進去了。可是，倒楣的巴薩羅繆·舒

爾托還在屋裡，結果被殺了。湯格自以爲殺了他是聰明之舉，當我順著繩子爬進屋時，我看見他正像一隻驕傲的孔雀般在屋裡手舞足蹈。直到我憤怒地用繩子抽他，詛咒他是個小吸血鬼時，他才異常驚慌。我拿到了寶箱，用繩子把寶箱放了下去，然後我也順著繩子溜下去了。我在桌子上留下一張寫著四簽名的紙條，表示珠寶終於回到它原來的主人手中。然後，湯格把繩子收上去，關好窗戶，從原路爬了出來。

「我認爲我已把要說的都說出來了。我聽一個船夫說史密斯的那艘『北極之光』號是一艘快船，因此我想它是我們逃走的便利工具。我租了老史密斯的船，並說如果能把我們安全送到大船上，我還會給他一大筆錢。當然，他可能懷疑這件事非比尋常，可是他不知道我們的秘密。所有這些都是眞話。先生們，我說的話並不是爲了取悅你們，何況你們也沒有給我任何優待。但我想說出眞相就是對我最好的辯護，我還要讓每個人知道舒爾托少校是如何欺騙了我，而且對他兒子的死，我是多麼的清白。」

「非常有意思。」福爾摩斯道，「這個極其有趣的案子確實有了一個合適的結局。你所說的後面一部分中，除了我不知道那根繩子是你帶來的之外，其餘的情形都與我的推測吻合。另外，我原以爲湯格丟失了所有的毒刺，可是他最後在船上又向我們射出了一支。」

「先生，他的毒刺的確都丟了，可是在他的吹管裡還剩下一支。」

「啊，當然！」福爾摩斯說，「出乎我的意料之外。」

「您們還有什麼別的要問的嗎？」囚犯殷勤地問。

「我想沒什麼事了，謝謝你。」我的夥伴答道。

「好啦，福爾摩斯。」亞瑟爾尼．瓊斯說：「你是一個幽默風趣的人，我們都知道是偵破犯罪的內行，可是我有我的職責，今天爲了你和你的朋友，我已經做得相當大度了，只有把給我們講故事的人鎖進監獄裡我才會感到放心。馬車還在外面候著呢，樓下也還有兩個員警。我衷心感謝你們二位的協助，當然，開庭的時候還要請你們來作證。祝你們晚安。」

「兩位先生，晚安。」喬納森．斯莫爾也說道。

「斯莫爾，你先走吧！」要出屋門時，機警的瓊斯說道，「不管你在安達曼群島是怎樣處置那位先生的，我還是小心點好，以防你用木腿打我。」

「這就是我們這場小戲的終場了。」我和福爾摩斯沉默地抽著菸坐了

一會兒後，我說：「恐怕這是我最後一次學習你工作方法的機會了，摩斯坦小姐已欣然接受了我的求婚。」

「我已經猜到了。」他說，「可是我不能向你表示祝賀。」

「是你對我所選的對象不滿意嗎？」我問道。

「一點兒也不，我認爲她是我平生見過最可愛的一個女子了。她對做我們這類工作的人非常有用，她在這方面頗有天賦，從她保存那張阿格拉寶藏的位置圖和她父親的那些資料就可以證明。然而，愛情是一種情感的事情，無論怎樣，它與我認爲最重要的冷靜思考是有些對立的，所以我絕不會結婚，以免我的判斷發生偏差。」

「我相信。」我笑道。「我這次的判斷還是禁得住考驗的。你看起來很疲倦。」

「是的，我也感覺到了，我一個星期也恢復不了體力。」

「奇怪的是……」我問，「爲什麼我認爲很懶散的人也會表現出非常充沛的精力呢？」

他答道：「沒錯，我是一個天生懶惰隨便的人，但同時又是一個充滿活力的傢伙。我時常想起老歌德的那句詩：『上帝把你塑造成一個人形，只是給你體面，卻沒有氣質。』順帶一提，在案子裡，我懷疑龐帝凱瑞別墅裡還有一個內應，他不可能是別人，就是在瓊斯的大網裡撈到的那個印度管家賴爾．萊奧。這也能算是瓊斯個人的功勞了。」

「分得不太公平。」我說，「整個案子都是由你一手操辦，我卻從中得到了妻子，瓊斯得到了榮譽，留給你的還有什麼呢？」

「我嘛！」夏洛克·福爾摩斯說：「我還有那個古柯鹼瓶子呢。」說著，他的手已伸向那個瓶子。

福爾摩斯延伸探索

蕭仕涵

年代	作者柯南・道爾大事	年代	年代大事記
一八五九	出生於英國蘇格蘭愛丁堡附近的皮卡地普拉斯。	一八五九	
一八七六	進入愛丁堡大學攻讀醫學系。	一八七六	英國維多利亞女王兼任印度女皇。 愛迪生在美國建立了美國第一個工業研究實驗室，即「愛迪生發明工廠」。
一八八二	畢業於愛丁堡大學醫學院。	一八八二	達爾文（Charles Darwin，一八〇九～一八八二）逝世，遺體被安葬於西敏斯特大聖堂。
一八八五	開始醫生的工作，取得愛丁堡大學醫學院醫學博士學位。並與露薏絲・霍金斯小姐結婚。	一八八五	中法戰爭，並簽訂《中法新約》，法軍被迫撤出台灣。 法國著名的紅磨坊夜總會落成。 著名的英國作家D・H・勞倫斯（David Herbert Lawrence一八八五～一九三〇）出生於英國諾丁漢市。
一八八六	完成〈血字的研究〉。	一八八六	法國為慶祝美國建國一百週年，送給美國自由女神像。
一八八七	沃德・洛克公司出版〈血字的研究〉。	一八八七	法國為了世界博覽會，建造艾菲爾鐵塔。
一八九〇	〈四簽名〉問世。	一八九〇	印象派畫家梵谷（Gogh,Vincent van 一八五三～一八九〇）自殺身亡。
一八九一	短篇〈波希米亞醜聞〉在《岸邊雜誌》上發表。	一八九一	英國著名《岸邊雜誌》於一八九一年創刊。

一八九二	〈波希米亞醜聞〉、〈紅髮會〉、〈失蹤的新郎〉、〈波思克姆比溪谷祕案〉、〈致命的橘核〉等短篇集結成《冒險史》出版。另外以〈銀色馬〉開始的十二個故事陸續在《海濱雜誌》發表。	一八九二	膾炙人口的《魔戒前傳—歷險歸來》（The Hobbit or There and Back Again）、和《魔戒》（The Lord of the Rings）的作者，英國文學家托爾金（J.R.R.Tolkien，一八九二～一九七三）誕生。
一八九四	以〈銀色馬〉開始的十二個故事匯集成《回憶錄》出版。柯南．道爾決心停止寫作這類故事，因此讓福爾摩斯在一次戲劇性的時刻，墜入深淵中淹死，而讓華生來結束〈最後一案〉這個故事。	一八九四	日本向朝鮮發動侵略，並對中國海陸軍進行挑釁，爆發中日甲午戰爭。
一九〇〇	柯南．道爾以軍醫身份到南非參與布爾戰爭（The Bore War）。	一九〇〇	英國與南非爆發布爾戰爭（The Bore War）。 因中國義和團事件，慈禧太后向八國宣戰，八國聯軍入侵中國。
一九〇一	以福爾摩斯早期生活為題材的偵探小說《巴斯克維爾的獵犬》出版。	一九〇一	八國聯軍戰爭中，中國大敗，慈禧太后與各國議定條約，為「辛丑和約」。
一九〇二	為英國在南非戰爭的政策辯護而被冊封為爵士。	一九〇二	一九〇二年埃及博物館開幕。
一九〇三	柯南道爾在〈空屋〉這一故事裡讓福爾摩斯死裡逃生，從而開始了另一組故事，《歸來記》出版。	一九〇三	莫里斯．盧布朗（Maurice Leblanc）開始偵探小說的創作，第一篇作品甫刊出，立即造成轟動，引起讀者廣大迴響，而「怪盜亞森．羅蘋」這個小說人物更使作者一夕成名。

一九一五	完成第四部長篇《恐怖谷》	一九一五	愛因斯坦創立廣義相對論。
一九一七	《最後致意》出版。	一九一七	俄國爆發十月革命，成立以列寧為首的蘇維埃政府。
一九二七	《新探案》出版。	一九二七	美國奧斯卡前身，『美國影藝學院』The Academy of Motion Picture Arts and Sciences，正式成立。
一九二八	所有關於福爾摩斯的故事在英國出版為《福爾摩斯探案全集》。	一九二八	希臘發生大地震。
一九三〇	七十一歲的柯南道爾與世長辭	一九三〇	國際足協決議每四年會舉行一次世界盃（World Cup）比賽。。
一九九五	紐約公共圖書館為慶祝其成立一百周年，挑選並展出對本世紀具有影響力的一百五十九本經典書籍「世紀之書」（Books of the Century）的展覽，亞瑟·柯南道爾（Arthur Conan Doyle, 一八五七～一九三〇）的《巴斯克維爾的獵犬》（The Hound of the Baskervilles）榮獲一九〇二年通俗文化和大眾娛樂類圖書。	一九九五	

抽絲剝繭亞瑟·柯南·道爾（Arthur Conan Doyle，一八五九～一九三〇）

提到偵探小說，相信首屈一指的代表性作家非柯南·道爾莫屬，雖然在柯南·道爾之前有一位更具權威的美國作者——愛倫·坡，但是柯南·道爾將夏洛克·福爾摩斯帶入讀者的日常生活當中，讓這位活在現實與虛幻中的主角，成爲偵探界家喻戶曉的大人物，因而柯南·道爾被譽爲英國的「偵探小說之父」。亞瑟·柯南·道爾，一八五九年五月廿二日出生於英國蘇格蘭愛丁堡附近的皮卡地普拉斯。父親是政府建築工部的公務員，他還有兩位姐姐，在家排行老三。從小柯南·道爾即展現出相當豐富的文采，十四歲時已能閱讀英國、法國等文學作品，創作上的表現也相當傑出，中學時曾擔任學校校刊主編。一八八二年畢業於愛丁堡大學醫學院，並開始醫生的工作，一八八五年取得同校醫學博士學位。十九世紀的英國，醫生的待遇很差，柯南·道爾的診所收入並不多。於是他開始找尋兼職的副業，文采豐富的他以醫學與文學的雙重背景，踏入創作的領域，寫作開始成爲他業餘的收入。柯南·道爾在廿八歲時出版第一部偵探小說《血字的研究》，首度把夏洛克·福爾摩斯與華生醫生介紹給讀者。柯南·道爾將演繹學、偵探學、犯罪學、心理學、地質學、解剖學等學問應用於推理辨案中，更藉由書中配角——華生醫生，以第一人稱回憶的方式道出主角福爾摩斯對於案件的解讀與推論，以一位曾經歷案發現場的人，敘說給讀者的故事手法，不僅增加故事的眞實性，更讓讀者有身歷其境之感。這部中篇小說當初投稿時並不被看好，曾被許多出版社退稿，最後由沃德．洛克出版公司錄用，於柯南．道爾二十八歲那年出版。《血字的研究》初試啼聲之後，英國著名的《利平科特雜誌》的編輯開始向柯南．道爾邀稿。三年之後，柯南．道爾再次出版了《四簽名》這部長篇小說，「夏洛克．福爾摩斯」開始聲名大噪，在英國讀者中成了眾所皆知的英雄人物。因此各家雜誌競相向柯南．道爾約稿，到了一八九一年，柯南．道爾正式成爲專業作家，全力投入寫作。一九三〇年七月七日，七十一歲的柯南．道爾與世長辭，但他筆下的福爾摩斯卻仍然活在讀者的心中。數以萬計的讀者來到英國倫敦貝克街，尋訪故事中的福爾摩斯；各國爭相出版《福爾摩斯探案全集》，該書已經被翻譯成數十種語言的版本，總印數多達五百萬冊以上。許多喜愛文學或者推理的讀者，談起福爾摩斯，就像談論自己的老朋友。福爾摩斯還從書中走上影視舞臺，有關福爾摩斯的神奇故事影響了一代又一代，至今依舊膾炙人口。

活在現實與虛幻中的主角——夏洛克．福爾摩斯

夏洛克．福爾摩斯於一八八六年在小說家亞瑟．柯南．道爾〈血字的研究〉一案中首次粉墨登場。他和他的醫生伙伴約翰．華生一起活躍在維多利亞時代的迷霧之都——倫敦。一八七

七年「福爾摩斯偵探社」正式開業。最初偵探社位於大英博物館附近的蒙塔格街，後來福爾摩斯手頭稍爲寬裕時才與華生合租貝克街２２１號Ｂ座的公寓。福爾摩斯辦案，華生行醫，從一八八一到一九三〇年，在倫敦貝克街２２１號Ｂ座那幢小樓裡解決了許多疑難案件。夏洛克·福爾摩斯會乘坐大家熟悉的馬車或火車，出現在倫敦的大霧當中，他在眾所周知的博物館出沒，閱讀《每日電訊報》和其他當代流行的書報，與社會上各個階層的人們往來接觸。他所偵辨的各種探案，也都涉及到當時現實中的英國社會，使讀者很容易相信他是現實社會中的一員。福爾摩斯擁有詳細的家庭生活與求學經歷，他利用一切有關偵探的經驗和科學去推理案件，也因此他所進行的各種推理都合乎邏輯；他對各種案件的解釋和判斷，有條不紊，使讀者容易接受並相信。福爾摩斯就活生生的生存在現實生活裡面，難怪所有的讀者，都以爲他是一位有血有肉的人物啊！

親臨事件現場——倫敦貝克街２２１號Ｂ座

解決無數奇案的英國名偵探，總是戴著一頂獵帽的福爾摩斯，在柯南·道爾塑造下成爲聞名全球的名偵探，與他的助手華生醫生在維多利亞時代的英國，屢屢偵破連警方也束手無策的案件。在這一系列的小說中福爾摩斯所居住的地方爲貝克街２２１號Ｂ座，就成爲相當著名的觀光景點。

來到英國倫敦，走出地鐵貝克街站的牆上即是由瓷磚拼貼而成的福爾摩斯側面像，一走出地鐵站更可看到一位身著福爾摩斯裝束的偵探散發名片，博物館對面也有福爾摩斯紀念品店。買票之後博物館給的收據就是一張由韓德森太太出具的住宿證明，是相當特別的紀念品。

一九九〇年時在貝克街２２１號Ｂ座這個地點成立了福爾摩斯博物館（Sherlock Holmes Museum），館內的佈置擺設都以小說中描述的情節爲主，更增添福爾摩斯舊居的眞實性。

小說中福爾摩斯和華生住在貝克街２２１號Ｂ座的二樓，前方是他們共用的書房，後端則是福爾摩斯的臥室，書房中陳列著許多福爾摩斯的日常用品，如獵鹿帽、放大鏡、煙斗、煤氣燈等。博物館三樓是華生醫生的臥室，擺設也充滿維多利亞時代的風格。四樓則是呈現不同小說中知名場景的展示區，重現許多故事中的經典場景，讓福爾摩斯迷對此驚喜不已。

之後是小說中福爾摩斯的房東——哈德遜夫人（Mrs. Hudson）的住處，這裡是熱門的紀念品販售區，總是擠滿了欲罷不能的福爾摩斯迷。在這裡提供了所有關於福爾摩斯的產品，如各種不同版本的書籍、還有他身上的所有物品，特別是他手上的招牌菸斗，更是許多讀者不可或缺的珍藏。

年代	夏洛克・福爾摩斯大事記
一八五四	出生於英國，祖母是法國人。有一個哥哥比他年長七歲。
一八六七	福爾摩斯進入貴族學校就讀。
一八七二	進入英國牛津大學主攻化學。
一八七七	「福爾摩斯偵探社」開業，設於大英博物館附近的蒙塔格街。福爾摩斯一邊研究科學，一邊接辦同學介紹的案件。
一八七九	偵辦「馬斯格雷夫禮典」案，此案使福爾摩斯邁出成功的第一步。
一八八一	與華生醫生共同承租貝克街221號B座的公寓。
一八八二	接辦「血字的研究」案。福爾摩斯獨特的辦案法，在這一案之後，廣為人知。
一八八三	接辦「帶斑點的帶子」案。
一八八七	福爾摩斯因操勞過度而病倒，前往薩里郡的賴蓋特休養。因而接辦「賴蓋特的鄉紳」一案。
一八八八	於一月接辦「恐怖谷」案。福爾摩斯的宿敵莫里亞蒂教授首次露面。 七月時接辦「四簽名」案。透過華生的記述，福爾摩斯首次公開他辦案所採用的「演繹邏輯法」的精髓。 接辦「希臘譯員」一案。福爾摩斯首次透露他的身世背景，以及成為私家偵探的緣由。 十月，接辦「貴族單身漢」案。 福爾摩斯為刺激頭腦思考，開始染上服用古柯鹼的惡習。
一八八九	接辦「波希米亞醜聞」案。案中的艾琳・艾德勒，使一向看不起女人的福爾摩斯改變了想法。 接辦「聖科賴爾失蹤」案。 六月接辦「駝背人」案。 六月接辦「證券經紀人的書記員」案。

一八八九	六月接辦「波思克姆比溪谷」案。 七月接辦「海軍協定」案。 七月接辦「工程師大拇指」案。 九月接辦「致命的橘核」案。 華生的妻子回娘家，華生再度成為貝克街的常客。 十月接辦「巴斯克維爾的獵犬」案——發生在英國某個小區域沼澤地帶的傳奇故事，是福爾摩斯探案中少見、帶有靈異色彩的案件。
一八九〇	接辦「失蹤的新郎」案。 接辦「紅髮會」案。 十二月，接辦「鵝肚裡的寶石」案。
一八九一	福爾摩斯受法國政府之託，於一八九一年冬天開始追捕倫敦犯罪集團首腦莫里亞蒂教授。接辦「最後一案」時，與宿敵莫里亞蒂教授一同墜瑞士萊辛巴赫瀑布中，從此生死不明。
一八九四	福爾摩斯失蹤三年後，以老藏書家的偽裝面貌出現。他向華生交代了自己在墜入萊辛巴赫瀑布之後獲救的始末，以及其後在世界各地浪遊的經過。同時接辦「空屋」案。八月接辦「諾伍德的建築師」案。期間因華生的妻子過世，福爾摩斯請求華生搬回貝克街合住。並在華生協助下戒除服用古柯鹼的惡習。 十一月接辦「金邊夾鼻眼鏡」案。
一八九五	四月時福爾摩斯與華生在某大學城住了幾週，研究英國早期憲章並在當地接辦「三名大學生」一案。 四月同時亦接辦「孤單的騎車人」一案。 六月接辦「黑彼得」案 十一月接辦「布魯斯—帕汀敦圖紙」案。 同年福爾摩斯獲維多利亞女王接見，並獲授綠寶石領帶別針一枚。
一八九六	接辦「戴面紗的房客」案、「失蹤的中後尉」案。

一八九七	接辦「格蘭奇莊園」一案。 接辦「魔鬼之踵」一案。 由於日夜操勞，福爾摩斯健康轉壞。在辦案過程中，福爾摩斯坦承從未戀愛過。
一八九八	接辦「跳舞的小人」案、「退休的顏料商」案。
一九〇二	五月接辦「修道院公學」一案 此案結束後，福爾摩斯獲賞六千英鎊。 六月接辦「三個同姓人」一案。 九月接辦「不尋常的委託人」一案，但是在辦案的過程中，福爾摩斯因遇襲而受傷。 接辦「紅圈會」案，本案的空間幅度與所涉入人物的身分之複雜，空間橫跨歐洲、美洲，時間從第一次世界大戰中直到戰後。不單純只是謀殺案，同時還牽扯到國際犯罪，諜報活動，幫會、特務、政變。可說是福爾摩斯最具難度的一次演出。 同年，福爾摩斯獲爵士勛位封號，但他卻拒絕受封。
一九〇三	一月接辦「皮膚變白的士兵」案。 華生再婚離開貝克街，此案由福爾摩斯親自撰寫。 接辦「皇冠被盜」一案。 九月接辦「爬行人」一案，案子結束後，福爾摩斯即宣告退休。
一九〇七	福爾摩斯離開倫敦，到塞克斯研究養蜂、享受退休後的田園生活。但仍是有許多案件，等待福爾摩斯解決。 接辦「退休案」。 七月接辦一起發生在福爾摩斯隱居地附近的命案「獅鬃毛」一案，由福爾摩斯親自撰述。
一九一二	在首相力邀下，重出江湖接辦「最後致意」案，花了兩年之久，在美國、愛爾蘭各地展開調查，最後一舉殲滅德國間諜集團。此時福爾摩斯已五十三歲，這也成為他真正的「最後一案」。結案後，福爾摩斯到英國南部鄉間隱居，專心研究養蜂事業。
一九一四	福爾摩斯出版《養蜂實用手冊，兼論隔離蜂王的研究》。此後音訊全無，也未傳出死訊。

福爾摩斯探案系列全集（柯南·道爾著）一覽表

連載時間	英文書名·中文書名·好讀出版冊次
1887	A Study in Scarlet **血字的研究（中篇故事）** 好讀出版／收錄於福爾摩斯探案全集 01《血字的研究&四簽名》
1890	The Sign of the Fou **四簽名（中篇故事）** 好讀出版／收錄於福爾摩斯探案全集 01《血字的研究&四簽名》
1891-1892	The Adventures of Sherlock Holmes **冒險史（十二篇短篇故事）** 好讀出版／收錄於福爾摩斯探案全集 02《冒險史》
1892-1893	The Memoirs of Sherlock Holmes **回憶錄（十一篇短篇故事）** 好讀出版／收錄於福爾摩斯探案全集 03《回憶錄》
1901-1902	The Hound of the Baskervilles **巴斯克維爾的獵犬（長篇故事）** 好讀出版／收錄於福爾摩斯探案全集 05《巴斯克維爾的獵犬》
1903-0904	The Return of Sherlock Holmes **歸來記（十三篇短篇故事）** 好讀出版／收錄於福爾摩斯探案全集 04《歸來記》
1908-1917	His Last Bow **最後致意（八篇短篇故事）** 好讀出版／收錄於福爾摩斯探案全集 07《最後致意》
1914-1915	The Valley of Fear **恐怖谷（長篇故事）** 好讀出版／收錄於福爾摩斯探案全集 06《恐怖谷》
1921-1927	The Case-Book of Sherlock Holmes **新探案（十二篇短篇故事）** 好讀出版／收錄於福爾摩斯探案全集 08《新探案》

國家圖書館出版品預行編目資料

福爾摩斯探案全集 . 1: 血字的研究&四簽名 / 柯南 . 道爾著
; 佟舒欣、劉洪譯 .
—— 三版 . ——臺中市：好讀 , 2020.04
面：　公分，——（典藏經典；3）

譯自：A Study in Scarlet and The Sign of Four

ISBN 978-986-178-517-2（平裝）

873.57　　109002883

好讀出版

典藏經典 3
福爾摩斯探案全集 1
血字的研究&四簽名【收錄原著插畫】

原　　著／柯南・道爾
翻　　譯／佟舒欣、劉洪
總 編 輯／鄧茵茵
文字編輯／莊銘桓
行銷企劃／劉恩綺
發 行 所／好讀出版有限公司
台中市407西屯區工業30路1號
台中市407西屯區大有街13號（編輯部）
TEL:04-23157795 FAX:04-23144188 http://howdo.morningstar.com.tw
（如對本書編輯或內容有意見，請來電或上網告訴我們）
法律顧問　陳思成律師

填寫線上讀者回函
獲得更多好讀資訊

讀者服務專線／TEL：02-23672044 / 04-23595819#213
讀者傳真專線／FAX：02-23635741 / 04-23595493
讀者專用信箱／E-mail：service@morningstar.com.tw
網路書店／http : //www.morningstar.com.tw
郵政劃撥／15060393（知己圖書股份有限公司）
印刷／上好印刷股份有限公司
如有破損或裝訂錯誤，請寄回知己圖書更換

三版／西元 2020 年 4 月 15 日
三版三刷／西元 2022 年 12 月 15 日
定價／ 169 元
如有破損或裝訂錯誤，請寄回知己圖書更換

Published by How-Do Publishing Co., Ltd.
2022 Printed in Taiwan
All rights reserved.
ISBN 978-986-178-517-2